ÈVE

DU MÊME AUTEUR

LE FOU ET LES ROIS
Prix Aujourd'hui 1976
(Albin Michel, 1976)
MAIS
avec Edgar Morin
(Oswald-Néo, 1979)
LA VIE INCERTAINE DE MARCO MAHLER
(Albin Michel, 1979)
LA MÉMOIRE D'ABRAHAM
Prix du Livre Inter 1984
(Robert Laffont, 1983)
JÉRUSALEM
photos Frédéric Brenner
(Denoël, 1986)
LES FILS D'ABRAHAM
(Robert Laffont, 1989)
JÉRUSALEM, LA POÉSIE DU PARADOXE,
photos Ralph Lombard
(L. & A., 1990)
UN HOMME, UN CRI
(Robert Laffont, 1991)
LA MÉMOIRE INQUIÈTE
(Robert Laffont, 1993)
LES FOUS DE LA PAIX
avec Éric Laurent
(Plon/Laffont, 1994)
LA FORCE DU BIEN
(Robert Laffont, 1995)
Grand Prix du livre de Toulon pour l'ensemble de l'œuvre (1995)
LE MESSIE
(Robert Laffont, 1996)
LES MYSTÈRES DE JÉRUSALEM
(Robert Laffont, 1999)
Prix Océanes 2000
LE JUDAÏSME RACONTÉ À MES FILLEULS
(Robert Laffont, 1999)
LE VENT DES KHAZARS
(Robert Laffont, 2001)
SARAH – La Bible au féminin*
(Robert Laffont, 2003)

(voir suite en fin de volume)

MAREK HALTER

ÈVE

roman

Robert Laffont

Pour Clara

Quand tout se fait petit, femmes, vous restez grandes.

Victor Hugo, *Les Châtiments*

Prologue

Comment raconter l'histoire d'Ève, mon ancêtre ? La première des femmes. La première à avoir goûté le fruit de l'arbre de la connaissance. La première à s'être rebellée. Celle, enfin, qui la première connut amour, jalousie et désespoir.

J'ai rencontré Ève avant le grand désastre voulu par Élohim. Pendant des jours, elle répondit à mon questionnement et me fit le récit de ce qui se passa réellement dans le jardin de l'Éden. Aujourd'hui, j'en porte témoignage.

Tout commença un jour à Hénoch, la ville où je naquis, ce jour où fut assassiné Caïn, fils aîné d'Ève et meurtrier de son frère Abel. Or le meurtrier de Caïn n'était autre que mon père Lemec'h. Je m'en souviens comme si c'était il y a quelques instants.

Première partie

Le crime de Lemec'h

1

Ma mère Tsilah vint devant moi en criant :

— Ton père Lemec'h a tué Caïn! Ton père Lemec'h a tué ton frère Tubal! Mon époux est un meurtrier pire que son aïeul! La colère d'Élohim nous anéantira!

La douleur déformait son visage. Je ne la reconnaissais plus. Elle agrippa mon poignet, me fit lever de mon tabouret d'un geste brusque. La navette m'échappa des mains. Les fils du tissage s'embrouillèrent, le métier bascula sur le sol. Je protestai :

— Ma mère, que t'arrive-t-il?

Sans se soucier de me répondre, elle me tira hors de l'appentis où je tressais avec d'autres filles. Elle m'entraîna à grands pas vers la cour de mon père. Un mur de brique où poussaient des oponces l'entourait, une seule porte l'ouvrait. Les gens de notre cité d'Hénoch se hâtaient vers elle en gémissant. À la vue de ma mère Tsilah, les bouches se fermèrent, le silence revint. On s'écarta pour nous laisser passer.

Les hommes des générations de Caïn remplissaient déjà la cour de mon père Lemec'h. Ma mère garda la main sur moi et me poussa jusqu'au dais de feuilles de palmier qui couvrait le seuil de la chambre. Mon père s'y tenait, le poing encore serré sur son arc de chasse. Adah, son autre épouse, ses fils, Yaval et Youval, et mes demi-sœurs, Noadia et Beyouria, l'entouraient, montrant toutes les marques usuelles de respect.

À leurs pieds, sur l'un des tapis que j'avais tissés, étaient étendus les corps de notre aïeul Caïn et de mon frère Tubal.

La plainte de ma mère rebondit contre les murs. Elle se précipita sur le cadavre de Tubal. Un linge de lin gorgé de sang lui recouvrait la tête. Ma mère Tsilah ne put se retenir : elle l'ôta pour baiser les lèvres de son fils bien-aimé. Elle poussa un cri qui nous glaça d'effroi : la face qu'elle découvrit n'avait plus de bouche. Le visage de Tubal, le plus beau qu'on eût vu chez les hommes du pays de Nôd, n'était plus que sang, os et chairs broyés.

Je restai clouée sur place, incapable du moindre mouvement. Pas même de m'agenouiller près des morts, pas même de relever ma mère.

Le corps immense de notre aïeul Caïn m'effrayait plus encore que la dépouille de Tubal, mon aîné, lui qui était pourtant si cher à mon cœur. Avant ce jour, je n'avais vu notre aïeul que de loin, et rarement. Il se tenait à l'écart d'Hénoch, errant dans ce pays de Nôd, le nôtre, où Élohim l'avait banni il y avait de cela presque mille années.

Il était immense, plus que nous tous. Étendu là, immobile, il réduisait l'apparence de Tubal, pourtant puissant et musclé, à celle d'un jeune garçon. Sa chevelure et sa barbe, aussi rouges que le soleil du crépuscule, étaient si foisonnantes qu'on eût dit un buisson. À peine pouvait-on discerner son visage au travers. Sa vieille peau était si racornie et si usée qu'elle faisait songer à de l'écorce. Des fourrures de bête mal cousues et râpées lui servaient de vêture. Une hache de bronze, large comme ma taille, pendait à sa ceinture.

Mon père Lemec'h n'avait pas retiré de sa poitrine la flèche qui l'avait tué.

L'apostrophe cinglante de ma mère Tsilah me fit sursauter :

— Lemec'h ! Lemec'h ! Toi qui m'as engrossée deux fois, toi qui m'as poussée dans la douleur de la naissance, comment as-tu pu tuer ton fils et ton aïeul ?

Les paupières béantes sur ses yeux d'aveugle plus blancs, secs et délavés que les pierres de la montagne de Zagroz, mon père tendit sa main libre devant lui comme pour se protéger. Ses lèvres frémissaient. Du sang noir luisait sur le devant de cuir de sa tunique de chasse. Il leva son arc, tourna la tête à gauche et à droite.

— Êtes-vous là, tous ceux de ma descendance ? demanda-t-il de sa voix rauque.

Adah, mère de ses premiers fils, toucha son bras.

— Je suis là, moi, Adah, dit-elle précipitamment. Et Yaval et Youval, et tes filles, nous sommes tous là à ton côté.

— Oui, tous ! s'écria ma mère Tsilah. Tous, sauf celui qui n'est plus, car tu l'as tué. Tous, sauf Tubal, notre fils ! Il est à tes pieds, noyé dans le sang de la vie morte, car son père est un meurtrier. Et où va-t-il aller maintenant ? Élohim accueillera-t-Il près de Lui ce fils d'une lignée maudite par la faute de ses hommes ?

Mon père se voûta un peu, appuyé sur son arc. Ses yeux blancs fouillèrent la cour comme pour y distinguer des visages. Ils s'immobilisèrent sur moi.

— Est-ce toi qui es là, devant moi, Nahamma, ma fille ? Je sens le parfum de ta beauté. Je le sentirais même au milieu de la foule.

Je frissonnai. Dans sa nuit d'aveugle, mon père avait ce don : notre souffle et notre chaleur lui suffisaient pour deviner notre présence.

— Oui, c'est moi. Je suis devant toi, mon père.

— Nahamma, entends-le : la mort de ton frère me brise le cœur. Je l'ai aimé autant que je t'aime. Dans mes yeux morts, je conserve l'image de vos deux faces. Jusqu'à ce jour, elles ont été mon bonheur le plus grand. Élohim vous a voulus aussi beaux et parfaits qu'un homme et une femme puissent l'être. Mais Il a voulu aussi cette fin de Tubal.

Un murmure enfla dans la cour. Je crus que ma mère allait de nouveau s'emporter. Tranchant l'air devant lui d'un mouvement de son arc, mon père imposa le silence.

— Écoutez-moi ! Écoutez votre père : Lemec'h n'est pas un meurtrier. Rien de ce qui est advenu n'est le fruit de ma volonté ou de mon désir. Au contraire, au contraire ! Élohim a décidé ce qui est. Je n'ai été que Son bras.

Ma mère ne se retint plus. Le sang de Tubal maculant son visage, sa tunique, ses mains, elle se redressa :

— Lemec'h ! Comment oses-tu te montrer aussi fourbe ? Tes yeux ne voient plus, pourtant c'est ton bras qui a tenu l'arc. Le visage de ton fils, ce sont tes mains qui l'ont massacré.

— Tsilah, tais-toi ! Tu parles sans savoir. Écoutez-moi tous. Voici ce qui est, voici la vérité. Depuis des lunes, chacun le sait, Tubal, mon fils, était le meilleur forgeron du pays de Nôd. Il forgeait les pointes des lances, des piques et des flèches. Il forgeait les lames de chasse et de guerre, il armait nos bras contre les bêtes fauves et contre les idolâtres. Il coulait le cuivre et le bronze, il les martelait de sa masse, il me montrait ses œuvres. Il en était fier, et moi, Lemec'h, son père, plus fier encore.

« Il y a peu, un jour de la lune passée, le voilà qui se présente à moi avec un faisceau de flèches dans le poing. Il m'en fait juger les pointes. À peine en ai-je effleuré le cuivre si coupant qu'il me sort le sang du pouce. Tubal me dit : "Père, allons chasser ensemble. Tu n'as plus d'yeux et pourtant ton arc porte plus loin et plus juste que le mien. Tu essaieras ces flèches nouvelles sur des bêtes au cuir épais. On verra si elles le perceront." Je lui réponds : "Tubal, mon fils, si mes flèches touchent leur but, ce n'est pas le signe de mon adresse, c'est qu'Élohim les conduit."

« Nous nous décidons pour une chasse dans l'est de Nôd. Avant de partir, nous déposons nos offrandes sur l'autel d'Élohim. Nous nous soumettons à Sa volonté et à Son jugement. Et nous voici en route. À peine le soleil est-il monté dans le ciel que Tubal me retient par le bras. Il me chuchote à l'oreille : "Père, plus de bruit. Il y a une combe devant nous, un grand fauve y dort dans les broussailles." De roche en roche, nous nous approchons. Tubal me guide en murmurant : "Père, ne fais aucun bruit avec tes sandales. Une bête pareille doit avoir l'ouïe fine." Cela prend du temps. Je sens le soleil forcir au-dessus de nous. Enfin Tubal dit précipitamment : "Père, la bête a bougé. Elle nous a devinés. Je vois son poil s'agiter à travers les buissons. Elle est à quatre-vingts pas sur ta gauche. Sauras-tu l'atteindre ?"

« J'ai senti le regard d'Élohim descendre en moi, Son souffle prendre possession de mes muscles, Sa volonté tendre mon arc. La flèche est partie. Le cuivre de Tubal a sifflé dans l'air. Il a tranché dans la chair. Un bruit sourd. Puis un cri, sans fin et lugubre. Je dis à Tubal : "La bête est touchée en plein cœur, c'est son râle de mort que j'entends." Alors Tubal s'écrie d'une voix que je ne lui connaissais pas : "Père ! Père !"

« Rien de plus, car un vacarme de branches cassées monte du buisson. Je demande : "Tubal, la bête est-elle seulement blessée ? Vient-elle sur nous ?" Et lui : "Non, mon père ! Oh non ! Il s'effondre ! Il va mourir. Élohim ! Élohim ! Qu'avons-nous fait ?" Moi : "Tubal, de quoi parles-tu, qu'est-ce que ce bruit ?" Lui : "Père, oh, mon père ! La faute est à moi. Je ne l'ai pas reconnu. Les poils de sa tunique m'ont trompé." Moi : "Tubal, parle clair, je ne te comprends pas !" Et Tubal gémit : "C'est notre aïeul Caïn que ta flèche a atteint, mon père. C'est lui, Caïn le Grand-Aïeul, qui est mort." Moi : "Malheureux, malheureux ! Tubal, mon fils, qu'as-tu fait ? Comment as-tu pu te tromper ?"

« Je cours jusqu'au bosquet. Je trébuche sur le corps de Caïn. Mes mains trouvent la flèche fichée dans sa poitrine. Elle s'y est enfoncée comme dans celle d'un enfant. Le corps du père de mes pères est chaud, mais pas un souffle dans sa bouche !

« Tubal accourt près de moi, tout tremblant. La colère et le désespoir me brûlent la gorge. Moi qui vis dans le noir, une obscurité plus profonde encore prend possession de mon esprit, m'inonde d'une douleur inconnue.

Je hurle : "Tubal! Tubal! Comment as-tu pu confondre ton aïeul Caïn avec une bête? N'as-tu pas vu le signe d'Élohim sur lui? N'as-tu pas vu sa chevelure et sa barbe rouges? Y a-t-il dans Nôd une seule autre créature qui soit marquée d'un pareil signe?" "Non, mon père, se lamente Tubal, non, je n'ai rien vu. Pas un seul poil rouge, pas un cheveu, rien! Seulement la fourrure des fauves dont il s'est vêtu. Élohim n'a pas voulu que je voie Son signe. Tu dois me croire, mon père."

«À entendre Tubal, le sang me bout plus encore. La douleur me calcine. La colère me soulève le cœur. Ma main ramasse une roche et la jette, comme pour briser le ciel qui pèse sur moi. Oh, Élohim l'a voulue lourde, cette roche! Oh, Il l'a voulu juste et puissant, mon jet d'aveugle! Il n'y a pas eu un cri, seulement le bruit des os qui cèdent et celui du corps de Tubal qui tombe.»

2

À bout de souffle, tourmenté par les visions qui hantaient sa nuit d'aveugle, mon père Lemec'h se tut. Nul n'osa faire entendre le son de sa voix. Ma mère Tsilah pétrissait le linge de lin gorgé du sang de Tubal. Enfin, une plainte jaillit de sa poitrine. Basse, rauque, aussi violente que celle d'une femme dans l'épreuve de l'accouchement. Elle se jeta sur Lemec'h, repoussa avec des gestes de bête féroce Adah et Yaval qui voulurent l'écarter, ouvrit la main gauche de mon père et y pressa le linge écarlate du sang de Tubal.

— Lemec'h, sens-tu le sang de ton fils dans ta paume ? Le sens-tu ?

— Femme ! Tsilah !

— Oui, c'est moi. Je t'ai écouté. La boue du mensonge et de l'hypocrisie empuantissent ta bouche. La flèche qui est encore dans le corps de notre aïeul Caïn est partie de ton arc, mais tu es plus innocent qu'un nourrisson... Tubal en a forgé le cuivre, Élohim a conduit ton bras... Si l'on t'en croit, ce sont eux qui ont manigancé le meurtre !

— Tsilah !

— Et la pierre qui a fracassé le visage de ton fils ? Elle est partie de tes doigts, mais c'est Élohim qui l'a poussée dans l'air... Mensonge ! Mensonge !

— Femmes ! Adah, Tsilah, mes épouses, écoutez-moi ! Oui, ce qui s'est accompli est la volonté d'Élohim. Souvenez-vous, Caïn le premier a tué Abel, son jumeau né à l'image d'Élohim. Et Élohim l'a châtié. Il a exilé Caïn du devant de Son regard. Il l'a jeté dans le pays de Nôd pour sept générations. « Va, a dit Élohim à l'assassin, va. Tu portes Mon signe. Il repoussera tous les bras de la vengeance. Nul ne pourra te frapper avant sept générations. » Et ces générations de Caïn, c'est nous. Depuis la mort d'Abel, nous subissons le châtiment de Caïn l'indigne. Nous épuisons nos forces dans ce pays de Nôd, qui n'est que pierres, épines, désert et âmes errantes soumises à la sauvagerie des idolâtres. Nous vivons dans cette cité d'Hénoch où la douceur d'Élohim ne nous effleure jamais. Où la pluie d'Élohim ne mouille jamais nos visages. Ici, tout n'est qu'indifférence d'Élohim et caprices mauvais de la nature.

« Et pourtant, pourtant, nous, les générations de Caïn, jamais nous n'avons abandonné Élohim. Nous prononçons Son nom avec crainte et respect. Nous ployons la nuque à Sa pensée. Nous déposons des offrandes sur Ses autels. Nous haïssons les dieux qui font danser nos voisins idolâtres. Voilà ce qui fut depuis les premiers jours vécus par Caïn. Et voilà ce qui est terminé ! Ne pleurons pas et réjouissons-nous ! Depuis que la terre de l'Éden a bu le sang d'Abel, les jours de notre Grand-Aïeul étaient comptés. Les générations qui le protégeaient se sont succédé. Et maintenant le châtiment d'Élohim s'est abattu. Élohim a armé mon bras. Tubal a été Son arme. Élohim a repris Son arme. Élohim a repris Tubal. Cela devait advenir. Chassez la crainte de vos cœurs.

Lemec'h aurait voulu encore parler, ma mère aurait voulu protester, mais il y eut du vacarme dans la cour. Je me retournai. Un murmure de respect enveloppa une femme très haute, très vieille, blanche depuis ses cheveux jusqu'à sa tunique et ses sandales. Elle s'appuyait sur un bâton frotté de chaux.

Elle s'avança jusqu'à nous. Je compris aussitôt qui elle était, pourtant jamais je ne l'avais vue.

Lemec'h devina la stupeur qui figeait ceux de sa cour. Il demanda :

— Qui arrive ?

Tsilah et Adah répondirent d'une même voix sidérée :

— C'est Awan, épouse de Caïn, mère d'Hénoch et de nos générations !

Mon père eut un sursaut. Sa main gauche leva le linge gorgé du sang de Tubal qu'il tenait encore. Il le jeta au sol avec un geste de frayeur. Ils ne devaient pas être dix, ceux d'Hénoch qui, comme lui, avaient déjà fait face à la Grande-Mère Awan. Elle était plus secrète que Caïn lui-même. Durant ces milliers de jours et de nuits vécues dans le pays de Nôd, elle s'était tenue à l'écart de la descendance issue de son ventre. Des années interminables de son existence, disait-on, elle ne tirait qu'une raison, obtenir le pardon d'Élohim ; et qu'une espérance, le droit de revenir devant Lui dans le pays d'Éden.

Comme elle s'approchait, je me mis à trembler. Elle me frôla. Je baissai la tête, n'osant affronter son regard.

Je fixai le bas de sa tunique et ses mains serrées sur le bâton.

La voix de mon père retentit de nouveau, cette fois si changée que j'en perçus l'émotion et l'inquiétude :

— Awan, Grande-Mère de nous tous, es-tu là ?

Elle ne répondit pas.

Elle s'avança jusqu'au corps de Caïn. Avec difficulté, lentement, lentement, s'agrippant des deux mains à son bâton, sans que personne ose venir à son aide, elle s'agenouilla. Elle enserra le visage de son mort bien-aimé. Elle enfouit ses doigts noueux et déformés dans la barbe rouge. Ses pouces caressèrent doucement les paupières closes. Une mélopée s'échappa de sa poitrine. Elle s'inclina encore. Sa longue chevelure blanche se mêla à celle de Caïn. Un instant, pendant qu'elle lui baisait les lèvres, ils semblèrent unis dans la même toison.

Quand elle voulut se relever, Yaval et Youval accoururent à son aide.

Elle considéra longuement la face détruite de mon frère Tubal. Puis elle dit :

— Lemec'h, fils de Metouchael, fils de Mehouyael, fils d'Irad et fils d'Hénoch, semence de Caïn dans mon ventre, je suis venue retirer le corps de mon époux des mains de son meurtrier.

La voix d'Awan sidérait : forte, vive et nette. Mon père vacilla comme s'il avait reçu un coup. Il ouvrit la bouche pour protester. Awan frappa le sol de son bâton.

— Tais-toi, Lemec'h ! Tu fuis la vérité, comme Caïn l'a fuie après avoir abandonné Abel dans le sillon du meurtre. Ne sais-tu pas compter ? La septième génération depuis que nous errons dans le pays de Nôd n'a pas encore vu le jour. Tes fils et tes filles ne sont que la sixième.

Un grondement de stupéfaction roula dans la cour. Awan se retourna. Sa voix, si terriblement jeune et ardente, éclata de colère :

— Vous tous, ne voyez-vous pas la chevelure de Caïn ? Même abattu par la flèche de Lemec'h, même sans un souffle de vie, mon époux ne porte-t-il pas encore le signe d'Élohim ? Ces cheveux et cette barbe rouges comme le feu du crépuscule ! Y en a-t-il deux comme lui dans le pays de Nôd et sur toute la Terre ? Gens d'Hénoch, êtes-vous plus aveugles que Lemec'h lui-même ? Le châtiment des meurtriers, le châtiment des bannis de l'Éden vous pend au nez et vous refusez de le voir. Moi, Awan, fille d'Ève et d'Adam, sœur d'Abel et épouse de Caïn, je vous le dis : de toutes les générations sorties de moi, il ne viendra jamais rien de bon. Ô vous, filles, femmes et épouses, écoutez-moi. Jusqu'à la fin des fins, vos ventres n'enfanteront que des meurtriers et des assassins. Élohim ne veut plus de nos générations.

Oh, la stupeur, la terreur qui nous emplirent !

Les mots d'Awan nous firent l'effet du feu et de la glace.

Jusqu'à la fin de mes jours, j'entendrai résonner ses paroles.

Awan avait raison : nous le savions et nous ne voulions pas le savoir.

Des sanglots retentirent. Le visage de ma mère Tsilah se couvrit de pleurs. Elle retomba à genoux devant le corps de Tubal. Je crus que, emportée par la douleur et par la vérité sortie de la bouche d'Awan, elle allait joindre son visage à celui, détruit, de son fils. Je me précipitai pour l'en empêcher.

Le bâton blanc d'Awan barra ma poitrine. Il me fallut bien lever le regard. Ses yeux pâles me fixaient.

— Ce que j'ai dit des femmes, des filles et des épouses d'Hénoch ne te concerne pas, Nahamma. Élohim a un autre destin pour toi. Un destin de beauté, celui de ton nom, Nahamma.

Awan parlait d'une voix si douce, si basse, si rassurante, que j'osai murmurer :

— Est-ce possible ? Comment le sais-tu, Grande-Mère ?

La Grande-Aïeule me sourit. Ses doigts rêches frôlèrent ma joue.

— Je le sais parce que je suis moi. Ah, quand je te regarde, ce que je vois m'apaise. Toi seule possèdes ce charme que je n'ai connu qu'une fois : celui de ma mère Ève.

3

Awan réclama des hommes pour porter le corps de
Caïn jusqu'au lieu de son ensevelissement. Mon père
Lemec'h ignora la requête. Il chercha le bras de son fils
Yaval et se fit reconduire à l'intérieur de sa chambre
sans adresser un salut à la Grande-Mère. La cour
résonna encore longtemps de l'effroi qu'elle y avait semé.
Les hommes d'Hénoch hésitèrent à accéder à son désir.
Il y eut des conciliabules. Enfin, quelques-uns se présen-
tèrent devant elle :

— Jusqu'où devrons-nous aller, Grande-Mère Awan ?
demandèrent-il.

— En direction du couchant, aussi loin que nous le
pourrons dans le désert. Nous marcherons toute la nuit.
Les étoiles et la lune nous guideront. Nous nous arrête-
rons à la première aube. Vous creuserez une fosse et
nous y déposerons le premier-né d'Ève. Caïn est sorti de
son ventre par le désir d'Élohim, mais depuis ce jour,
comme nous tous, il est promis à la poussière d'où a été
tiré son père Adam.

— En ce cas, Grande-Mère, pourquoi aller si loin ?
Pourquoi marcher toute une nuit ? De la poussière où

creuser une tombe, il s'en trouve à perte de vue autour d'Hénoch.

— Si Lemec'h ne l'avait pas massacré dans un buisson d'épines comme une bête sauvage, c'est loin vers l'ouest que Caïn serait allé rendre son dernier soupir. Aussi loin que nécessaire d'Hénoch et aussi près que possible des jardins verts de l'Éden d'où il fut chassé. Il aurait marché le visage levé vers le ciel d'Élohim. Il aurait marché la bouche grande ouverte afin qu'Élohim entende ses derniers mots. Maintenant que ses jambes ne peuvent plus le porter, qui d'autre que moi peut l'aider à accomplir sa dernière errance dans le pays de Nôd ? Qui d'autre que moi, Awan, son épouse et sa sœur ? J'ai connu la saveur de son désir et de ses tendresses, j'ai caressé son visage creusé de doutes et de regrets.

Les porteurs grommelèrent encore :

— Marcher la nuit, ce sera s'offrir aux bêtes affamées et à la fureur des idolâtres.

— N'ayez crainte. Ils verront qui vous portez. Même dans le noir, ils ne seront pas aussi aveugles que Lemec'h. Ils se garderont de vous approcher.

Le corps immense de Caïn fut étendu sur les branchages, serré dans un lé de lin que j'avais tissé. Awan en roula le haut, prenant soin de laisser paraître la chevelure rouge de son époux, marque d'Élohim.

Quand les porteurs se mirent en marche, le plus grand nombre se détourna, apeuré. Ma mère Tsilah saisit ma main, m'entraînant avec elle derrière la civière. Adah et mes demi-sœurs, Noadia et Beyouria, nous suivirent. Puis d'autres femmes. Le cortège n'était pas long.

Nous passâmes la porte du Sud et nous arrêtâmes hors des murs d'Hénoch. Appuyée sur son bâton blanc, Awan avançait un peu à l'écart. Sa haute taille dessinait une ombre étirée sur la terre craquelée.

Enfin nous nous arrêtâmes, laissant le convoi s'éloigner. Quand il fut à une ou deux portées de flèche, la Grande-Mère se retourna, leva la main en signe d'adieu. Elle était trop loin pour que je puisse distinguer ses traits. Pourtant, il me sembla que ses yeux transparents étaient fixés sur moi. Tout le reste du jour, et plus encore, je sentis le poids brûlant de son regard.

De retour entre les murs de Lemec'h, ma mère lava le corps de Tubal, aidée par Adah, sa sœur, première épouse de Lemec'h. Adah prépara des herbes odorantes et les pressa entre des bandelettes de lin avec lesquelles elle enveloppa Tubal des pieds à la gorge. Quand elle voulut en enserrer la tête massacrée de mon frère, ma mère Tsilah s'y opposa :

— Non ! Certainement pas ! s'écria-t-elle. Si Élohim veut faire monter mon fils près de Lui dans le monde des morts, Il devra supporter de voir ce visage que lui a laissé Lemec'h.

On roula Tubal dans le tapis encore tout humide de sang que j'avais tissé. Ma mère Tsilah me demanda d'en coudre les bords hermétiquement. Mes demi-frères, Yaval et Youval, creusèrent une fosse à l'extérieur d'Hénoch. Le crépuscule tombait lorsqu'on déposa enfin le tapis de Tubal sur le brancard des morts pour l'y transporter. Ma mère Tsilah et moi marchions à sa gauche et à sa droite. Nombreux furent ceux qui nous suivirent.

Yaval et Youval déposèrent doucement le rouleau abritant Tubal dans la poussière de la fosse. Alors, écartant la foule de son bâton et de ses grognements, mon père Lemec'h s'approcha. Sa main gauche soutenait une coupe de cuivre. Tubal l'avait forgée lui-même. Les braises de l'autel d'Élohim y rougissaient. Ma mère se jeta au travers de son chemin :

— Tu n'iras pas plus loin, Lemec'h.

— Écarte-toi, femme. Je suis son père.

— Tu l'étais. Maintenant, tu n'es plus que son meurtrier.

Lemec'h leva son bâton. Ma mère le saisit des deux mains. Elle gronda comme une bête, l'arracha de la poigne de Lemec'h. Mon père chancela, manqua de tomber, entraîné par le poids de la coupe. Il leva le visage. Le ciel du crépuscule, couleur de sang, teinta le blanc de ses yeux morts.

— Tsilah ! Femme ! Que fais-tu ?

Il tourna sur lui-même, perdu. Son bras libre fouetta le vide dans l'espoir d'attraper le bâton. Ma mère s'éloigna d'un bond. Yaval et Youval se précipitèrent. Yaval voulut ôter le bâton de Lemec'h des mains de ma mère.

— N'approche pas ! hurla-t-elle.

Elle brandit la canne, la fit tournoyer devant elle.

— N'approche pas, fils d'Adah, ou tu rejoindras ton frère Tubal dans la fosse avec une tête toute pareille à la sienne.

Adah gémit :

— Tsilah, ma sœur ! Es-tu devenue folle !

Ma mère était forte et habile. Yaval le savait. Il savait aussi qu'elle tenait toujours parole. Il recula.

Adah supplia encore :

— Tsilah, je t'en prie ! Yaval ne porte pas la faute de Lemec'h !

Dans sa nuit, mon père Lemec'h avait deviné toute la scène. Il s'agrippa au bras de Youval :

— Cela va ! Cela va, cria-t-il. Que Tsilah s'apaise. Je ne m'opposerai pas à elle.

Son instinct d'aveugle retrouvé, il chercha à situer Yaval. Il lui tendit la coupe fumante.

— Prends, fils. Fais pour ton frère ce que ton père ne peut faire.

De grosses torches avaient été enfoncées aux quatre coins de la tombe de Tubal. Yaval les alluma avec les braises de l'autel d'Élohim. Une à une, un à un, tous ceux qui se trouvaient-là s'avancèrent devant la fosse. Chacun déposa une pierre sur le corps de Tubal.

On pleura, on supplia Élohim de bien vouloir l'accueillir près de Lui :

— Ô Puissant de l'Éden,
Toi qui peux tout et juges tout,
Tends Ta paume sur Tubal
Lève de sa poitrine la malédiction des générations.
Que les pierres qui pèsent sur lui deviennent légères
Et le laissent T'aimer.

Ceux d'Hénoch retournèrent dans leurs cours. Adah, ses fils et ses filles emboîtèrent le pas de notre père Lemec'h. Ma mère resta accroupie sous la lune devant la tombe de Tubal. Je restai hors des murs de la ville avec elle.

La lune disparut à l'ouest. Les torches allumées par Yaval continuèrent de brûler faiblement dans la nuit.

Les fauves glapirent et les oiseaux de nuit jetèrent leurs cris sinistres. Ma mère Tsilah y lut un mauvais présage.

– Élohim nous rejette, gémit-elle, accablée. Élohim rejette Tubal!

4

Les porteurs de la dépouille de Caïn furent de retour après trois jours. Hagards et fourbus, les yeux rougis par la poussière, les lèvres tremblantes. La soif leur brûlait la gorge. Awan n'était pas avec eux.

Ils vidèrent des cruches, dévorèrent des galettes avant d'annoncer :

— La Grande-Mère n'a pas voulu abandonner la fosse où nous avons enseveli Caïn. Elle croyait qu'Élohim s'inclinerait vers elle et lui permettrait d'accompagner Caïn dans l'au-delà.

Personne ne s'en étonna. C'était dans la nature d'Awan de ne pas aimer vivre parmi nous. Mon père Lemec'h en fut soulagé. La Grande-Mère s'était élevée contre lui : revenue dans Hénoch, il ne doutait pas qu'elle y aurait répété ses accusations et ses prédictions effrayantes.

Les porteurs ajoutèrent :

— La Grande-Mère avait raison. Tant que nous portions la civière de Caïn, nous avancions vers l'ouest sans encombre. Les bêtes sauvages et les idolâtres se tenaient à distance. Même au plus obscur de la nuit, nous marchions sans crainte. Au retour, ce fut le contraire. Les meutes du pays de Nôd se sont déchaînées contre nous. Ces démons se postaient hors de portée de nos flèches et de nos lances. Mais il était impossible de ne pas entendre leur vacarme. Des cris, des glapissements, des insultes à n'en plus finir! Inutile de chercher le repos, même le temps d'un clin d'œil. Les idolâtres s'excitaient plus que des fauves : «Votre Élohim vous a abandonnés! Vous êtes des sans-Dieu! Votre chair ne tient plus à vos os! Poussière, poussière, voilà ce que vous êtes! Demain, on dansera sur vos ventres!» Nous voulions courir droit jusqu'ici, mais ces démons nous ont égarés plus d'une fois. Leurs dieux maléfiques savent changer les étoiles de place. On croit courir vers l'est et, quand l'aube vient, on découvre que l'on marche vers le nord ou le sud.

Ces paroles attisèrent la peur. L'angoisse se glissa dans les gorges. Elle assombrit tout. Durant une lune, puis deux, tout devint menace. Les crépuscules terrorisaient. Les aubes tourmentaient. Les cœurs et les reins brûlaient de peurs inconnues. Les poitrines nourrissaient des mots de haine.

Il ne fallut pas longtemps pour qu'ils montent aux lèvres et se transforment en actes.

Avant ces événements, des filles d'Hénoch venaient s'asseoir sous l'appentis pour apprendre les gestes du tissage. Je les leur enseignais tout en partageant leurs rires et leurs rêves. Après le retour des porteurs, certaines ne vinrent plus. Leurs confidences n'égayèrent plus les moments de travail commun. Puis un jour celles qui restaient encore se dressèrent là, devant moi, ensemble et la bouche débordant de reproches :

— Nahamma, fille de Lemec'h ! Ce qui nous arrive est ta faute ! La Grande-Mère Awan a dit le vrai : la colère d'Élohim pèsera bientôt sur nous toutes, alors que c'est vous, ceux de Lemec'h, qu'elle devrait frapper.

Je songeai aux mots que m'avait murmurés la Grande-Mère. Je ne sus que répondre. Elles insistèrent. Je dis :

— Ne suis-je pas déjà punie, et plus que vous ? J'ai perdu Tubal, mon frère. Il n'y en avait pas un plus fin et beau que lui dans tout Hénoch et il était mon grand-aimé.

Ces mots augmentèrent leur fureur :

— Nahamma, ne fuis pas comme Lemec'h ! Tubal a reçu le châtiment qu'il méritait.

— Qu'avait-il besoin de pousser ton père à aller à la chasse ? De mettre un arc dans la main d'un aveugle ?

— Lui qui était plus aveugle encore que ton père, incapable de reconnaître la chevelure et la barbe de notre Grand-Aïeul Caïn !

— Plus menteur qu'un idolâtre. Qui croira qu'il a pu ignorer le signe d'Élohim ?

— Fille de Lemec'h, toi aussi tu recevras ton châtiment. Ne crois pas que ta beauté te protégera quand se déchaînera la colère d'Élohim. Vous serez les premiers à subir Sa malédiction, vous tous de la maison de Lemec'h.

Je supportai les insultes en silence. Mes compagnes rassemblèrent leurs laines et leurs cadres à tisser. Elles ne revinrent pas. Le lendemain, quand je retournai à l'appentis, des gamins le quittèrent en courant. J'y entrai le cœur battant. L'air y puait tant qu'on y étouffait. Les garçons avaient brisé les grandes jarres à coup de pierres : les décoctions de terre, de feuilles et de viscères de brebis qui permettaient de teindre les laines en rouge, bleu, noir ou pourpre s'étaient répandues sur la terre battue, la transformant en boue. Cela empestait comme une vieille charogne. Les enfants avaient piétiné mon cadre à tisser. Au moins n'avaient-ils pas eu le temps de le casser.

Je perdis le sommeil. Les mots de la Grande-Mère Awan me tourmentaient.

Sa prédiction était-elle sérieuse ? Tous ceux d'Hénoch allaient-ils disparaître, sauf moi ?

Qu'était ce charme que je possédais et qui lui rappelait celui de notre Mère Ève ?

Serai-je la seule à connaître les temps à venir ?

Devant l'horreur de cette pensée, des sanglots me soulevaient la poitrine. Le regard fixe dans le noir, j'imaginais cette solitude prophétisée par Awan. Sans plus aucun visage connu autour de moi ! Sans plus entendre la voix de ma mère Tsilah !

L'effroi me rongeait la poitrine. Le souffle me quittait. Je tentais de me calmer, songeant que la vieillesse de la Grande-Mère Awan était incommensurable. La première, au côté de Caïn, elle avait foulé la poussière désespérante du pays de Nôd. Pendant mille ans elle avait enduré le châtiment infligé par Élohim à son époux aimé. Sa fureur envers mon père Lemec'h, on la comprenait. Son cœur et ses mots débordant de reproches et de haine, on les partageait. Mais ce qu'elle annonçait ne pouvait être possible ! Je me répétais : «Elle n'est plus vraiment des nôtres. Elle appartient aux temps très anciens et ne comprend pas nos jours. L'âge l'aveugle. »

Ceux d'Hénoch ne pouvaient tous mourir ! Nos générations ne pouvaient disparaître !

Comment cela pourrait-il seulement s'accomplir ?

Pourtant, chaque fois, ma raison cédait. Le souvenir du chuchotement de la Grande-Mère écrasait ma poitrine. La vision de l'anéantissement du peuple d'Hénoch me bouleversait à nouveau.

Et moi seule survivante.

Oh, pourquoi Élohim ne voulait-Il pas m'effacer avec les autres ? Où irai-je ? Que deviendrai-je ?

Si seulement Awan revenait de la tombe de Caïn et répondait à mes questions !

Une nuit, le désespoir m'emporta avec tant de violence que je ne parvins pas à retenir ma plainte. Je m'écriai dans le noir :

— Awan ! Awan ! Pourquoi me révéler mon sort puis m'abandonner ?

Ma lamentation réveilla ma mère. Depuis la mort de Tubal, elle refusait de partager la couche de Lemec'h et passait ses nuits dans la chambre des femmes. Je l'entendis se lever. Ses pas s'approchèrent dans l'obscurité. Elle fut à mon côté. Ses mains cherchèrent mon visage. Ses paumes trouvèrent mes joues mouillées et ses lèvres se posèrent sur mes tempes.

— Nahamma, ma fille, que t'arrive-t-il ?

À bout de souffle, je ne pus lui répondre. Devais-je lui confier la prédiction folle d'Awan ?

— Est-ce la mort de Tubal qui te fait pleurer ? insista ma mère.

Elle savait combien j'aimais Tubal. Combien je le trouvais beau. Et mon père Lemec'h qui avait détruit son visage d'une pierre !

— Ma mère, pas de jour ne passe sans que la présence de Tubal me manque. Mais ce qui me tord le ventre la nuit, ce sont les mots de Grande-Mère Awan.

— Awan ? Qu'a-t-elle dit ?

Je cédai et lui racontai tout.

Quand je me tus, j'aurais voulu deviner un sourire, une ironie dans sa voix. Il n'y eut que le silence.

— Mère ?

— Je m'en doutais. Depuis longtemps je te regarde et je sens que la paume d'Élohim est sur toi.

— Non, ce n'est pas possible. Awan a dit cela pour...

D'une pression sèche de ses doigts ma mère Tsilah me ferma la bouche.

— Ne dis pas de sottises. Grande-Mère Awan ne prononce jamais une parole qui ne soit celle de la vérité.

— Ma mère ! Que vais-je devenir si vous tous... Awan se trompe.

Je balbutiais. Rien de tout cela ne pouvait être vrai. C'était inconcevable. Élohim n'allait pas détruire ce qu'Il avait créé. Était-Il à ce point cruel ?

La faute de notre aïeul Caïn était-elle si grande ?

Et celle de mon père Lemec'h ?

Je sanglotais, parcourue de frissons de plus en plus violents. Ma mère m'embrassa pour me calmer. Mais elle aussi tremblait. Pas plus que moi elle ne comprenait où nous conduisait la vérité d'Élohim.

Oh, si au moins Awan revenait nous guider !

5

Mais elle ne revint pas. Dans Hénoch la vie mauvaise empira. Les reproches et les menaces pleuvaient sur nous, ceux de la maison de Lemec'h. Ma mère devait subir des insultes chaque fois qu'elle allait chercher de l'eau au puits. De même Adah, Noadia et Beyouria. Bientôt la peur et la fureur ne se satisfirent plus de mots. Des mains se levèrent. Elles tenaient des pierres. Des femmes se mirent à hurler sur notre passage :

— Pourquoi attendre que la colère d'Élohim tombe sur nous tous ? Châtions la maison de Lemec'h. Élohim nous en sera reconnaissant.

Assis, immobile dans l'ombre de sa cour, Lemec'h se taisait. Depuis que ma mère Tsilah l'avait chassé de la tombe de Tubal, nous avions à peine entendu sa voix. On ne savait, du chagrin ou de la honte, ce qui fermait sa bouche. Le blanc de ses yeux paraissait si vide que nous n'osions pas le regarder.

Un crépuscule, revenant les mains vides des champs de millet, Adah entra dans notre cour, la tunique déchirée et la poitrine griffée. Toute la maisonnée se précipita vers elle. Elle nous repoussa, alla droit devant notre père. La voix brisée par l'humiliation, elle s'écria :

— Lèmec'h, assez ! Nous n'en pouvons plus. On nous insulte, on nous crache dessus. Aujourd'hui, ce sont les poings et les ongles. Demain, ce seront les bâtons et les pierres. Toi, tu restes là comme un bois mort. Tu ne parles pas. Sais-tu seulement que ta fille Beyouria a le ventre plein depuis deux lunes ? Veux-tu qu'elle perde son fruit sous les coups des femmes d'Hénoch qui te condamnent ? Ne compte plus sur nous. Tes filles n'iront pas chercher l'eau, et moi non plus. S'il nous faut mourir de soif, eh bien, nous mourrons de soif !

Ces mots d'Adah parurent tirer Lemec'h d'un songe épais. Sa bouche frémit, son front se creusa. Puis il tressaillit, si fortement qu'on le crut pris d'une crise de haut mal. Adah, toute furieuse et malheureuse qu'elle fût, regrettait déjà la dureté de ses paroles. Elle eut un mouvement vers lui. Mon père Lemec'h saisit ce qui restait de sa tunique, manquant de la dénuder.

— Beyouria a le ventre plein ?

— Je viens de te le dire !

— Et depuis quand ?

— Deux lunes. Ôte tes mains de mon linge, tu me mets nue devant tous ! s'écria Adah.

Repoussant les doigts de Lemec'h, retrouvant sa colère, elle se voila le ventre et la poitrine des lambeaux de sa tunique.

— Pourquoi ne me l'as-tu pas annoncé ? reprit mon père Lemec'h.

— Parle-t-on au bois mort entassé contre un mur ? T'es-tu soucié de ce qui nous arrivait durant ces deux lunes, à nous, tes femmes et tes filles, dès que nous posions la semelle au-dehors ?

Lemec'h agrippa son bâton et se redressa avec une vigueur qui nous fit reculer d'un pas.

— Tais-toi, femme ! Ce qu'il se passe dans Hénoch, je le sais mieux que vous.

Son regard aveugle nous parcourut. Il trouva Beyouria en retrait derrière Noadia. Il tendit la main :

— Approche, fille, approche.

Beyouria était la plus jeune d'entre nous, les filles de Lemec'h. Petite, fraîche, gracieuse, tel un animal heureux de vivre, en toute chose elle se montrait timide et comme à peine accoutumée encore à la dureté du soleil et au froid de la nuit. Elle se retint à la tunique de Noadia, refusant d'avancer d'un pas.

Lemec'h le devina. Il adoucit sa voix :

— Approche, ne redoute pas ma main. Ne crains pas les reproches.

Noadia enlaça Beyouria, la poussa vers la main de Lemec'h qui s'agitait :

— Viens, viens !

Il la tira à lui, jeta son bâton pour libérer sa main droite et palper le ventre de sa fille. Elle tremblait à claquer des dents.

— De quoi as-tu peur, ma fille ? De quoi as-tu peur ? demanda notre père.

De quoi Beyouria avait peur, chacune d'entre nous le savait. Les larmes noyaient ses joues.

— Ne pleure pas, s'agaça notre père. Qui est l'homme ?

Les tremblements de Beyouria redoublèrent. Elle balbutia :

— Un de ceux qui vont sous la tente, comme Yaval.

— Son nom ?

— Hadahézer.

— Hadahézer, fils de qui ?

— Je ne sais pas.

— Alors, ce n'est pas un homme d'Hénoch ?

Beyouria secoua la tête. Lemec'h approuva d'un claquement de langue, comme s'il avait vu le mouvement de Beyouria.

— Cet homme, qui le connaît chez nous ? demanda-t-il.

Ce fut Adah qui répondit :

— Yaval le connaît. Ils poussent le bétail ensemble.

— Appelle Yaval.

Depuis longtemps Yaval conduisait un troupeau de petit bétail dans le pays de Nôd. Il se liait d'amitié avec ceux qui y vivaient et couchaient comme lui sous la tente.

— Il n'est pas dans Hénoch. Il a rejoint les tondeurs. C'est le jour de la laine.

— Fais-le venir.

La nuit était noire quand Yaval se présenta devant Lemec'h. Il arriva accompagné de deux aides. Chacun portait une torche. La chaleur des flammes révéla leur présence à Lemec'h.

— Je te veux seul, dit-il à Yaval. Garde une seule torche, ça suffira.

Les aides partis, il annonça aussitôt la nouvelle :

— Le ventre de ta sœur Beyouria est plein. Celui qui lui a ouvert les cuisses s'appelle Hadahézer. Beyouria dit que tu pousses le bétail avec lui.

— Ah oui, fit Yaval.

Il sourit dans l'ombre et s'amusa de la nouvelle comme si elle ne le surprenait en rien. Lemec'h le devina. Il roula ses lèvres dans une grimace de contrariété, eut un mouvement sec des doigts.

— Dis ce que tu sais, ordonna-t-il.

— À la fin de l'été, les pâtres montent sur les pentes de la montagne Zargos, raconta Yaval. L'herbe y reste verte encore longtemps, le bétail y grossit, on y respire mieux. C'est là que j'ai rencontré Hadahézer pour la première fois. Il y a cinq étés. Nous sommes devenus compagnons. Hadahézer n'est pas un berger comme les autres. Il est savant en beaucoup de choses et plaisant à écouter. Il ne craint pas les carnages des fauves ni les démons de la montagne. En vérité, je l'ai vu de mes yeux : son troupeau n'est jamais attaqué, ni le mien quand je le pousse à son côté. Dans la nuit, Hadahézer devise sur ce qui est et adviendra. L'hiver dernier, je l'ai croisé à son retour des plaines de l'ouest. Il possédait du bétail en grand nombre. «Veux-tu trente de mes agneaux ? m'a-t-il proposé. J'en ai plus que je ne peux surveiller tranquillement. Tu es mon ami : je te les donne.» J'ai refusé. Je lui ai dit : «Hadahézer, garde tes bêtes encore dix jours et viens à Hénoch. Tes agneaux y trouveront acquéreur à bon prix. Tu seras le bienvenu et connaîtras ma famille.» Il a accepté. Il est venu et a dressé sa tente près de la mienne.

— À moi, tu ne l'as pas fait connaître, s'irrita Lemec'h.

— Non, admit Yaval. Non. Il n'est pas resté si longtemps que cela puisse advenir ni qu'il en montre le désir.

Il eut un petit rire qui lui racla la gorge et ajouta :

— Mais la connaissance de Beyouria, il l'a faite, et par son ventre, on peut dire qu'il se présente à toi.

Lemec'h fit comme s'il n'entendait pas le persiflage de Yaval. Il demanda seulement un peu durement :

— Ce nom, Hadahézer, c'est tout ce qui le nomme ? Il n'a pas de père ni ne vient d'aucun pays ?

Yaval répondit que cet homme devait bien avoir un père et venir d'un pays, comme chacun, mais personne, parmi ceux qui vivaient sous la tente, n'en avait jamais entendu le nom.

Lemec'h renvoya Yaval à son bétail et resta ensuite silencieux. Nous étions presque endormies quand il frappa de son bâton sur le seuil de notre chambre commune :

— Eh ! Mes femmes et mes filles, réveillez-vous et écoutez-moi ! Il est temps de cesser de gémir comme des sottes. Demain, à la première lueur, vous me conduirez à la porte du Nord. Nous irons puiser l'eau ensemble. Personne ne vous insultera plus, ô femmes de Lemec'h !

6

Ce fut une étrange procession. Nous, ses filles, allions devant, les grandes gourdes de cuir pendues à nos épaules telles des bêtes mortes. Mon père Lemec'h frappait le sol de son bâton au rythme de nos pas. Il se tenait entre nos mères, Tsilah et Adah, ses deux épouses. Ses yeux blancs fouillaient les ruelles et les murs comme pour débusquer d'éventuelles menaces. Ceux qui apparaissaient sur les seuils nous observaient sans prononcer un mot. Certains quittaient leurs demeures pour nous suivre.

À notre approche, le silence se fit autour du puits. Le grincement de la corde de cuir sur la poutre s'interrompit. Les enfants qui la tiraient en s'interpellant se turent. Quand nous fûmes assez près, Lemec'h pointa son bâton sur un gamin à la tête rasée.

— Va me chercher à boire.

Le garçon remplit un broc de terre cuite et l'apporta en courant. Lemec'h but lentement, puis posa sa paume humide sur la tête du petit.

— Ma paume te reconnaît, dit-il. Ton souffle et ta chaleur me disent ton nom. Tu t'appelles Muttalu, fils d'Hudarû. Quand tu es né, ton père est venu me voir. Tout petit et nu, braillard et chauve que tu étais, il t'a posé dans mes mains. Il m'a dit : « Lemec'h, celui-là sera pour Élohim. » Tu vois, mes paumes ne t'ont pas oublié.

Lemec'h retira sa main du front du garçon. Celui-ci resta figé, fasciné par le regard mort qui scrutait son visage mieux qu'un regard vivant. Sa mère s'approcha vivement. Elle lui attrapa le bras et l'écarta de nous.

Mon père frappa à nouveau le sol de son bâton et haussa le ton :

— Femmes d'Hénoch, femmes de Lemec'h, Adah, Tsilah ! Écoutez ma parole. Depuis leur premier jour, les mains de Lemec'h accomplissent la volonté d'Élohim. Suis-je allé dans le désert pour tuer Caïn, le père de nos générations ? Ai-je levé une pierre pour abattre Tubal, mon fils le plus cher ? Certainement non. Non et non ! Jamais, entendez-vous ! Je suis seulement Lemec'h, fils de Metouchael, fils de Mehouyael, fils d'Irad et fils d'Hénoch, semence de Caïn. Je suis celui qu'Élohim a choisi pour accomplir la punition du meurtre qui nous condamne à vivre ici, dans la poussière du pays de Nôd. Quand Caïn est entré dans le champ avec Abel, la volonté du meurtre armait son bras. Dans son cœur, il couvait le désir de tuer Abel. La jalousie lui faisait bouillir le sang. Il voulait voir le cadavre de son frère, ah oui ! Puis il a tenté de le dissimuler comme on cache une bête morte, même à la face d'Élohim ! Il l'a roulé dans la tranchée du labour et a jeté de la terre dessus.

« Mais moi, Lemec'h, ai-je agi ainsi ? Ai-je dissimulé ? Non ! L'accident est arrivé devant la face d'Élohim. Il a tout vu, tout su. Vous aussi, vous avez tout vu et tout su ! La volonté d'Élohim s'est accomplie et m'a emporté.

Comme elle a emporté Caïn et Tubal. Où est la satisfaction de Lemec'h? Quelle soif de vengeance apaise en moi la mort de notre aïeul et celle de mon fils? Qui dira que j'ai souhaité cet accident?

La voix de mon père résonnait dans l'air du matin. Il criait comme s'il voulait atteindre Élohim lui-même, errant dans le haut bleu du ciel.

— Suis-je Celui qui tient les jours et les vies dans le pays de Nôd?

Il se tut brusquement, le visage levé, la bouche ouverte, les lèvres frémissantes, de tous ses traits guettant une réponse. Avec lui, nous toutes, femmes d'Hénoch, levâmes le visage vers le ciel. Le cœur tambourinant si fort dans la poitrine que nous en étions oppressées.

Le silence du ciel nous accabla. Chacune de nous chercha à tâtons la main de sa voisine. Pour nous y agripper, tant il nous semblait que nous pouvions tomber. Tomber de toute la hauteur du ciel vide d'où ne provenait aucune réponse aux cris de Lemec'h.

La voix basse, rauque, il reprit :

— Le reproche de la Grande-Mère Awan, je l'ai entendu. Le reproche de Tsilah, je l'ai entendu. Deux lunes, je suis resté enfermé, sans un geste, sans un mot. Le grand vacarme de vos peurs et de vos colères, je l'ai entendu. Il a pétri l'air d'Hénoch. Et vous qui êtes là devant le puits, vous qui allez et venez en baissant la tête dans les ruelles d'Hénoch, vous qui grondez dans les champs d'Hénoch, vos cris et vos insultes envers mes femmes, je les ai entendus. J'ai allumé l'holocauste sur l'autel d'Élohim. J'y ai brûlé la graisse des agneaux premiers-nés. Je me suis agenouillé devant Celui qui châtie. J'ai dit : «Ô Élohim, que la faute de Caïn redescende sur moi s'il le faut! Que Ton châtiment me frappe, moi, Lemec'h, cinquième de Tes générations issues de Caïn. Je suis prêt. Je suis Ton serviteur. Prends ce que Tu dois prendre. Libère les innocents d'Hénoch. La malédiction naît dans les fruits de Caïn, notre premier Ancêtre. Les autres sont innocents. » Je l'ai dit. Je l'ai dit et je suis resté à genoux devant l'autel. Je n'ai fui sous aucun abri. La fumée de l'holocauste a gonflé mes yeux morts. Dans ma bouche : poison pour le mensonge, parfum pour la vérité. Élohim ne m'a pas foudroyé. Il n'a pas fait retentir Sa colère.

De nouveau Lemec'h se tut. Peut-être voulait-il ressentir l'humeur des femmes dans le silence. Le doute tordait les sourcils des plus âgées. Elles avaient peur. Les mots de la Grande-Mère Awan s'étaient enfoncés loin en elles. Mais le regard des plus jeunes commençait à briller d'espoir. Elles avaient soif de vie. Les prédictions de malheur pesaient trop lourdement sur elles.

Mon père Lemec'h le savait. Il glissa son bâton dans sa main gauche et leva sa paume droite :

— Beyouria, ma fille, approche.

Beyouria obéit. Elle ne montra pas de timidité. Elle souriait. Elle posa sa main dans celle de Lemec'h. Une main petite, fragile dans la grande paume qui tenait l'arc et la pique depuis si longtemps. La voix calme, Lemec'h annonça :

— Notre Grande-Mère Awan s'est moquée : «Lemec'h ne sait pas compter! Élohim n'a pu choisir sa main pour accomplir Son châtiment. Les six générations de Caïn ne sont pas encore accomplies...» Awan se trompe. La septième génération de Caïn, la voici. Elle est ici, dans le ventre de ma fille Beyouria.

Soudain, la bouche de Lemec'h s'ouvrit sur un grand rire. Son regard blanc comme le lait glissa sur les unes et les autres, aussi brûlant que la braise. Le rire de notre père était si rare que les femmes le dévisagèrent avec stupeur. Ce fut comme si l'air d'Hénoch s'était raréfié. Chacun retint sa respiration. Serrant Beyouria contre lui et brandissant son bâton, Lemec'h hurla encore :

— Voici qu'elle vient, la septième génération de Caïn ! Ici, dans le ventre de Beyouria, fille d'Adah et de Lemec'h !

Alors les cris jaillirent. Autour du puits, la sidération se mua en joie. La voix de Lemec'h attisa encore l'excitation, soufflant les mots sur les têtes comme une fumée d'allégresse :

— Je vous le dis : à Caïn le meurtrier par volonté, sept générations de répit ont été accordées avant que ne tombe le châtiment. À Lemec'h qui a apporté la mort par accident, soixante-dix-sept générations seront accordées. Je vous le dis : Ô femmes d'Hénoch, ne craignez rien ! Ne pleurez plus. Dansez et ouvrez vos cuisses pour engendrer la vie de demain. Élohim bénira les générations issues de vos ventres. Elles seront Sa gloire. La faute de Caïn sera effacée. Hénoch sortira du châtiment !

7

Tel était le pouvoir de la parole de Lemec'h : les bouches qui gémissaient et insultaient la veille choyèrent et baisèrent Beyouria. Les mains qui levaient les pierres et les bâtons se montrèrent impatientes de caresser. Tournant comme les vents d'orage, les reproches et les menaces devinrent sourires et promesses. La vie d'avant reprit. On eût dit qu'en un instant mon père Lemec'h avait semé un monde neuf, léger comme le printemps.

Filles, sœurs, mères, épouses, les femmes d'Hénoch retrouvèrent l'assurance de celles qui savent porter la vie. À nouveau, racontant mille histoires où elles imaginaient le monde de demain, elles attisèrent à pleins bras les feux, pétrirent la pâte des galettes, cardèrent la laine et battirent le linge souillé. La fumée des fours monta aussi droite et épaisse que celle des autels. La laine et les cadres à tisser reprirent leur place sous l'appentis. Les reproches haineux s'y effacèrent comme d'un frôlement de paume.

La coutume d'Hénoch voulait qu'au crépuscule les jeunes filles promènent leurs longs cheveux à la porte du Sud. Les garçons de la cité grimpaient sur le mur de l'enceinte pour les y admirer. Les appels et les compliments fusaient. Les jeunes dents scintillaient. Les plaisanteries rougissaient les joues. Depuis la mort de Caïn et de Tubal, nul garçon ou fille n'avait osé s'y montrer. Le soir même de ce jour où Lemec'h s'adressa aux femmes autour du puits, j'y fus comme les autres, en compagnie de Noadia. La promesse contenue dans le ventre de Beyouria courait sur toutes les lèvres. On nous fêta. Des garçons nous jetèrent des colliers de pierres bleues et des bracelets d'argent. Un bonheur acide irritait nos sens. Il m'envahit, comme mes compagnes.

J'étais jeune et ignorante. Ou je désirais l'être. Et moi comme les autres, plus encore que les autres, je voulais croire les mots de mon père. Croire que Grande-Mère Awan se trompait. Je ne voulais plus me réveiller dans le noir brûlée par la peur, le cœur serré par la prédiction de malheur de notre Grande-Aïeule.

Seule ma mère Tsilah conservait un air sombre. Sa colère contre Lemec'h ne faiblissait pas. La mort de mon frère Tubal lui déchirait toujours les entrailles. Un soir où Noadia et moi rentrions de la porte du Sud, elle me saisit le bras et, m'écartant de ma sœur, me poussa sous l'appentis de la cuisine. Des braises rougeoyaient dans les fours. Elles me parurent aussi brûlantes que les mots de ma mère :

— Nahamma, ne te laisse pas tromper. Lemec'h ne crache que des mensonges. Ne le crois pas : la Grande-Mère Awan en sait plus sur la colère d'Élohim que lui. La vérité sort de sa bouche. Elle est trop vieille et trop triste pour mentir. Elle dit ce qui adviendra.

— Mère ! protestai-je. Mère, comment croire qu'Élohim veut nous faire disparaître ? Si mon père ne retournait pas la peur en rire, qui demeurerait dans Hénoch ?

Ma mère ne m'écoutait pas.

— Lemec'h craint son châtiment, s'obstina-t-elle. Il fait régner la folie sur Hénoch afin que tous se montrent aussi coupables que lui. Il connaît le pouvoir des mots. Sa promesse de générations à venir n'est qu'une tromperie. Les femmes d'Hénoch s'y aveuglent comme les papillons à la flamme. Les rires et la gaîté mentent. Rien de bon n'en sortira.

— Ce n'est pas un mensonge, m'entêtai-je à mon tour. Le ventre de Beyouria est plein.

— Oh comme il est aisé de te tromper, Nahamma, ma fille ! Qui peut dire quelle vérité contient le ventre de Beyouria ? Qui peut dire la vie qui sortira de ses cuisses ? Il faut être faux comme Lemec'h pour clamer que ce sera là le premier de cent et cent générations. N'est-ce pas le malheur de Caïn et la mort d'Abel qui sont sortis des cuisses d'Ève, notre mère à tous ? Sa douleur ne nous enseigne-t-elle rien ?

Son visage était si dur, sa voix si aigre et si lourde de rancœur ! Ma gorge se serra. Je me détournai. Qu'elle ne voie pas mes larmes et le dépit qui me brûlait la face ! Ma mère tant aimée voulait-elle m'attirer à toute force dans la souffrance et l'obscurité qui la rongeaient ?

Je partis en courant rejoindre Noadia et Adah. Elles se tenaient sous les lumignons d'huile. Leurs visages me parurent beaux et sereins. Je les enviais. Ma pauvre mère, songeai-je, ne pourrais-tu trouver le repos, comme elles ?

Mon propre visage devait dire ce que ma bouche taisait. Adah me fit asseoir près d'elle. Elle murmura :

— Nahamma, n'en veux pas à ta mère. Elle voit le ventre rond de Beyouria, elle voit nos mines joyeuses, elle entend nos rires. Elle vit dans le souvenir du visage de Tubal détruit par notre époux Lemec'h. La tristesse ne lui laisse aucun répit. Quelle femme ne se laisserait pas submerger par l'amertume ?

Adah disait juste, je le savais. La gaîté nouvelle d'Hénoch, presque furieuse, et provoquée par Lemec'h, insultait au deuil de ma mère. Le ventre de Beyouria chaque jour plus arrondi aggravait sa douleur. Je me mis à pleurer. Adah me caressa.

— Ne t'inquiète pas, chuchota-t-elle. Tsilah est la plus forte d'entre nous. Elle saura trouver son chemin pour sortir de la forêt du malheur. Et toi, tu es solide et belle. De quoi as-tu peur ? Les jours à venir seront les tiens.

Elle se leva et me tendit la main :

— Viens m'aider à masser le ventre de Beyouria pour que sa nuit soit bonne. Le fils qui en sortira devra être robuste et vigoureux.

Les paroles de ma mère me revinrent à l'esprit : « Qui peut dire la vie qui sortira des cuisses de Beyouria ? »

— Comment sais-tu que ce sera un fils et pas une fille ? demandai-je.

— Je le sais. Cela suffit. Et cela suffit aussi à Lemec'h.

8

À l'entrée de l'hiver, le ventre de Beyouria était gros de six lunes. Yaval, fils d'Adah, revint dresser sa tente sous les murs d'Hénoch. Il se présenta devant Lemec'h.

— Père, j'ai fait ce que tu as demandé. Je suis allé partout, nord et sud, est et ouest. Cet Hadahézer qui a engrossé Beyouria, je ne l'ai vu nulle part. À chaque homme que j'ai croisé, j'ai demandé : « L'avez-vous rencontré, lui et son troupeau ? » Partout on m'a répondu : « Non, non ! » Il est venu au printemps. Pourtant, l'été a passé, et pas d'Hadahézer sur les pentes de la montagne de Zagros. Beaucoup disent : « Soit Hadahézer est parti plus loin vers l'est, soit il a fini par faire de mauvaises rencontres. » Si c'est le cas, il est dans la poussière. Son bétail est devenu celui d'un autre.

— Que crois-tu toi-même ?

— Qu'Hadahézer est hors du pays de Nôd. Il n'est pas homme à faire de mauvaises rencontres et encore moins à perdre son troupeau. Mais aussi, il est un homme comme un autre. Peut-être veut-il seulement se tenir loin du ventre de Beyouria ? Mon père, si tu veux que je le cherche encore, et même le contraigne à venir s'agenouiller devant toi, dis-le.

Lemec'h ne répliqua pas. Il partagea son repas avec Yaval comme si de rien n'était. Il s'inquiéta du troupeau et le questionna sur les nouvelles qu'on colportait dans le pays de Nôd. Avec un peu d'embarras, Yaval dit :

— Dans le désert, on parle beaucoup du pouvoir des flèches de Tubal et de celle que tu as plantée dans la poitrine de notre Grand-Aïeul. Les idolâtres se réjouissent de la mort de Caïn. Ils ont appris les paroles d'Awan contre toi. Ils en trépignent de joie. Ils assurent qu'elle est toujours à attendre un signe d'Élohim sur la fosse où est enterré son époux Caïn.

Lemec'h fronça les sourcils :

— Ah ?

— Les idolâtres ont du respect pour la Grande-Mère Awan. Ils la considèrent comme une folle ou une démone. C'est leur manière de penser. Ils lui offrent de la nourriture et lui donnent leur meilleur lait. Ils écoutent les prédictions insensées qui sortent de sa bouche et s'en divertissent. Ils clament que nous, ceux d'Hénoch et des générations de Caïn, nous sommes nus et sans-Dieu. Après avoir écouté Awan, ils brûlent leurs plus jeunes agneaux sur les autels de leurs divinités, Mardouk et Sin. Ils dansent et chantent des jours et des nuits en appelant le Soleil et la Lune à nous anéantir.

Les yeux blancs de Lemec'h roulèrent en signe d'amusement.

— Je sens de l'appréhension dans ta voix, Yaval. Toi aussi, tu nous crois nus et sans la paume d'Élohim sur nos têtes ?

— N'est-ce pas vrai qu'Il se détourne de nous ? Sinon, pourquoi ce pays de Nôd est-il un désert où rien ne pousse quand le vert des jardins de l'Éden éblouit le ciel à une lune de marche de nos murs ?

— Patience, mon fils ! Le désert du pays de Nôd, telle était la punition infligée à Caïn le meurtrier et le premier de nos générations. Voici le neuf : Caïn n'est plus, grâce à la flèche de ton frère Tubal. Le châtiment d'Élohim cessera. La pluie viendra et le désert de Nôd reverdira.

La grimace de doute qui tordit le visage de Yaval, Lemec'h ne pouvait la distinguer. Pourtant, comme toujours, il devina ce qu'il ne pouvait voir. Il saisit son bâton et en frappa sans violence le flanc de Yaval.

— Laisse parler les idolâtres, fils de Lemec'h. Qu'avons-nous à craindre d'eux ? Qu'y a-t-il de nouveau dans leurs cris et leurs vantardises ? N'est-ce pas ainsi que vivent nos générations depuis que nos anciens ont érigé les murs d'Hénoch ? Toujours à entendre leurs menaces et leur rage de sauvages ? Depuis le temps, n'as-tu pas constaté qu'ils hurlent comme des châtrés ? Ils braillent à s'en déchirer la gorge, mais leurs cris ne déplacent pas une mouche. Pourquoi crois-tu qu'ils s'égosillent en invoquant leurs démons ? Parce qu'ils se savent trop faibles pour nous combattre de leurs propres mains. Ils savent que, depuis six générations, Mardouk et Sin ne sont pas parvenus à nous trancher ne serait-ce qu'un poil de barbe. Et toi, tu éprouverais de la peur ?

À la fin du repas, Youval, second fils d'Adah, vint devant Lemec'h et Yaval. Youval était presque aussi beau que l'avait été Tubal. Taille haute, corps mince, visage étroit et nez puissant. Ses yeux, quand ils me regardaient, moi, Nahamma, m'emportaient souvent dans des pensées de fille que l'on préfère garder pour soi.

Il vivait dans nos murs aussi bien que dans ceux d'autres maisonnées d'Hénoch. Enfant, par jeu, il avait tiré des sons d'un roseau fraîchement taillé. Le chant venu de ce flûtiau en avait sidéré plus d'un. Avec le temps, Youval avait appris à mieux choisir les tubes des joncs. À mieux les tailler, à mieux y souffler. L'agilité de ses doigts achevait de rendre ses sons enchanteurs. Ceux qui les écoutaient ne s'en lassaient pas. Mon père Lemec'h assurait qu'à entendre ces jeux musicaux toutes les couleurs du monde lui revenaient, aussi fraîches que dans son enfance, quand ses yeux voyaient. Avec le temps, devenu homme, Youval n'avait pas connu d'autre passion ni désir que cette merveille de musique. Partout dans Hénoch il allait en offrir la magie à qui souhaitait s'en réjouir.

Heureux des retrouvailles, les deux frères s'embrassèrent. Après s'être mouillé la gorge de vin sucré de jus de figue, Youval proposa de jouer de son flûtiau, mais notre père Lemec'h se leva pour quitter les coussins du repas.

— Aujourd'hui, Youval, mon fils, souffle tes sons pour le retour de ton frère. Moi, j'ai à faire auprès de votre sœur Beyouria.

Lemec'h apparut alors que nous étions à bourdonner autour de Beyouria, telles des abeilles autour de leur reine. Ma mère Tsilah avait dit à Adah :

— Le ventre de Beyouria est trop gros. Elle est aussi trop jeune pour que tu la laisses aller et venir et l'obliges à s'occuper des tâches de la maison. Son corps n'est pas assez formé. L'enfantement ne sera pas sans risque. Mieux vaut qu'elle reste allongée jusqu'à ce que son ventre se vide.

Nous devions enduire ses hanches de graisse de mouton afin de les rendre plus souples. Ma mère avait raison : ce n'étaient que des hanches de fille alors que son ventre évoquait celui d'une matrone.

Souvent, quand mes paumes graisseuses caressaient sa taille, la pitié me saisissait. Beyouria était de cinq années plus jeune que moi. Jamais je ne m'étais souciée d'elle. Mais qui aurait pu demeurer insensible à la terreur qui dansait dans ses yeux ? Chacune s'effarait des douleurs qu'elle allait endurer. Nulle ne le disait : c'était inutile.

Depuis le seuil de la chambre des femmes, notre père Lemec'h appela. Ma mère Tsilah sortit :

— Que veux-tu ?

— Voir ma fille Beyouria. Entendre sa voix.

Adah recouvrit Beyouria d'un voile de lin clair.

— Entre.

Adah prit le coude de notre père pour le conduire jusqu'au tabouret près de la couche de Beyouria.

— Qui est là ? demanda Lemec'h en levant son visage comme il en avait l'habitude quand il cherchait à deviner les présents. Vous êtes trop nombreuses, vos parfums se mélangent. Qui est là ?

Nous donnâmes nos noms.

— C'est bien. Vous pouvez rester.

Ses bras se tendirent vers Beyouria. Elle lui saisit les mains.

— Je suis là, mon père.

Elle guida ses paumes jusqu'à son ventre. Il sourit, la palpant doucement.

— Élohim fait battre la vie de toutes Ses forces, dit-il.

Un instant, son regard blanc s'effaça derrière ses paupières. On eut cru qu'il écoutait le ventre de Beyouria. Elle se mordit les lèvres. Des larmes de bonheur mouillèrent ses yeux.

Puis Lemec'h se redressa. La voix froide et nette, il déclara :

— Ton frère Yaval a parcouru tout le pays de Nôd à la recherche de ce Hadahézer qui t'a connue. Depuis son séjour sous les murs d'Hénoch, personne ne l'a revu. Ceux qui poussent le bétail ne l'ont croisé ni ici ni là. Ils disent : « Il a fait de mauvaises rencontres. Il est dans la poussière. »

Adah protesta aussitôt. À quoi bon parler si brutalement à sa fille ? Lemec'h voulait-il effrayer Beyouria, lui faire honte jusqu'à ce qu'elle en perde les fruits de son ventre ? Lemec'h leva le poing pour la faire taire. Son regard blanc fixait à nouveau le visage rond et si jeune de Beyouria. La bouche ouverte, elle luttait pour retenir ses sanglots. Le sang brûlait ses joues. Elle se cacha le visage dans ses mains, mais elle ne put dissimuler le gémissement qui agita sa poitrine toute gonflée de la vie à venir.

Lemec'h lui agrippa les poignets.

— Pas de honte, ma fille, pas de honte, murmura-t-il.

Sa voix, d'un coup, était pleine de douceur. Les poignets fins de Beyouria restèrent dans les grandes mains solides de notre père. Elle osa l'observer. Souvent, la grimace d'aveugle de Lemec'h ressemblait à un sourire.

— Hadahézer n'est pas dans la poussière, je le sais, chuchota-t-elle.

Lemec'h opina doucement en silence. Beyouria jeta un regard à Adah et ajouta, bouleversée :

— S'il était dans la poussière, je le sentirais. Ceux que je porte dans mon ventre le sentiraient aussi.

Le front de Lemec'h se plissa. Il lâcha les poignets de Beyouria.

— «Ceux»? s'étonna-t-il.

— Deux fils. C'est ce que dit ma mère Adah : j'aurai deux fils.

Lemec'h se tourna vers Adah. Elle approuva :

— Oui, je le dis : deux fils.

Beyouria posa les mains sur son ventre rebondi, le caressa à travers le lin. La voix ferme, comme si la peur l'avait quittée d'un coup, sans plus de crainte de l'enfantement, elle répéta :

— Hadahézer est vivant. Il viendra voir ses fils quand il le pourra.

Lemec'h laissa un long moment s'écouler. Aucune de nous n'osa bouger ni parler. Enfin il demanda :

— A-t-il été doux avec toi?

— Oh oui !

La réponse de Beyouria possédait la vivacité des souvenirs heureux. Ses paupières se fermèrent sur des moments qu'elle chérissait en secret depuis des lunes.

— Oui, il l'a été. Beau et doux. Dans la voix comme dans les gestes. Ses mains aussi. Douces comme s'il ne tirait jamais la corde des puits ou ne remuait jamais la terre ni ne taillait la laine de ses moutons.

Elle rouvrit les yeux, hésita. Lemec'h s'agita.

— Parle, fille. Parle sans crainte.

Beyouria baissa les paupières, poursuivit, d'une voix rêveuse qu'on entendit à peine :

— Sa tente était près de celle de Yaval. Le soir, j'ai porté sa nourriture à mon frère, ainsi que de l'eau fraîche. Au retour, la nuit n'était pas loin. Je n'étais pas la seule fille qui allait et venait sous nos murs. Autour des enclos du bétail, il y avait des tentes à ne plus pouvoir les compter. Hadahézer s'est trouvé sur mon chemin. J'ai su qu'il m'attendait. Les autres filles passaient, il ne les remarquait pas. Moi, il me voyait et m'attendait. Ses yeux étaient doux et légers. Sa main aussi, quand elle s'est posée sur ma nuque. Sa paume, qui aurait pu s'en détacher ? Nous ne sommes pas allés dans sa tente, mais dans celle de Yaval. Mon frère, je ne sais où il était. Occupé avec le bétail, peut-être. Le lendemain aussi, et les trois jours suivants, Hadahézer m'attendait quand je portais son repas à Yaval.

— Et toujours vous alliez sous la tente de ton frère ? demanda Lemec'h, les sourcils froncés par la surprise.

Beyouria secoua la tête. Elle sourit au souvenir.

— Non. Les autres fois, sous la sienne. Les coussins y étaient rares, mais l'air était parfumé et la lumière tendre et claire comme avant le lever du soleil. Pourtant, il faisait sombre dehors et, au grand pieu de sa tente, Hadahézer n'avait accroché qu'une seule mèche d'huile.

Lemec'h resta très longtemps sans parler. Sa tête dodelinait un peu. Soudain, sans un mot ni un geste, il roula ses lèvres en lâchant une sorte de plainte et quitta son tabouret. Il partit. Autour de Beyouria, nous n'avions pas ouvert la bouche.

9

Ce qu'il advint ensuite, Youval me le raconta plus tard. Cela nous marqua pour toujours.

Notre père revint devant ses deux fils. Ils étaient toujours sur les coussins du repas. Youval soufflait dans son roseau. Il cessa en voyant le blanc des yeux morts de Lemec'h. Si sévère qu'il craignit des reproches. Sans s'asseoir, appuyé sur son bâton, notre père déclara :

— Tu te trompes, Yaval. Ce Hadahézer qui est venu dans ta tente pour connaître Beyouria n'est pas parti vers l'est. C'est vers le couchant qu'il est allé. Il est retourné d'où il venait : au pays de l'Éden.

Yaval se mit debout pour protester. Notre père ne le laissa pas poser ses questions.

— Yaval, mon fils, égorge ton plus jeune agneau. Nous allons le sacrifier sur l'autel d'Élohim. Youval, prépare tes lèvres : la nuit qui vient, on devra entendre les sons de ton flûtiau.

L'holocauste et la prière devant l'autel d'Élohim durèrent longtemps. Plus encore le temps où Youval joua de son flûtiau pour notre père. La lune blanchit le sol et les murs de la cour. Puis ce furent seulement les étoiles. Lemec'h demanda enfin à Youval de l'accompagner au seuil de sa chambre.

— Qui partage ma couche cette nuit ?

Youval s'avança dans la pièce.

— Personne n'est dans ta couche, mon père.

— Personne ? Regarde bien !

Youval répéta :

— Personne.

Lemec'h ordonna :

— Conduis-moi chez les femmes !

Ma mère Tsilah l'y attendait. Lemec'h n'en parut pas surpris. Il gronda :

— Femme, n'est-ce pas ton tour d'être dans ma couche ?

— Mon tour d'être dans ta couche, Lemec'h, je ne sais pas quand il reviendra. J'aurais trop peur ensuite de porter la semence d'un assassin.

Le ton et la violence des mots de ma mère ébranlèrent Lemec'h.

— Tsilah, tu t'obstines dans l'erreur ! s'écria-t-il. Tu es une ignorante et tu colportes l'ignorance.

— Ce que j'ai vu, je le sais. Le visage de mon fils Tubal, je l'ai vu. Toi, tu l'as fracassé.

Un rire aigre, sec comme le vent du Nord, racla la gorge de Lemec'h.

— C'est ce que tu crois. Tu as l'arrogance de ceux qui voient de leurs yeux. Mais pour ce qui est de la vérité, votre aveuglement n'a pas de fin.

— Est-ce toi qui parles d'arrogance et de vérité, Lemec'h ? Toi qui n'es que mensonges et mépris de la sagesse ?

Ma mère Tsilah eut à peine le temps d'achever sa phrase : le bâton de Lemec'h vola et lui frappa les côtes. Elle poussa un cri et tomba à genoux. Youval s'écria :

— Père ! Père !

Adah se tenait cachée sur le seuil de notre chambre. Elle courut relever ma mère. Noadia, Beyouria et moi nous serrions les unes contre les autres devant la fureur de Lemec'h. Son bâton se dressa à nouveau vers la poitrine de ma mère. Adah tendit une main pour la protéger.

— Lemec'h, Lemec'h ! Ne frappe pas tes femmes ! gémit-elle.

Ma mère resta droite, masquant sa douleur. Quelques larmes mouillaient ses joues.

— Qui crois-tu être pour m'insulter devant tous dans ma maison ? cria Lemec'h. Devant tous et à la face d'Élohim !

Ma mère Tsilah ne sut se retenir. La main sur son flanc, grimaçante de douleur, elle éclata d'un rire amer :

— Lemec'h, fou que tu es ! Tu te crois devant la face d'Élohim ! Grande-Mère Awan a raison : le châtiment des bannis de l'Éden te pend au nez et tu feins de ne pas le voir, massacreur que tu es !

Peut-être le bâton de notre père Lemec'h se serait-il à nouveau levé si Adah n'avait pas poussé ma mère Tsilah dans mes bras, me suppliant du regard de la reconduire à l'intérieur. J'obéis. Ma mère ne résista pas. Les yeux secs, muette, elle poussa seulement un cri de douleur quand je l'obligeai à s'allonger. Je pris le baume avec lequel on enduisait le ventre de Beyouria. Il faisait trop sombre pour que je voie la marque du coup. Ma mère guida ma main. Elle percevait les mots du dehors aussi bien que moi. Lemec'h parlait fort. Peut-être pour qu'elle l'entende. Il disait à Beyouria :

— J'ai demandé à ton frère Yaval de chercher cet Hadahézer qui est allé avec toi sous la tente. Je sais où il est. Mais tu ne dois plus l'attendre. C'est inutile.

Avant même sa fille, Adah s'écria, sa voix révélant toute la tristesse qui la rongeait depuis des jours :

— Les fils de Beyouria naîtront-ils donc sans le nom de leur père ? Ou leur faudra-t-il porter celui d'un absent ?

— Femmes, femmes ! s'écria Lemec'h. Femmes, ne craignez rien. Les fils porteront le nom de leur père : Élohim. Cet homme qui est venu pour connaître Beyouria était Son envoyé dans notre pays de Nôd pour que se poursuivent nos générations.

Il y eut un silence stupéfait. Sous ma paume, le grondement de ma mère fit trembler sa chair. On entendit le rire de Lemec'h :

— Femmes, usez de votre raison. Qui d'autre qu'Élohim enverrait un messager pour le rappeler aussitôt Son Signe transmis ? Les messagers d'Élohim ont l'apparence humaine, mais leur chair est transparente et suave comme celles de nos Ancêtres Adam et Ève quand ils vivaient encore dans l'Éden. C'est ce bonheur-là que Beyouria a connu. Celui apporté par un envoyé d'Élohim.

Beyouria balbutia quelques mots, mais si bas que je ne pus les comprendre. Lemec'h dit :

— Retournez dans vos couches.

Puis :

— Adah, conduis-moi.

Je ne vis que les silhouettes de Beyouria et de Noadia revenir dans notre chambre. Ma mère repoussa ma main. Les larmes lui montèrent aux yeux, lourdes et nombreuses.

10

La nouvelle se répandit dans Hénoch : Beyouria allait enfanter comme Ève, notre mère à tous, l'avait fait dans le jardin de l'Éden. Deux fils le même jour entre les mêmes cuisses, selon la volonté d'Élohim !

Du matin au soir, les femmes d'Hénoch venaient devant notre cour et questionnaient :

— Sont-ils là ?

— Beyouria les retient-elle encore ?

— Le sang coule-t-il ?

Le ventre de Beyouria cessa de grossir. Il était énorme. La peur de l'enfantement la reprit. J'aidai Noadia à préparer les linges de la naissance. Adah nous demanda d'en doubler la quantité. Depuis la grande dispute avec Lemec'h, ma mère Tsilah se tenait à l'écart. Le bâton de mon père lui avait laissé le flanc bleu. Elle marchait en se tordant vers la droite, elle dormait peu. Des cernes lui creusaient les yeux. Elle s'assit cependant à son tour près de Beyouria et lui caressa le visage.

— N'aie crainte. C'est moi qui t'ai tirée du ventre de ta mère. Je t'assisterai. S'ils sont deux, comme Adah veut le croire, alors nous serons deux pour les recevoir.

Devant cette douceur inattendue, les yeux d'Adah se mouillèrent.

— Tu n'es pas obligée, sœur Tsilah. Je sais tout le mal que tu éprouves.

— Ne dis pas de sottises! Je ne ressens rien dont je doive te punir ou punir Beyouria.

La pluie vint. La première depuis six saisons. Avec elle arriva le froid. Les braseros chauffaient à peine les murs. Lemec'h, lui, se montrait plein de joie. Il alla à la rencontre de ceux qui se présentèrent pour avoir des nouvelles en clamant :

— Cette pluie est un don d'Élohim! Souvenez-vous : au jardin parfait de l'Éden, il a plu pour la première fois après la naissance de Caïn et d'Abel. L'homme est la semence de la terre, même au pays de Nôd. La pluie fait lever les récoltes. Les générations viennent et se multiplient. Le désert sera vert pour saluer les fils de Beyouria. Élohim nous offrira de nouveau les fruits de la terre.

Il ordonna qu'on emporte son brasero près de Beyouria et fit apporter les plus belles fourrures de ses chasses pour recouvrir sa couche.

Le jour où Beyouria poussa les gémissements de l'enfantement, une pluie drue tomba, obscurcissant l'air avant la nuit. Il fallut allumer les torches dans la chambre.

Adah s'était trompée. Si gros que fût le ventre de Beyouria, il n'y eut qu'un cri de vie à en sortir. C'était tout de même celui d'un fils. Il arriva vite, beau et sain. La sueur couvrit le corps de Beyouria, elle frissonna longtemps, à bout de souffle. La douleur passa plus vite qu'elle ne l'avait imaginé. Elle réclama le nouveau-né, le serra contre elle, le baisa mille fois. Adah le lui retira.

— Attend, ce n'est pas fini. Le second va venir.

— Je ne sens rien, dit Beyouria.

Adah s'obstina. Le ventre de Beyouria resta muet.

— Le liquide a coulé, intervint ma mère Tsilah. Il n'en viendra plus.

— On dit que lorsque Ève a enfanté de Caïn, il fallut attendre longtemps pour que naisse son frère Abel, répliqua Adah. Alors attendons. Pas d'impatience.

Lemec'h se présenta sur le seuil. La pluie ruisselait sur lui, entrant jusque dans sa bouche. Pour une fois, il fermait ses yeux blancs. Derrière la tenture du seuil, il demanda :

— Sont-ils là ? Je n'entends plus ma fille Beyouria.

— Un fils est venu, lui dit-on. L'autre pas encore.

Lemec'h repartit devant l'autel d'Élohim. Les braises étaient trempées. Lemec'h fit venir les soufflets de la forge de Tubal pour les attiser. À ses côtés, des hommes les manipulaient. Pourtant, le feu s'éteignait sans cesse. La fumée retombait dans les flaques. Lemec'h ordonna qu'on assemble un toit d'alfalfa sur l'autel pour le protéger. Il réclama à Yaval la graisse et les entrailles d'un nouvel agneau. Le pâtre protesta :

— Le plus jeune de mes agneaux a déjà cinq jours. C'est un second-né. Il n'est pas bon pour l'holocauste.

Lemec'h s'agaça :

— Il le sera. Élohim verra que nous Lui offrons ce qu'Il nous donne de mieux. Ne laissons pas refroidir l'autel.

L'agneau était gras. Le toit d'alfalfa et les soufflets remplirent leur office. Avant la nuit, les flammes pétillèrent. L'odeur de graisse empesta notre cour. Lemec'h se présenta une nouvelle fois sur le seuil de notre chambre.

— Le second est-il là ? demanda-t-il.

Adah me demanda de lui porter la réponse. Mon père me fixa de son regard qui voyait et ne voyait pas.

— Rien ? insista-t-il.

Je hochai seulement la tête. Cela lui suffit. Sa tunique collait aux poils blancs de son torse. Ses cheveux mouillés couvraient ses joues plissées. Il me parut plus vieux que notre aïeul Caïn lui-même. Usé plus qu'un homme ne peut l'être. Malgré ce qu'il avait fait à ma mère Tsilah, de le voir si faible, la tristesse me saisit.

La nuit tomba. La maisonnée guettait les plaintes nouvelles de Beyouria. En vain. On veilla tard. Le nouveau-né respirait paisiblement. Beyouria s'endormit. Adah se tenait à son côté. Incapable de se maîtriser, elle passait et repassait la main sur le ventre de Beyouria pour y sentir venir la seconde vie. Sous sa paume ne battait que le cœur de sa fille.

Avant l'aube, la pluie cessa. La fumée de l'holocauste monta plus droit. Avec l'aube, les brumes se levèrent. Elles emportèrent avec elles la fumée des autels. L'odeur des graisses resta dans la boue des cours. Ma mère Tsilah vint s'asseoir près d'Adah.

— Sœur, sois heureuse. Ta fille va bien et son fils est beau.

— Un ventre si gros pour un seul fils ? Comment puis-je être heureuse ? Comment cela est-il possible ?

— Beyouria est jeune. Le ventre était gros pour son corps.

— Tu es certaine qu'il est vide ?

— Aussi certaine que toi. Tu l'as constaté : l'eau de la naissance a coulé. Il y a maintenant longtemps. Ensuite, c'est fini. Beyouria est faite comme nous toutes.

Adah scruta intensément ma mère, n'osant parler. Tsilah comprit : Adah craignait que le second fils soit encore dans le ventre de Beyouria, mort avant même de naître.

Elle secoua la tête.

— Non, dit-elle à voix basse. Regarde : le souffle de ta fille est paisible.

Des larmes gonflèrent les paupières d'Adah.

— Lemec'h disait qu'ils allaient être comme Caïn et Abel, les deux fils d'Ève.

Ma mère Tsilah soupira :

— Lemec'h crache les mots qui lui montent à la bouche. Mais il en a oublié le sens.

— Ma sœur...

— J'ai raison, Adah. Écoute-moi. Derrière ses yeux morts, Lemec'h invente des rêves. Et vous, vous tous, vous avalez ses paroles sans broncher. S'il y a eu un malheur cette nuit, c'est celui-ci, et rien d'autre. Ne sois pas envieuse de ce qui n'est pas. Et tu verras : Lemec'h trouvera les mots pour se satisfaire d'un fils.

Au milieu du jour, le soleil nous assomma de sa puissance. Autour d'Hénoch, la terre se craquela à nouveau sous l'effet de la sécheresse. Lemec'h vint soulever le nouveau-né. Il ordonna qu'on ouvre la porte de notre cour. Devant ceux d'Hénoch qui se précipitaient, il emporta le fils de sa fille jusqu'à l'autel d'Élohim. La graisse du dernier holocauste continuait d'y couler, les braises y grésillaient encore. À l'approche de la chaleur, l'enfant pleura. Lemec'h leva ses yeux blancs vers le ciel et cria :

— Ô Élohim, Tu as voulu que celui-là soit seul à venir. Que son nom nous le rappelle : Nahman, le Consolateur.

Lemec'h se retourna vers nous. Le nouveau-né s'époumonait, cramoisi. Lemec'h le hissa au-dessus de sa tête :

— Voici Nahman, petit-fils de Lemec'h, premier de sa génération, la semence nouvelle d'Élohim dans le pays de Nôd !

Tous, nous répétâmes ces mots. Puis Adah se précipita pour arracher le nourrisson des mains de Lemec'h. Beyouria le serra contre son sein. Il la téta aussitôt, furieux et goulu comme un fauve.

11

Nahman n'était vieux que de trois lunes lorsque Yaval revint voir son père Lemec'h.

— Mon père, annonça-t-il, j'apporte des nouvelles qui ne vont pas te plaire.

Lemec'h lui demanda d'attendre avant de parler :

— Tu dois d'abord voir l'enfant.

Il conduisit Yaval devant l'autel d'Élohim pour qu'il s'y purifie la bouche, les mains et les yeux. Au retour sous le dais d'alfalfa, il fit venir Beyouria et Nahman. L'enfant était devenu un bébé solide et replet au regard noir très brillant. Yaval le trouva à son goût. Il prononça les mots qu'attendaient Lemec'h et sa sœur Beyouria :

— Sœur, des nouvelles d'Hadahézer, je n'en ai pas plus qu'au jour de la naissance de ton fils. Mais je saurai être un père pour Nahman si tu le souhaites. Si cela doit se faire devant tous et devant l'autel d'Élohim, je l'accepte.

Beyouria ne répondit pas. Elle s'efforçait de ne pas laisser ses larmes tomber sur les joues rondes de son fils. Elle baisa les lèvres de Yaval.

— J'irai où tu voudras et Nahman te respectera comme s'il était né de ta semence, murmura-t-elle.

Lemec'h et Yaval s'installèrent sur les coussins du repas. Quand les écuelles de millet, les dattes et les gobelets de lait aigre adouci au jus de figue furent devant eux, Yaval raconta que l'agitation des idolâtres était à son comble dans le pays de Nôd. Dans le Sud, les cités croissaient. Elles attiraient autant de dieux que d'hommes.

— Les croyants de Mardouck y construisent des autels plus vastes que leurs maisons. Marduck est le prince de leurs dieux. Il y a aussi Sin, Enlil ou Anu. Ou encore Nâbu. Certains ont l'apparence d'une femme. Ou même sont des femmes. Selon les idolâtres, la plus puissante est Ishtar. Elle a le pouvoir d'aller et de venir dans les mondes obscurs où les humains ne sont que des grains de poussière.

Lemec'h écoutait en montrant le plus grand dégoût. Cela amusait Yaval. Il connaissait l'exécration de notre père pour les idolâtres. Lui qui vivait ici et là sous la tente, lui qui fréquentait à longueur de saison les dévots de Shamash et d'Éa ou les fils d'Enlil était loin d'éprouver la même répugnance. Beaucoup d'idolâtres étaient pour lui des compagnons. Il aimait pousser le bétail avec eux. Se protéger près d'eux des fauves et des vents mortels. Contempler le feu des étoiles dans les cieux du désert en écoutant les femmes chanter, en les regardant danser. Nombreuses aussi, disait-on, étaient celles qui se glissaient sous sa tente. Cette vie plaisait à Yaval, plus que de tourner autour d'Hénoch, plus que d'écouter les plaintes de nos générations. Le temps passant, Yaval ne résistait pas au plaisir d'agacer l'intransigeance de notre père.

Il prononça encore les noms des dieux des idolâtres. Lemec'h fit claquer sa langue :

— Silence, fils ! Tais-toi donc ! Qu'as-tu besoin de souiller nos murs en prononçant ces noms odieux sous le toit d'Élohim ?

Lemec'h le chassa de sous le dais. Il ne voulut plus l'entendre avant qu'il se soit à nouveau lavé la bouche avec les cendres froides de l'autel d'Élohim. Quand Yaval revint, l'envie de railler l'avait quitté. Le visage clos, la voix sèche, il alla droit au but :

— Les idolâtres sont persuadés qu'Hénoch possède d'immenses richesses. Tu as abattu Caïn de ta flèche pour t'en assurer la possession, disent-ils. Ils ne résisteront pas longtemps au plaisir de venir hurler sous tes murs.

Lemec'h ricana :

— Voilà qui ne me surprend pas. Cette richesse qui échauffe les sangs de ces bêtes sauvages, je sais ce qu'elle est : les lames, les pointes et les piques forgées par Tubal à la perfection. Voilà ce qu'ils convoitent.

— Ainsi que la destruction du peuple d'Hénoch, ajouta Yaval.

— Depuis toujours. Depuis le premier pas de notre aïeul Caïn, les idolâtres rêvent de nous voir amoindris. Rien de nouveau, s'amusa encore Lemec'h.

— Mon père, ils pensent que tu es faible. Ils pensent qu'Élohim ne te protège plus. Ils se répètent les paroles d'Awan contre toi en dansant.

— Ah, oui, qu'ils dansent ! Qu'ils dansent ! railla Lemec'h. À quoi d'autre sont-ils bons ?

Le mépris tira ses traits. Une grimace de dédain tordit sa bouche. Yaval ne sut si son père se moquait de lui ou des idolâtres. Il se tut. Lemec'h demanda :

— Se sont-ils décidés pour la guerre?

— Je le crois.

— Ils s'y préparent?

— Ils sont prêts, père. C'est pourquoi je suis venu t'avertir.

Plus tard, on me dit que Yaval eut la même grimace que Lemec'h. Leur haine et leur orgueil étaient nés du même sang.

12

Lemec'h réunit les maisonnées d'Hénoch et annonça la guerre :

— Les idolâtres vont venir devant nos murs. Ils ne sont ni courageux ni intelligents. Ils se croient forts parce qu'ils sont en nombre. Ils se trompent. Ce sera leur faiblesse. Nous serons victorieux sans beaucoup d'efforts. Il suffit d'être prêt et confiant dans le pouvoir d'Élohim.

Les hommes d'Hénoch s'attroupèrent autour de lui :

— Comment vas-tu nous défendre ?

Lemec'h les conduisit à la forge. Elle sentait l'abandon et la cendre froide. Les feux n'avaient pas été rallumés depuis ce jour terrible où la pierre de Lemec'h avait écrasé la face de Tubal. Les outils étaient dispersés, patientant çà et là, comme si la main qui les avait tenus s'apprêtait à les saisir.

On apporta des lampes. À l'écart du creuset et du foyer, un silo de briques longeait la forge. Il possédait une porte en cèdre très épaisse. Des serrures compliquées la tenaient aussi close qu'un coffre d'épousée. Lemec'h guida les doigts des hommes pour les ouvrir. Des cris d'admiration jaillirent : soigneusement amassées dans des paniers, des pointes de flèche, des lames de lance, des piques, des haches de guerre scintillaient par centaines.

Lemec'h s'approcha des paniers. Il palpa le bronze et le cuivre coulé et martelé. À ceux qui l'entouraient, il expliqua :

— De mon père Metouchael, j'ai appris le savoir de la forge. Devenu homme, je l'ai enseigné à mon fils Tubal. Élohim m'a secondé. Il a fait de mon fils un maître forgeron. Dans le pays de Nôd, nul n'a maîtrisé aussi bien que Tubal le savoir de la forge. Aujourd'hui, ce bronze et ce cuivre sont le trésor le plus précieux d'Hénoch. Pas un de nos voisins ne possède pareil armement. Surtout pas les idolâtres. Voilà ce qui les amène sous nos murs. Voilà ce qui causera leur perte.

Lemec'h lança ses ordres. Chacun se prépara à la guerre. Il fallut consolider la grande muraille encerclant la cité. Les femmes pétrirent les briques. Le plus chaud du soleil les durcit comme de la pierre. Les hommes les charriaient et les assemblaient. Il fallut renforcer les portes du Sud et du Nord. Les guerriers aiguisèrent les lames des haches, polirent les hampes des piques et des lances, graissèrent le bois de leurs arcs. Nous, les femmes les plus jeunes et les plus âgées, nous tressâmes jour et nuit des cordelettes de chanvre. Elles nous permirent de fixer les pointes des flèches et des lances à leurs hampes.

Enfin Lemec'h demanda qu'on envoie des enfants sur les routes pour espionner l'approche des idolâtres. Le petit bétail fut poussé sous les murs afin de pouvoir être rentré rapidement dans Hénoch. On procéda aux récoltes. Le printemps était à peine achevé : les grains et les racines n'étaient pas encore mûrs. Lemec'h ordonna qu'on les brûle. Des hommes protestèrent :

— Tu vas nous conduire à la famine !

— Soyez sans peur. Ce seront les idolâtres qui connaîtront la faim et la soif, pas nous. Ils dresseront leurs tentes autour d'Hénoch mais n'oseront pas approcher par crainte de nos flèches et de nos lances. Leur guerre à eux sera celle des lâches et des faibles. Notre guerre à nous sera celle de la patience et du calme. Alors nous les verrons fuir ou s'abattre, épuisés, dans nos champs vides.

Un marmonnement déçu s'éleva :

— À quoi bon tout ce trésor de flèches et de piques si nous ne devons pas nous en servir ? Tu dis que les idolâtres mèneront une guerre de pleutres. Est-ce une raison pour les attendre nous aussi comme des lâches ?

Lemec'h fit claquer sa langue. Son menton se leva. Ses yeux blancs grands ouverts, il sourit, plein d'orgueil et de mépris.

— Hommes d'Hénoch, que votre tête vous serve à penser ! s'exclama-t-il. Les idolâtres seront des cents et des cents loin de leurs murs et de leurs pâturages. Dix fois et dix fois notre nombre. Plus, peut-être. C'est leur seule véritable force. C'est elle qu'il faut briser. Pour cela, nos flèches et nos haches seront plus redoutables entre nos mains que dans l'air ou dans leurs poitrines. Tant que nos bras n'auront pas détendu nos arcs, tant que nos poings serreront nos lances, les idolâtres nous craindront. Jour et nuit, nuit et jour, ils penseront à la pluie de mort que nous pourrions faire tomber sur eux. Ils n'oseront pas approcher. La faim et la soif finiront par les tourmenter. Il n'y a pas de puits à l'extérieur d'Hénoch. Des grains dans la poussière, ils auront beau en chercher, ils n'en trouveront pas. Où trouveront-ils de quoi mâcher et boire ? Comment nourriront-ils leurs bêtes ?

« Hommes d'Hénoch, je vous le dis : la plus grande arme de guerre est la patience. Les idolâtres se retrouveront avec la langue épaisse et la bouche pleine de terre avant nous. S'ils sont sages, ils retourneront d'où ils sont venus. Si la folie les prend, ce que je crois, ils se jetteront enfin sur nos murailles. Ils seront alors épuisés et égarés. Le temps pour nous sera venu : les fruits de la forge de Tubal les anéantiront.

Seul un vieux de l'âge de Lemec'h osa s'opposer :

— Si les idolâtres s'obstinent, s'ils endurent la faim et la soif, il nous faudra vider nos silos avant la victoire. Que se passera-t-il ensuite ? On ne sème pas dans la brûlure de l'été. Alors, quand la prochaine récolte pourra-t-elle avoir lieu ? Dans deux lunes nos champs seront plus stériles que le dos d'un lézard. Que mangerons-nous ? Nous aussi, nous nous retrouverons avec la langue épaisse et la bouche pleine de terre.

Lemec'h repoussa la critique d'un geste :

— Les idolâtres ne sont pas hommes de persévérance. Ils auront soif avant la prochaine lune. Élohim y pourvoira.

La plupart des hommes approuvèrent. Le cuivre des flèches et des piques les rendaient pleins d'assurance. Un petit nombre leva le front, l'inquiétude dans le regard. Ils laissèrent passer une nuit avant de se présenter devant Yaval :

— Yaval, tu connais les idolâtres mieux que nous. Ton père Lemec'h dit-il le vrai sur leur manière de faire la guerre ?

Yaval opina :

— La guerre se passera comme il l'a dit. Ils viendront encercler Hénoch. Ils s'effrayeront de nos armes. Ils guetteront notre soif et notre faim.

— Sont-ils patients ?

Yaval se mit à rire.

— Leurs dieux sont nombreux, mais je n'en connais aucun qui soit le dieu de la Patience.

Les douteurs repartis, Yaval vint à son tour devant notre père Lemec'h.

— Certains dans Hénoch sont soucieux. Ils craignent que les idolâtres soient plus patients qu'eux.

— Oui, grimaça Lemec'h. Il en est toujours qui sont nés avec la peur du soleil qui se lève et la peur du soleil qui se couche. Penses-tu comme eux ?

— Non.

— Béni soit Élohim !

Depuis l'annonce de la guerre, le visage de Lemec'h avait changé. Beaucoup de ses rides s'étaient effacées. Sa bouche ne s'étirait plus en grimace. Il sourit à Yaval.

— Tu ne penses pas comme eux, mais tu penses différemment de moi.

— La paix, dit Yaval, tu pourrais la faire avant que ne commence la guerre. On éviterait la faim, les morts et quantité de douleurs inutiles.

De son regard sans vue, attentif, Lemec'h fixa son fils en silence.

— Dès qu'ils seront proches, invite les chefs des idolâtres, insista Yaval. Montre-leur nos flèches et nos piques. Ils croient Hénoch faible. Ils la verront forte. Ils comprendront qu'ils ne peuvent pas gagner. S'ils sont sûrs que tu ne les massacreras pas en traître, ils abandonneront la guerre. Ainsi, il n'y aura ni vainqueurs ni vaincus. Dans les temps à venir, personne ne réclamera vengeance.

Le sourire de notre père Lemec'h s'effaça sous les mots de Yaval. Il demanda sèchement :

— S'il n'y a ni vainqueurs ni vaincus, Yaval, mon fils, comment les idolâtres sauront-ils que leurs idoles sont des blasphèmes à la face d'Élohim ? Que Lui seul règne sur le pays de Nôd ?

13

Après quatre nuits et autant de jours, les enfants revinrent de leur espionnage. Ils coururent dans Hénoch, hurlant d'excitation et d'effroi. Partout, du sud, du nord, du couchant ou de l'orient, partout les colonnes des idolâtres arrivaient !

On les conduisit dans la cour de Lemec'h. Avant même d'être nourris et lavés, les garçons durent répondre aux questions. Combien les idolâtres étaient-ils ? Beaucoup, beaucoup ! Les enfants roulèrent des yeux impressionnés, écartèrent les bras. Des cents ? insista Lemec'h. Des cents et des cents ! s'exclamèrent-ils. Plus, peut-être. Plus que l'on n'avait jamais vu d'hommes dans Hénoch. Quelles armes portaient-ils ? Des arcs, des piques. Des lances aussi, mais sans lames de bronze ou de cuivre. Du bois seulement, épointé et durci au feu. Des boucliers de cuir. Avaient-ils avec eux des femmes, poussaient-ils du bétail, transportaient-ils des réserves de nourriture ? Le bétail, il en trottait dans toutes les colonnes. Des troupeaux maigres, des vieilles bêtes. Des femmes, il en venait pareillement, en queue des colonnes. Des vieilles ou des jeunes aux cheveux dénouées. Parfois elles étaient en nombre, d'autres fois seulement en petits groupes, chargées de paniers ou de branches tressées débordant d'ustensiles de cuisine. Les plus jeunes portaient les gourdes rebondies et les pieux de tente. Tout cela avançait lentement. S'arrêtant souvent. Marchant dès le lever du soleil pour faire halte au zénith et ne plus repartir.

Il y eut encore d'autres questions. Lemec'h assura que rien de ce qu'il avait entendu ne le surprenait. Chaque chose se passait comme il l'avait prévu. Il ajouta :

— Ils seront là avant trois jours.

Le lendemain, chacun s'affaira, le cœur plein d'appréhension. Lemec'h passa la moitié de la journée accroupi devant l'autel d'Élohim. La graisse de l'holocauste y grésillait en flammes hautes et claires, parfois aussi bleues que le ciel. Cela le réconfortait.

Le soir, il ordonna de rentrer le reste du bétail qui paissait hors des murs. Les cornes de bélier sonnèrent l'appel. Tous ceux qui demeuraient encore à l'écart d'Hénoch accoururent. On ferma les portes. Les guetteurs se postèrent sur la plus haute muraille, arcs et carquois à portée de main.

L'attente commença. La peur alourdit les poitrines et les têtes. Les gestes devinrent nerveux, les yeux fuyants. Le ciel paraissait opaque, même dans le milieu du jour. Les mots ne passaient plus les bouches qu'en chuchotements.

L'appentis de tissage puait encore les décoctions de teinture, mais il avait tout de même fallu le transformer en silo pour le grain et le séchage du millet. J'en avais retiré ce que j'avais pu sauver de mes laines, mes peignes et mes navettes, ainsi que mon cadre à tisser. Je les avais transportés dans la pièce des femmes. Rien ne m'encourageait davantage à la patience que de croiser les fils, de laisser monter çà et là des formes de bleu ou de rouge qui me permettaient de rêver, loin de tout ce qui nous effrayait.

Un peu avant le crépuscule, ma mère Tsilah me rejoignit. Alors que je tendais le bras pour rouler un fil mal cardé, elle saisit ma main. Elle la serra avec une force qui me fit presque gémir.

— Mère ! Mère, qu'y a-t-il ?

Elle s'assit sur un tabouret. La tristesse de ses yeux en cet instant, jamais je ne l'ai oubliée.

— Nahamma, ne crois rien de ce qui franchit les lèvres de Lemec'h. Ses mots ne valent pas plus qu'un bruit de feuille dans le vent. Rien ne se passera comme il l'a annoncé.

Ces mots n'étaient pas nouveaux dans sa bouche, mais sa voix était si basse qu'il me fallut me pencher vers elle pour bien les comprendre.

L'anxiété que j'essayais de tenir loin de moi me serra soudain la gorge. Et aussi le doute. Le doute envers ma mère Tsilah.

Que savait-elle ? Pourquoi semblait-elle si sûre d'elle ? Pourquoi n'allait-elle pas prévenir les autres ?

Pourquoi ne confiait-elle qu'à moi le fond de sa pensée ?

Devais-je dire : sa folie ?

Car encore et encore elle se dressait contre Lemec'h.

Encore et encore, elle voulait me persuader de me méfier de la conduite et des mots de mon père.

Elle voulait ajouter sa bataille à la bataille générale contre les idolâtres.

La mort de mon frère Tubal la ravageait. Sa plaie ne se refermait pas. Au contraire, elle l'empoisonnait tout entière.

J'ouvris la bouche pour prononcer une parole d'apaisement. Ma mère lut le doute sur mon visage. Elle me ferma les lèvres de ses doigts, m'attira contre elle et me serra si fort que je sentis son cœur battre en écho du mien.

— Écoute, Nahamma! Écoute et garde-le pour toi, souffla-t-elle à mon oreille. Quoiqu'il arrive dans les jours qui viennent, tais les mots de la Grande-Mère Awan. Même à tes sœurs et frères. Même à Adah. Les vivants d'Hénoch mettent trop d'espoir dans la fumée bleue que Lemec'h attise sur l'autel d'Élohim. Pourtant, elle ne contient que les rêves de ton père. Or il n'est qu'une vérité. Et tu la connais. Tu la connais : toi seule seras épargnée.

Je ne pus m'empêcher de la repousser :

— Non! C'est impossible. Pourquoi moi? Moi seulement?

Elle me caressa la joue avec un sourire terrible.

— Parce qu'Élohim s'est lassé de nous autres depuis longtemps. Depuis avant notre naissance.

Je fermai les yeux, secouai la tête.

— Tu dois l'accepter, ma fille. S'il en est une dans le pays de Nôd qui sait ce qu'Élohim attend de nous, c'est Awan, fille d'Ève et d'Adam, les premiers des vivants. Et sûrement pas ton père Lemec'h, l'assassin de Caïn et de Tubal.

Je le vis sur ses traits : ma mère Tsilah n'était plus que certitude. Il y avait peu, les mots d'Awan l'effaraient et elle ne les comprenait pas plus que moi. Maintenant, elle se résignait au châtiment d'Élohim. À Sa cruauté.

— Mère, mère ! protestai-je. Non, tu...

Je me retins à temps. J'allais l'insulter. La traiter de folle.

La voix basse, mais forte, me tenant toujours dans ses bras, ma mère Tsilah répéta :

— Quoi qu'il arrive, sois prudente. Garde-toi fraîche et sans souillure. Élohim te voit.

— Élohim ne nous voit pas ! répliquai-je sans cacher ma colère. Élohim a chassé son fils Caïn de sous Ses yeux. Il l'a enseveli dans la poussière du pays de Nôd, et nous avec...

Je voulais protester encore, mais je m'interrompis d'un coup. Je comprenais brusquement ce qui était évident : ma mère Tsilah pensait que Lemec'h se trompait entièrement. Nous allions perdre la guerre contre les idolâtres. Les flèches de cuivre, les lames de bronze des lances et des haches forgées par Tubal ne suffiraient pas à vaincre le nombre qui s'annonçait. Les idolâtres allaient renverser les murs d'Hénoch, nous massacrer tous. Ce serait l'œuvre et la volonté d'Élohim, non pas celles des idoles sauvages.

La guerre qui venait allait effacer les générations de Caïn. Il ne resterait que moi...

— Ô ma mère ! murmurai-je, abasourdie.

Je m'agrippai à elle. Mais je n'eus pas le temps de m'abandonner aux larmes qui noyaient ma gorge. De l'autre bout de la pièce jaillirent les bruits d'une violente dispute. Beyouria s'emportait contre Adah. Nahman, attaché par une bande de lin entre les seins de sa mère, sanglotait, effrayé.

Depuis l'annonce de la guerre, notre jeune sœur s'était persuadée que le père de son fils, Hadahézer, se trouvait parmi les idolâtres qui marchaient sur Hénoch. Le jour, elle l'apercevait au milieu de l'immense cohorte. La nuit, elle l'entendait qui l'appelait et réclamait son fils. Elle voulait quitter notre cour pour le rejoindre alors qu'il était encore temps, avant que ne commence la guerre.

— Es-tu folle? s'emportait Adah. Ton Hadahézer n'est certainement pas avec eux. Cela ne se peut! Et crois-tu que ton père Lemec'h te permettra de rejoindre le camp adverse?

— Penses-tu que j'ai besoin de sa bénédiction? criait Beyouria en réponse. Et toi, pourquoi es-tu si faible devant lui et lui racontes-tu tout?

— Folle, folle! criait Adah. Ne sais-tu pas ce que les idolâtres font aux femmes de leurs ennemis? Ils prendront ton enfant pour l'empaler sur une pique et toi, ils te rouleront dans leur couche jusqu'à ce que tu ressembles à une morte. C'est leur coutume en temps de guerre.

— Ce n'est pas vrai! Yaval dit que ce sont des mensonges. Vous haïssez les idolâtres, mais d'eux, vous ne savez rien. Yaval, lui, il les connaît. Il a parmi eux des compagnons qui le respectent. C'est lui qui le dit : Hadahézer est peut-être avec ceux qui marchent contre Hénoch. Hadahézer est connu parmi les idolâtres. Quand ils sauront que je suis la mère de son fils, ils ne me traiteront pas mal.

— Ma pauvre fille! Ne sois pas si naïve. Pour les idolâtres, tu ne seras jamais que la fille de Lemec'h! N'as-tu pas compris que Yaval se moque de toi? Ne connais-tu pas ton frère? Il est capable de se distraire de tout. Ce n'est pas neuf. À ton père, il a prétendu le contraire. Pourtant, aujourd'hui, ton Hadahézer, nul ne sait plus où il se trouve. Lemec'h dit : il est retourné au pays parfait de l'Éden. Crois-tu atteindre le pays parfait de l'Éden en courant chez les idolâtres?

La dispute aurait pu durer longtemps et le pauvre Nahman pleurer à s'étouffer si les cornes de bélier sonnant l'alerte n'avaient retenti. Une femme accourut sur notre seuil :

— Les idolâtres approchent! Depuis la muraille, on voit la poussière de leurs colonnes! Ils sont des cents! Des mille!

14

Tous, nous nous précipitâmes sur les murailles. Le soleil rougeoyait déjà. Les ombres s'allongeaient. Le vent avait cessé. Au nord, au sud, à l'est, à l'ouest, de l'arrière des collines, des broussailles entre les roches, sur l'arête des dunes et des pierrailles... de partout montait la nuée de leur venue. La poussière levée par leurs semelles colorait l'air. Grise d'abord près du sol, puis voilant le ciel d'écarlate telle une pluie de sang. Eux, nous ne les voyions pas. Nous percevions seulement le tremblement du sol sous leurs pas, le tintamarre de leurs colonnes en marche et, de temps à autre, les bêlements de leur bétail.

Nous, nous étions silencieux, immobiles. Les mouches faisaient plus de vacarme que nos souffles.

Nous restâmes ainsi je ne sais combien de temps. Sans doute pas aussi longtemps que nous le crûmes. D'un coup, le soleil disparut dans la terre, laissant l'ombre de la nuit s'abattre sur nos épaules. Les hommes demandèrent à Lemec'h s'il fallait allumer les torches et les feux.

— Pas encore. Laissez-les avancer.

La pénombre s'épaissit. On ne distinguait toujours pas les colonnes des idolâtres, leurs corps et leurs visages. Mais d'instant en instant le bruit de leurs semelles enflait.

— Ils approchent, ils approchent, dit mon père Lemec'h. Ne les entendez-vous pas ?

— Pas aussi bien que toi. Sont-ils très près ?

— Encore à cinq portées de flèches. Ils continuent. Et encore.

— Quatre portées. Ils continuent.

Puis Lemec'h annonça :

— Ils s'arrêtent. Je dirais : moins de trois portées de flèche.

D'un coup, deux, trois, dix, puis cent feux trouèrent les ténèbres. Bientôt, ils encerclèrent Hénoch d'une danse de flammes dorées.

Lemec'h devina notre stupeur.

— Ah, voilà ce qui vous effraie : ils ont allumé leurs feux, constata-t-il avec un calme qui nous surprit.

— Il y en a partout. Des centaines ! Tout autour d'Hénoch !

Lemec'h fit claquer sa langue.

— Que craignez-vous ? Les idolâtres ont peur du noir autant que vous. Ils allument des torches et des feux. Et alors ? Aujourd'hui, ils ont marché longtemps. Ils ont faim. Ils pressent leurs femmes de cuire les graines et les racines, comme vous le ferez dans un moment. Mais pour les nuits à venir, où trouveront-ils du bois ?

Lemec'h pouvait se moquer, la peur demeurait. Le cercle de feu des idolâtres nous fascinait. Il découpait la nuit telles les coulures de bronze dans la forge de Tubal. Il nous semblait qu'il pouvait soudain se resserrer et nous asphyxier. Lemec'h le comprit. Il ordonna :

— Assez ! Ne restez pas là ! Quittez la muraille ! Vous n'en verrez pas plus cette nuit.

Nul ne bougea. Nous étions incapables de détourner le regard des flammes qui mordaient le noir.

Lemec'h dit :

— Maintenant, vous pouvez allumer les feux et les torches !

Les hommes lui répondirent :

— Il vaut mieux qu'Hénoch reste dans l'ombre. À quoi bon se montrer aux idolâtres ? L'obscurité nous protégera mieux que des torches.

— Ne soyez pas stupides, s'énerva Lemec'h. Croyez-vous que les idolâtres ignorent où vous êtes ? Ce qu'ils voient dans le noir, et qui brille plus encore que leurs feux, ce sont votre peur et votre couardise !

Personne n'osa le contredire. Mais aucun d'entre nous n'alluma une seule torche.

Plein de rage, Lemec'h gronda :

— Ne comprenez-vous pas que les idolâtres se jouent de vous ? Toute la nuit, ils vont vous maintenir à guetter pour rien. Au jour de demain, vous ne tiendrez plus debout dans la chaleur. Alors qu'il le faudra.

Peut-être, en cet instant, certains furent-ils sur le point de lui obéir. Ils s'immobilisèrent aussitôt : venant du sud du cercle de feu, les premiers coups des tambours résonnèrent. Les tambours du Nord répondirent. Puis ceux de l'Est et ceux de l'Ouest.

Les coups redoublèrent. Ils roulèrent, enflèrent.

Bientôt, ils vibrèrent dans nos poitrines. Au cœur de l'obscurité, nous étions comme prisonniers d'un chaudron. Nous devenions fous.

Alors montèrent les voix. Des centaines de voix chantant à l'unisson.

La terreur à la fois nous glaça et nous calcina. Tous, nous songions aux peaux des tambours sur lesquelles frappaient les paumes enragées des idolâtres. Chacune d'entre elles avait été arrachée au corps d'un ennemi abattu.

Dans le noir, nos mains se cherchèrent et se serrèrent. Les mots et les exhortations de Lemec'h ne nous apaisaient plus.

Là-bas, dans le cercle de feu, des cris et des éclats de rire se mêlèrent aux chants et au martèlement des tambours. Dans la nuit découpée par le cercle de flammes, poussés par la terreur, nous vîmes l'invisible. Ces mille d'idolâtres, on les vit danser, gesticuler, s'époumoner, corps contre corps, caresse contre caresse, tels des démons peuplant la terre stérile du pays de Nôd où Élohim nous confinait.

15

Cette veillée frénétique dura toute la nuit. Toute la nuit, nous restâmes dans le froid et l'immobilité de l'épouvante. Dans la vision des démons des idolâtres. Enfin, les premières lueurs du jour trouèrent l'obscurité. Les cris et les chants s'amoindrirent. Les torches et les feux pâlirent. Le cercle de flammes se rompit lentement. Chaque feu fut avalé par l'ultime noirceur des ténèbres. Les voix et les bruits furent effacés par le silence de l'aube. Le souffle de l'aurore poussa la souillure des fumées infectes jusqu'à nos murs. Y puant assez pour nous convaincre enfin de les quitter.

Pour la plupart, nous allâmes nous effondrer en tremblant sur nos couches, les muscles tendus et la bouche comme empoisonnée. Quelques-uns, chancelants, tenus éveillés par la si longue crainte de la nuit, s'obstinèrent à une fausse vigilance.

Rien n'advint ce jour-là. Les idolâtres étaient certainement aussi faibles et épuisés que nous. Mais dès le milieu du jour, la nuit à venir hanta nos cœurs et brouilla nos esprits. Nous n'en doutions pas : au crépuscule, de nouveau les idolâtres enflammeraient ce cercle maléfique qui nous fascinait. Ils chanteraient et danseraient pour convoquer leurs dieux démoniaques, martelant nos poitrines avec leurs tambours, paralysant nos pensées de leurs cris et de leurs obscénités.

Lemec'h fit venir dans notre cour les hommes les plus résolus à la guerre. Il les accueillit le visage tendu par la colère. Il les contraignit à s'incliner devant l'autel fumant d'Élohim avant de leur dire :

— Vous avez des yeux pour voir, et moi qui suis aveugle, je vois mieux que vous ! La manœuvre des idolâtres est à vos pieds et vous ne la devinez pas ? Ce soir, demain, nuit après nuit, ils vous maintiendront comme des enfants pétrifiés devant un nid de serpents. Demain encore, après-demain, nuit après nuit, ils vous empliront du vacarme de leurs tambours et des cris de leurs femmes ouvertes aux démons. Cela durera jusqu'à ce que votre sang devienne clair comme du petit-lait. Et un matin, à l'aube, vous verrez courir vers nos murs ces cents et cents d'idolâtres, hurlant, la pique levée. Aurezvous assez de force pour tenir votre arc ? Assez de jugement pour viser les cœurs ? À quoi serviront les flèches et les lances forgées par mon fils Tubal si vos poignets sont devenus, nuit après nuit, aussi faibles que des pattes d'agnelet ?

Les têtes s'inclinèrent, les nuques ployèrent. Lemec'h disait juste. Tous le savaient. En une nuit la peur nous avait emportés, et déjà nous sécrétions la bile amère des vaincus.

— Je suis seul ! s'écria Lemec'h, les menaçant de son bâton. Mes mots n'empêcheront pas le peuple d'Hénoch de monter sur les remparts. De souiller sa cervelle et d'anéantir sa volonté. Je vous le dis : demeurez impuissants comme vous l'êtes, et avant la prochaine lune les idolâtres seront entre les cuisses de vos femmes et de vos filles.

L'un des hommes, du nom d'Arkahana, connu autant pour son courage que pour sa bonté et le respect qu'il montrait à tous, s'avança, traînant une jambe, séquelle d'une partie de chasse en compagnie de Lemec'h. Au regard blanc du descendant de Caïn, il offrit son visage tordu par la honte, ses yeux brillants de larmes.

— Lemec'h! Lemec'h! Tous ici, nous savons que tu dis le vrai. Mais qui nous écoute dans Hénoch? Il n'est qu'une seule parole qui compte : la tienne. Si toi tu ne peux empêcher notre peuple de s'enivrer de sa terreur des idolâtres, comment le pourrions-nous?

Arkahana aussi disait le vrai.

Malgré les menaces et les suppliques de Lemec'h, avant le crépuscule tous ceux d'Hénoch se retrouvèrent à rôder sous la grande muraille. Sans cesse, les uns ou les autres appelaient les guetteurs pour savoir si le soleil entrait en terre. Les feux étaient-ils déjà allumés? Les idolâtres avaient-ils décidé d'approcher? Leur nombre était-il toujours aussi énorme? Les réponses venaient, identiques tout le long des remparts : pas encore, pas encore, pas encore, on ne sait pas...

Le frais de la nuit apporta les premières langues de ténèbres. Hénoch retint son souffle. L'attente ne fut pas longue. Les guetteurs crièrent tous ensemble :

— Voilà!

— Cela commence!

— Ils allument les feux!

Ève

— On entend leurs tambours !

À nouveau l'obscurité et la peur vainquirent la raison. Chacun se rua sur les échelles, on s'amassa sur le mur d'enceinte. Tout se passa comme la veille. Au nord, au sud, à l'est et à l'ouest, les feux trouèrent la nuit. Ils encerclèrent Hénoch de leurs flammes inquiétantes. Les paumes des idolâtres martelèrent frénétiquement les tambours tendus de peau humaine. Les chants et les obscénités résonnèrent dans le noir. Sur nos murs, des femmes commencèrent à gémir. Les gémissements devinrent des pleurs. Certains ne purent se retenir de décrire ce que nos yeux ne voyaient pas et qui pourtant dansait dans toutes les têtes.

Puis, soudain, jaillis de nos propres ténèbres, tout près, montèrent des sons neufs. D'abord une modulation légère, délicate comme le premier souffle de l'aube. Une musique inconnue. Notre chair frissonna. Elle était différente de tout ce que nous avions déjà entendu. Les sons graves vibraient plus bas, les aigus plus hauts. Ils s'entrelaçaient plus vite. Ils possédaient une agilité inouïe. Ils faisaient songer au vol impatient des jeunes oiseaux au printemps. Pourtant, si délicats qu'ils soient, ils étaient assez puissants pour se glisser sous notre peau. Capables, en vérité, de se faire entendre malgré les battements des tambours et les vociférations des idolâtres. Malgré tout ce tumulte de bêtes sauvages qui se fracassait contre le couvercle du ciel pour nous retomber dessus.

Cela était plus merveilleux que tout ce que nous avions déjà entendu des lèvres de mon frère Youval, et pourtant cela venait de sa bouche.

Les flammes des idolâtres se reflétaient sur sa tunique, sur son front et ses doigts. Gracieux, il avançait sur le

98

gros mur d'enceinte, égrenant ses sons magiques avec des petits sautillements qui faisaient danser sa chevelure sur ses épaules. L'instrument qu'il tenait entre les mains, où il jetait sa bouche comme un affamé, nous ne l'avions encore jamais vu. Il ne ressemblait en rien à son flûtiau habituel.

De fins liens de cuir unissaient en un seul bloc une dizaine de tubes de jonc de tailles différentes, courts ou longs, larges ou étroits. La bouche de Youval bondissait d'un jonc à l'autre, si vite qu'on peinait à en suivre les mouvements. Son souffle se déchaînait. Voluptueux ou sec, doux ou furieux. Les sons ruisselaient sur nous, brisant notre fascination pour les clameurs païennes. Nous ravivant, nous purifiant de la corruption obscène crachée par les idolâtres.

Les visages se déplissèrent. Les larmes séchèrent. Des sourires apparurent. Venant derrière Youval, Yaval avançait, tenant la main de notre sœur Noadia. Il s'empara de la mienne. Il m'entraîna derrière la musique. Contre mon oreille, il chuchota :

— Sœur Nahamma, ne crois pas que cette fête soit mon idée. Quand notre père Lemec'h a entendu le nouveau flûtiau de Youval, il a tout de suite compris à quoi il serait bon. Reste avec moi, sœur bien-aimée. Ce qui va advenir sera aussi la volonté de notre père.

Derrière nous, beaucoup de ceux qui se trouvaient amassés sur le mur commencèrent à nous suivre.

16

Dans la pénombre rougeoyante attisée par les sauvages, on parvint à la porte du Nord. Il n'en était plus une, plus un, dans le peuple d'Hénoch, à pouvoir ignorer le sortilège des sons produits par Youval. Soudain, sans crier gare, il écarta les joncs de sa bouche, tournoya sur lui-même en poussant un hurlement de fauve. Le silence qui suivit fut brutal : aussitôt, le tintamarre jeté dans la nuit par les idolâtres nous frappa, douloureux telle une pluie de pierres. Ma sœur Noadia laissa échapper un gémissement.

Youval réclama de l'eau pour adoucir sa gorge et ses lèvres. Une troupe de filles s'empressa de lui tendre des gourdes. Je n'étais pas la seule à admirer la beauté de Youval, la grâce de ses sourcils, l'arête puissante de son nez et le dessin de ses lèvres qui faisait songer aux grands oiseaux que l'on apercevait sur les pentes de la montagne Zagros.

Il ressemblait si fort à Tubal, mon frère mort, si beau et tant aimé, qu'on aurait pu les croire jumeaux.

Mais, seul parmi tous les hommes d'Hénoch, il paraissait fait de paix et de douceur. Nos regards se croisèrent.

Il me sourit. Sa bouche prononça mon nom. Je n'entendis plus le bruit de la nuit. Ma poitrine et ma gorge brûlèrent. Sans presque m'en rendre compte, je murmurai :

— Ô Tubal ! Ô Youval !

Mon cœur fondait, mon corps fondait. Les mots de ma mère glissèrent dans ma pensée : « Sois prudente. Garde-toi fraîche et sans souillure. Élohim te voit. » Qu'y avait-il de plus pur que mes souvenirs de Tubal, que la fraîcheur et la grâce de Youval ? Oh, que mon désir fut puissant en cet instant-là !

Mais Yaval s'avança. Il se plaça entre nous. Il leva les bras pour attirer l'attention de tous.

— Peuple d'Hénoch ! lança-t-il. Peuple d'Hénoch, cesse d'avoir peur !

Sa voix était aussi forte et sévère que celle de notre père Lemec'h.

— Avez-vous entendu ? Les sons de Youval vous protègent tout autant que le bronze de Tubal sur vos flèches, vos lances et vos piques. Peuple d'Hénoch, ne te laisse pas vaincre par le vacarme des idolâtres ! Ne tremble plus en entendant leurs braillements. Ne sais-tu pas chanter et danser toi-même ? Et plus purement que les sauvages, toi qui veux être sous la paume d'Élohim ?

Les mots de Yaval déclenchèrent un marmonnement étonné. Il le laissa grandir, fixant les uns et les autres, le sourire découvrant ses dents.

— La peur vous empoisonne-t-elle la raison ? cria-t-il de nouveau. Êtes-vous donc devenus des rats de nuit qui se brûlent les yeux à la moindre flammèche ? Le feu des idolâtres vous effraye, mais vous ne voulez pas allumer vos torches ? La musique de mon frère Youval ne mérite-t-elle pas autant d'exaltation que les tambours des idolâtres ?

À peine Yaval eut-il lancé ces mots que Youval porta ses tubes de jonc à ses lèvres. Les sons qui en retentirent furent les plus suaves jamais entendus. Les hanches souples, Youval dansait comme si la musique le soulevait de terre. Il s'avança parmi nous tous qui nous pressions sur la muraille. Il se glissa entre les femmes, les hommes, les filles, les enveloppant de sa magie de sons. Des mains l'effleurèrent, le caressèrent, agrippèrent sa tunique. La sarabande se forma. Les premiers rires jaillirent. Noadia noua sa main à la mienne, m'entraînant avec elle. Yaval nous rejoignit. Le chant jaillit de nos bouches :

— Ô vous qui foulez les cieux,
Vous qui dansez dans le jardin de notre Dieu-Élohim,
Écartez le mal, procurez le bien !
Que le vent du nord souffle et soit bon,
Que le vent du sud purifie la poussière sous nos pas,
Que d'est en ouest s'effacent les signes mauvais,
Les présages mauvais.

Main dans la main, nous défilions tous derrière Youval. Au bas du mur, devant la porte où étaient entassés des faisceaux de lances et de piques, jaillirent les feux des premières torches. Des hommes se jetèrent dans les ruelles pour en quérir d'autres. Les chants montaient aux lèvres, plus forts, plus nerveux :

— Que soit joyeuse notre maison,
Et populeuse,
Ô femme de l'homme,
Ô homme de la femme,
Enlacez-vous, fournisseurs des générations
Sous la paume d'Élohim.

Partout les hommes d'Hénoch accouraient, brandissant leurs flambeaux pour rejoindre la sarabande. On vit alors Youval tournoyer entre les torches, y jeter ses sons comme des étincelles.

Là-bas, depuis leur cercle de feu, depuis le vacarme de leurs tambours en peau d'homme et de leurs obscénités, certainement les idolâtres virent le grand mur d'Hénoch s'illuminer. Certainement, ils entendirent la puissance des sons de Youval autant que la force de nos chants. Plus tard, certains assurèrent que, dans le cercle de feu de nos ennemis, le silence se fit avant même que notre sarabande eût accompli le tour de la grande muraille. Cela, je ne peux le dire avec certitude. Mes mains liées à celle de Yaval, à celle de Noadia, je m'époumonais, je sautais, je courais dans les sons merveilleux que Youval semait derrière lui en une pluie de bonheur.

Qui aurait pu croire qu'Élohim, sous les rires et les chants, préparait le châtiment d'Hénoch et de mon père Lemec'h ?

Peu à peu les feux des idolâtres s'éteignirent, laissant la nuit rompre le cercle. Je ne le vis pas. Ainsi que, la veille, le tintamarre s'était poursuivi toute la nuit, nos rires, nos chants et la merveille des sons de Youval persistèrent jusqu'à l'aube. Un plaisir et un bonheur oubliés depuis trop longtemps nous enivraient. Le rire et les caresses remplaçaient les larmes et les gémissements. Pendant tout ce temps, je fus incapable de m'éloigner de Youval. L'aube n'était plus très loin quand il me demanda :

— Sœur, m'apporterais-tu du lait et de la galette, que je puisse continuer à danser et souffler ?

Je m'empressai de le satisfaire. Je me hâtai dans nos murs pour revenir avec une cruche et une galette. Quand il fut rassasié, Youval me saisit les mains. Je sentis son corps. Ses yeux, ses doigts en dirent plus que les mots qu'il prononça :

— Sœur, tu es la plus belle d'Hénoch. Et la meilleure de nous tous.

Ses lèvres brûlaient autant que les miennes.

— Quand je souffle dans les joncs, c'est à toi que je pense, dit-il encore. Si ce qui vient de mon souffle est beau à entendre, c'est que ta beauté danse en moi.

Il m'enlaça dans sa chaleur. Mon cœur s'y fondit, mon souffle s'y perdit, mon bonheur eut son odeur. Ma bouche but la sueur de son cou comme j'avais bu, un instant plus tôt, les sons vibrant dans sa gorge. Il s'écarta un peu de moi, me repoussant doucement, me conservant dans son regard. Ceux qui nous entouraient et les mots de ma mère, je les avais tout à fait oubliés.

— Sœur, reste près de moi, me demanda Youval, danse près de moi.

Il reprit ses joncs. Des sons si graves, si puissants en sortirent qu'ils me frappèrent en pleine poitrine. Il me fallut ouvrir grand la bouche pour respirer. La sarabande se reforma. Je chancelai. Peut-être serais-je tombée si Yaval ne m'avait retenue.

— Eh, ma sœur! s'exclama-t-il. Mon démon de frère t'aurait-il déjà épuisée?

Je voulus me ressaisir. Yaval maintint fermement une main sur ma taille, l'autre sur ma nuque. Ses lèvres cherchèrent à se poser où venaient de se poser celles de Youval.

— Ô Nahamma, beauté d'Hénoch, ne veux-tu pas savoir si la bouche de Yaval est aussi brûlante que celle de Youval?

Il trouva ma peau, la mordit en riant. Je le repoussai. Il me rattrapa, me serra avec des gestes violents. Mes mains, mes bras étaient faibles. Les larmes me montèrent aux paupières :

— Yaval! Yaval, que fais-tu?

Ses doigts me retenaient prisonnière comme des griffes, ses bras durs comme la brique me soulevaient, m'étouffaient, m'entraînaient loin de la sarabande malgré mes cris.

— Yaval! Non! Tu ne peux pas!

Alors, d'en bas du mur retentit la voix de notre père Lemec'h :

— Yaval! Est-ce les cris de Nahamma que j'entends?

Yaval dénoua son étreinte. Je tombai sur les genoux, m'agrippant de justesse au rebord du mur pour ne pas tomber. Les yeux blancs de notre père Lemec'h étaient levés droit sur nous. Il répéta :

— Yaval! Que fais-tu? J'ai entendu crier Nahamma! Que se passe-t-il?

Yaval me regarda, effondrée à ses pieds. Il ricana. La surprise et la crainte passèrent sur son visage, s'effaçant aussitôt. La flamme des torches dansa dans ses yeux. Un sourire mauvais plissa son visage :

— Sois sans inquiétude, mon père. Nahamma est cette nuit comme toutes les femmes d'Hénoch. Elle danse et chante dans les sons de notre frère Youval.

Il rit très fort. Un rire aigre qui me glaça.

D'un ton soucieux, levant la main vers le haut du mur, mon père Lemec'h demanda :

— Nahamma ? Es-tu là ?

Avant que je puisse répondre, Yaval lança encore :

— Elle est là. Elle est là ! Tu ne t'es pas trompé, mon père. Tu l'as bien entendue crier. C'étaient les cris de joie des filles prises du désir d'enfanter, comme tu le souhaites. Nahamma ne songe qu'à la procréation des générations à venir.

Sa voix, cette fois, était pleine de mépris. Lemec'h agita son bâton, la colère écarquilla ses yeux blancs :

— Yaval ! Crois-tu pouvoir me tromper ? Penses-tu pouvoir me parler sans respect ?

Le sourire de Yaval, notre père Lemec'h ne pouvait le voir, mais je suis certaine qu'il sut autant que moi ce qu'il contenait de haine. Il se tut d'abord, sidéré. Puis il se redressa. D'un tout autre ton, il demanda :

— As-tu oublié que tu dois réunir les hommes et les arcs ? L'aube est proche. Les sons de Youval ont assez agacé les idolâtres. On dit que les feux de leur cercle s'éteignent. C'est le signe. Ils vont bientôt se jeter sur nos murs. Que fais-tu ici ?

Yaval rassembla les pans de sa tunique avec une grimace de dédain.

— Tu te trompes, mon père. Les idolâtres n'approcheront pas de nos murs. Ils ne sont pas fous.

La stupeur érailla la voix de notre père :

— Tu n'as pas réuni les hommes et les arcs ?

— Les hommes dansent et caressent les femmes dans les sons de Youval. N'est-ce pas ce que tu as voulu ? Pourquoi les déranger ? La nuit est encore noire. Ne veux-tu pas que les femmes d'Hénoch soient pleines demain ?

— Yaval...

106

— Tais-toi, mon père! hurla Yaval, crachant soudain toute sa fureur. Tes mots mentent et nous irritent les oreilles. La vérité, je la connais : tu souhaites le massacre des idolâtres pour qu'Élohim te pardonne le sang de Caïn. La vieille Awan a raison. Rien ne réparera ta faute. Le sang n'efface pas le sang! Par ta faute nous serons tous détruits, et toi tu t'obstines. Les idolâtres ne se trompent pas : nous sommes devenus des sans-Dieu. Des autels d'Élohim montent des fumées puantes qui ne font que noircir le ciel. Tu te crois encore devant la face d'Élohim, mais Il s'est détourné de nous depuis mille ans! Avant même que nos mères soient prises du désir des hommes. Et il en sera ainsi pour toujours et pour toutes nos générations! Ton cœur et ta pensée sont plus aveugles encore que tes yeux, ô Lemec'h, mon père! Plutôt que de préparer des flèches, des piques et des lances qui ne servent qu'à nourrir tes rêves de sang et de meurtre, ouvre donc les portes d'Hénoch! Que notre frère Youval marche vers les idolâtres avec son flûtiau aux mille sons. Là-bas, ils l'accueilleront avec bonheur. Car eux, ils savent encore ce qu'est la joie des jours à venir. Leurs femmes ne craignent pas d'enfanter et leurs dieux aiment leurs sarabandes!

Yaval jeta encore un grand rire avant de s'éloigner vivement. L'ombre l'engloutit. Notre père Lemec'h entendit ses pas qui s'estompaient.

— Yaval! Yaval! Où vas-tu?

— Mon père, dis-je, Yaval n'est plus là.

— Nahamma? Tu es là, toi?

— Je suis là, mon père.

— Ah.

Stupéfait, il resta un long moment à me fixer. Enfin, il déclara :

— L'aube n'est plus loin, je le sens. Yaval a voulu me tromper, la nuit n'est plus si noire.

Il avait raison. Yaval avait menti. La nuit se teintait de lait et le cercle de feu des idolâtres était presque éteint. La lune, fine comme un brin de laine, s'effaçait lentement. Les étoiles brillaient moins.

Je le lui dis. Il agita la main :

— Viens, ma fille. Descends du mur et conduis-moi devant le vieil Arkahana.

17

Comme tous les vieillards d'Hénoch, Arkahana, envoûté par la magie des sons de Youval, se dandinait sur le mur, brandissant une torche. La vue de Lemec'h le sortit de sa béatitude.

Mon père lui donna aussitôt des ordres. Il était temps de se dégriser des chants et des danses ! Le haut mur d'enceinte n'était plus fait pour la musique. Que les guerriers se tiennent prêts, la main sur leurs arcs et lances ! Que les femmes se mettent à l'abri dans leurs cours ! Youval devait continuer d'arpenter les murs en soufflant ses sons. Les plus jeunes devaient se saisir des torches et courir sur toute la longueur des remparts afin que les idolâtres croient que la sarabande se poursuivait encore.

La fraîcheur, en cette fin de nuit, me mordit la poitrine. Ou peut-être fut-ce le souvenir des mots de Yaval. Sa violence envers moi. Ou la pensée de Youval. Il allait rester seul à souffler sa musique. Un désir intense me vint de le rejoindre, de le protéger. D'être dans sa chaleur. De caresser son visage, aussi.

N'avait-il pas besoin de moi? Ne m'avait-il pas demandé de demeurer sous son regard? Me cherchait-il? Lui manquais-je?

Savait-il que mon père se servait de lui pour tromper les idolâtres?

Connaissait-il la jalousie de Yaval? Pensait-il comme son frère? Était-il lui aussi plein de haine envers notre père?

Ces questions m'étouffaient. Des questions inutiles. Youval ne se préoccupait ni des mots de notre père ni d'Élohim. Il n'avait pas l'orgueil de Yaval ni son besoin de rivaliser avec Lemec'h. Seule comptait pour lui la beauté des notes qu'il tirait de ses joncs.

Je me précipitai dans les ruelles. Des creux et des recoins montaient des rires et des chuchotements de plaisir. Ici et là retentissaient les appels impatients des hommes lancés par Arkahana pour rassembler les combattants. Je crus entendre la voix de ma sœur Noadia protester. Comme toutes les filles d'Hénoch, elle voulait oublier le jour qui se levait.

Lorsque je l'atteignis, la porte de notre cour s'ouvrit. Une silhouette apparut. Beyouria! Enveloppée de son grand manteau, elle passa sans me voir. Je la rattrapai.

— Beyouria! Où vas-tu?

Elle se retourna, me découvrit avec stupeur. Son manteau s'écarta. J'entrevis le visage minuscule de Nahman. Beyouria souffla mon nom :

— Nahamma! Ma sœur, s'il te plaît, ne dis rien! gémit-elle.

— Que se passe-t-il? Où vas-tu? Avec ton fils! Ce n'est pas le moment de sortir de notre cour. Notre père...

Beyouria recula sans répondre. Elle voulut reprendre sa course. J'agrippai son manteau.

— Beyouria, attends ! Ne sois pas folle. Les hommes se préparent à la guerre. Les idolâtres vont se lancer à l'attaque de nos murs.

Elle repoussa durement ma main.

— Laisse-moi, laisse-moi !

— Non, écoute-moi. Notre père...

— Je me moque de notre père. Laisse-moi : Yaval m'attend.

La stupeur m'immobilisa.

— Yaval ? Avec ton fils ?

Beyouria ne m'écoutait plus. Elle s'enfuit. Son ombre disparut dans l'ombre.

Aurais-je dû la suivre ? Mais la pensée de revoir Yaval me faisait horreur...

J'entrai chez nous, me réfugiai dans la pièce des femmes. Ma mère Tsilah s'y tenait, assise sur sa couche. Celle d'Adah était aussi vide que celle de Beyouria et de Noadia. Ma mère se releva, se précipita vers moi.

— Ah, tu es là ! s'exclama-t-elle avec soulagement.

Elle saisit mes mains, en perçut le tremblement. Elle m'attira sur le seuil pour examiner mon visage. Cela lui suffit. La musique de Youval résonna, toute proche. Plus lente, presque lourde. Triste, en vérité, et sans plus rien de la grâce de la nuit.

Des sons emplis de solitude, lancés sans force, comme abandonnés. Youval devait avancer sur la grande enceinte, entouré uniquement de gamins agitant les torches. Je pouvais deviner son visage, son épuisement. Certainement, il ne dansait plus.

Les larmes me montèrent aux yeux. Ma mère me caressa les joues, ses lèvres baisèrent mon front.

— Sois forte, murmura-t-elle. Sois forte, Nahamma, ma fille. Pense à notre Grande-Mère Awan.

Je songeai à lui raconter la dispute entre Yaval et Lemec'h. Mais tout cela était si pesant! Si effrayant! Sans doute ma mère donnerait-elle raison à Yaval. De Beyouria, je ne dis rien non plus. Je n'avais qu'un désir : sentir encore la présence de Youval. Revoir son sourire sur moi, suivre ses sons et m'emplir de la beauté de ses traits. «Sœur, m'avait-il dit, quand je souffle dans les joncs, c'est à toi que je pense. Si ce qui vient de mon souffle est beau à entendre, c'est que ta beauté danse en moi.» Comme ses lèvres, en prononçant ces mots, brûlaient autant que les miennes!

J'allai m'allonger sur ma couche. Ma mère demeura sur le seuil. Le ciel blanchissait de plus en plus. Elle annonça :

— Je n'entends plus Youval. Ses joncs se sont tus. Lemec'h va l'avoir, sa guerre.

Presque aussitôt la corne de bélier retentit à la porte du Nord. Celle du Sud lui répondit. Des hurlements d'alerte s'élevèrent des murailles. Des cris jaillirent de partout dans Hénoch. Le souhait de mon père Lemec'h se réalisait : les idolâtres attaquaient.

Les servantes se hâtèrent auprès de ma mère. Adah apparut sur le seuil de la chambre de Lemec'h. Elle courut jusqu'à nous. On y voyait maintenant assez clair dans notre pièce. Elle s'arrêta devant la couche vide de sa fille.

— Où est Beyouria ? Où sont Beyouria et Nahman ?
demanda-t-elle, l'effroi faisant trembler sa voix.

— N'était-elle pas avec toi ? s'étonna ma mère. Elle
s'est levée il y a peu. Elle m'a dit qu'elle ne pouvait pas
dormir. Elle voulait être près de toi avec Nahman,
sachant que Lemec'h courait sur les murs d'Hénoch
pour préparer la guerre et que tu étais seule.

— Mais non, non ! s'écria Adah, affolée. Elle n'est pas
venue. Je n'ai pas fermé l'œil de la nuit. Où est-elle ? Où
est Nahman ?

Mon cœur martelait ma poitrine. Je fus sur le point
d'avouer : « Je l'ai croisée dans la ruelle. Elle allait
rejoindre Yaval... », quand une énorme clameur résonna
à la porte du Nord. Des milliers de gorges braillaient. La
peur nous figea. Les idolâtres parviendraient-ils à enfoncer la porte ? Je pensais à Youval. Était-il à l'abri ? Les
hurlements ne cessaient pas. Les servantes commencèrent à gémir. Adah s'écria soudain :

— Oh, je sais, je sais où elle est !

Elle agrippa les mains de ma mère Tsilah :

— Ô ma sœur, qu'Élohim nous pardonne !

À voir son visage, je compris que je n'avais plus rien à
lui apprendre. Adah se précipita vers notre porte.

— Adah, que fais-tu ? s'écria ma mère.

Nous courûmes à sa suite. La barre avait été mise au
battant. Elle était trop lourde pour les bras d'Adah. Elle
s'acharna à vouloir l'enlever, réclama notre aide. Ma
mère Tsilah la prit dans ses bras.

— Adah, ma sœur, où veux-tu aller ? Tu ne rattrape-
ras pas Beyouria et Nahman.

Il nous fallut beaucoup de patience et de soins pour calmer Adah. Pendant tout ce temps, le vacarme de la bataille enflait.

Le soleil était au zénith quand les idolâtres s'éloignèrent. Les armes de mon frère Tubal avaient accompli leur carnage. Elles avaient assuré la victoire des générations de Caïn sur les sauvages, comme notre père Lemec'h l'avait promis.

On nous permit de monter sur la grande muraille. Les morts et les blessés jonchaient le sol tout autour d'Hénoch. Le sang brunissait la poussière.

Lemec'h se fit conduire au-dessus de la porte du Nord. Il conversa un moment avec le vieil Arkahana. Après quoi, devant tous il lança :

— Vous avez douté comme des païens, pourtant Élohim vous a soutenus tout autant que si vous n'étiez pas les générations de Caïn.

Il attendit encore un peu pour faire sonner les cornes de bélier.

Puis il donna l'ordre d'ouvrir les portes d'Hénoch et d'aller parmi les vaincus achever les mourants.

— Qu'on ramasse les cadavres et les éloigne d'Hénoch avant qu'ils ne puent sous notre nez. S'il est des idolâtres qui respirent encore, qu'ils rejoignent les démons qui les ont aidés à danser contre Élohim.

Lemec'h revint dans notre cour pour s'incliner devant l'autel d'Élohim. Partout dans Hénoch montait la fumée des holocaustes et des prières.

Des cadavres d'idolâtres, il y en eut tellement à charrier que cela dura un temps infini. On attisa les braises des feux qui nous avaient tant effrayés. On y brûla les morts. Leur fumée se mêla à celle des autels. L'air devint irrespirable. La puanteur collait à notre peau. Adah était comme folle. Elle courait partout en criant les noms de Beyouria et de Nahman.

— Avez-vous vu ma fille ? Elle ne peut pas être partie avec les idolâtres ! Ce n'est pas possible !

Yaval, on ne le trouva pas. On m'assura que Youval était vivant. Il dormait et refusait que quiconque s'approche de lui. Il n'avait pas prononcé mon nom, me rapporta la servante qui lui avait donné à boire et à manger avant qu'il ne s'endorme.

Peu à peu, l'odeur infecte de la mort s'ajouta à celle des brasiers.

Les corps de Beyouria et de Nahman ne furent pas brûlés : quelqu'un les reconnut. Une lance avait transpercé Beyouria, coupant en deux son fils qu'elle serrait entre ses seins.

Nul ne sut jamais si Yaval était reparti dans le sud du pays de Nôd avec les idolâtres ou s'il avait lui aussi fini dans les braises.

18

Le jour se leva. Adah cria. Tout Hénoch l'entendit. Les réjouissances de la victoire sur les idolâtres cessèrent.

La même pensée commença à tournoyer dans les têtes. Les idolâtres s'étaient fait massacrer par centaines sans parvenir à abattre une seule vie d'Hénoch. Le cuivre forgé par Tubal avait tué Beyouria et son fils Nahman, comme déjà il avait tué Caïn. Hénoch avait assassiné le dernier des générations exilées par Élohim au pays de Nôd, tout comme Lemec'h avait assassiné Caïn, le premier de nous tous.

Sans oser desserrer les lèvres pour le dire à haute voix, chacun se demandait ce qui nous attendait. Le silence se répandit dans les ruelles et les maisons. Un silence terrible, comme si l'air d'Hénoch s'épaississait déjà du malheur à venir.

Dans notre cour, on n'entendait que les gémissements d'Adah. Youval, les yeux rouges, le regard perdu, vint près de sa mère. Il voulut lui prendre les mains et les baiser. Elle les retira et le repoussa. La présence du seul fils qu'il lui restait ne faisait qu'accroître sa douleur.

Rejeté, Youval s'apprêtait à partir. Je me plaçai sur son chemin, l'empêchant de franchir le seuil. Je dis seulement :

— Youval !

Il me regarda. Je mourrais d'envie de le retenir. Ses yeux me supplièrent de ne pas le faire. Je le laissai. Plus tard, on me dit qu'il était allé jeter ses joncs de musique et ses petits flûtiaux dans la fosse où rougissaient encore les braises des idolâtres morts.

Notre père Lemec'h, qui ne s'était rendu compte de rien, réclama sa présence.

— Youval a quitté la maison, lui répondit-on.

Mon père me fit alors appeler. Il était devant l'autel d'Élohim. Un autel nu et froid, sans offrande ni feu. Lemec'h se tenait voûté, frissonnant, le blanc de ses yeux voilé par ses paupières. Sans lever le visage comme il avait coutume de le faire, il ordonna :

— Nahamma, ma fille, fait rougir des braises pour l'autel et trouve des offrandes pour Élohim. Des entrailles bonnes et fraîches.

Dès le matin, les hommes s'étaient empressés de pousser hors des murs d'Hénoch tout le bétail enfermé pendant la bataille. Je sortis pour rejoindre le troupeau qui avait appartenu à Yaval. Je ne trouvai pas l'enclos. Je demandai ici et là. Personne ne put me répondre.

J'aperçus le vieil Arkahana.

— Je cherche le troupeau de Yaval, lui dis-je. Mon père Lemec'h veut un agneau de peu de jours pour l'autel d'Élohim.

Arkahana se leva en traînant sa jambe et prit son temps pour me répondre :

— Le troupeau de ton frère n'est plus. Yaval a fui Hénoch. Il est allé rejoindre les idolâtres. Personne ne veut de son troupeau près de nos murs. On a poussé les bêtes loin dans le désert. Yaval les trouvera s'il les cherche ou les démons de ses amis idolâtres en prendront soin. Tu peux l'annoncer à Lemec'h.

Je portai ces mots à mon père. Il mit un moment avant de se décider :

— Demande l'offrande à Arkahana ou à qui voudra bien me la donner.

Quand je revins vers lui, Arkahana secoua la tête :

— Je ne donnerai pas d'offrande à Lemec'h. Et, toi, ne t'abaisse pas à en demander ailleurs, ô Nahamma. C'est inutile. Lemec'h nous a conduits là où nous sommes. Nous n'irons pas plus loin.

Arkahana vit ma détresse à la pensée de ce que je devrais annoncer à mon père. Il ajouta :

— Fille de Tsilah, on te prétend sage comme pas une autre fille d'Hénoch. À quoi bon faire grésiller la viande sur l'autel d'Élohim ? Où est la gloire d'Hénoch dont il faut Le remercier ? Lemec'h s'est trompé. Le sang a coulé et l'odeur de la mort est partout. Le ciel d'Hénoch est vide et sombre. Nulle part ne s'y trouve la paume d'Élohim.

Quand mon père Lemec'h m'entendit répéter les paroles d'Arkahana, la colère le reprit un instant. Ses yeux blancs s'écarquillèrent. Il se redressa, ferme sur son bâton. Il en frappa le sol et retrouva sa voix d'avant la bataille :

— Que sait Arkahana de la paume d'Élohim et de Ses intentions envers ceux d'Hénoch ? Qui est-il pour le savoir ?

Mais aussitôt venue, cette fureur se retira. Ses mains tremblèrent sur son bâton. Il s'agenouilla à nouveau.

— Au moins, murmura-t-il, pourrais-tu allumer le feu sur l'autel ?

J'allai quérir des braises dans l'appentis de la cuisine. Ma mère Tsilah m'y trouva.

— Que fais-tu là ? Je te cherchais partout.

Je le lui dis.

— Es-tu folle ? Nous avons besoin de ces braises pour préparer les corps de Beyouria et de Nahman ! Adah et Noadia pleurent à s'en étouffer. Nous allons devoir faire le travail toutes les deux.

— Mais mon père...

— Ton père ! Laisse donc Lemec'h devant son autel vide ! S'il veut y brûler des offrandes, qu'il y dépose son orgueil et ses mensonges d'assassin. Il en sortira un assez grand brasier pour plaire à Élohim !

19

Ma mère Tsilah décida que Noadia et moi porterions la civière où reposait Beyouria. Son corps et celui de son fils étaient assez légers pour que nous puissions sans trop de peine en supporter le poids. Sous le tapis qui les enveloppait, Nahman reposait entre les seins de sa mère, cœur contre cœur, couvrant ses plaies. Le crépuscule n'était pas loin quand nous les emportâmes.

À peine avions-nous franchi notre seuil que le peuple d'Hénoch s'assembla derrière nous. Une longue colonne s'étira jusqu'à la tombe nouvelle, creusée au côté de celle de Tubal. Aux quatre angles de la fosse, les torches étaient prêtes, les pierres amassées pour que chacun pût en recouvrir les morts, selon la tradition.

Le silence écrasait tout. Adah s'appuyait sur ma mère. Elle s'était vidée de ses larmes. Chaque respiration lui était une si grande douleur qu'elle ployait comme sous des coups.

Des hommes se présentèrent afin de descendre le tapis dans la terre. On embrasa les torches. Des voix commencèrent à psalmodier :

— Ô Puissant de l'Éden,

Toi qui peux tout et juges tout,
Tends Ta paume sur Beyouria,
Tends Ta paume sur Nahman.
Lève de leur poitrine la malédiction des générations.

Tsilah cria :

— Non, non ! Taisez-vous ! Pas de supplique !

Le chant s'interrompit. Des murmures de protestation s'élevèrent. Ma mère Tsilah fit face au peuple d'Hénoch :

— Ne le comprenez-vous pas ? Vos mots n'ont plus de sens. À quoi bon continuer à prier et à supplier Élohim ? Croyez-vous qu'Il va tendre Sa paume sur Beyouria et sur son fils ? Ou sur chacun de nous ?

Des hommes s'avancèrent, le visage tordu par la fureur :

— Femme de Lemec'h, qui te donne le droit de parler ainsi ?

— Veux-tu que Beyouria et Nahman errent à jamais dans les jardins où règne le Mal ? Pourquoi Élohim s'offusquerait-Il de nos prières ?

— Ton fils Tubal a fondu les armes, ton époux a voulu la guerre. Le bronze de Tubal est entré dans la poitrine de Caïn, dans celle de Beyouria. Il a tranché son rejeton.

Ma mère Tsilah ricana :

— Oui, priez, suppliez ! Qu'Élohim voie à quel point vous êtes bornés et ne voulez pas entendre Sa colère contre nous ! Vous qui vous êtes saoulés aux paroles de Lemec'h, vous qui avez bandé vos arcs et tué !

La dispute aurait pu durer si une femme n'avait pas crié :

— Regardez ! Là-bas !

Elle montrait les collines derrière lesquelles le soleil venait de disparaître.

Dans la lueur ocre jetée au ras de la terre par le crépuscule, chacun reconnut la haute forme blanche qui approchait d'Hénoch.

La Grande-Mère Awan.

Il n'y eut pas un mot jusqu'à son arrivée. L'obscurité vint avant elle. Un instant, alors qu'elle n'était plus très loin de nous, elle y fut engloutie. Nous ne perçûmes plus que son pas lent, lourd, régulier. Le claquement de son bâton contre les cailloux, on l'entendit aussi. Puis, d'un coup, dans la lumière dansante des torches encadrant la tombe de Beyouria et de Nahman, elle fut là.

Grande, blanche. Vieille, très vieille. Plus que je ne me le rappelais. Épuisée, aussi.

Elle s'approcha encore. Nous reculâmes. Elle observa la tombe en silence.

Elle se retourna. Elle fit un pas droit vers moi. Je baissai les yeux.

— Nahamma, donne-moi deux pierres, dit-elle. Je ne peux plus me baisser.

Sa voix n'avait pas changé. Douce, dure, jeune, vieille.

Je m'empressai de lui obéir. En y déposant les pierres, je frôlai sa paume toute ridée, tiède et d'une tendresse qui me fit frissonner.

Awan les abandonna d'un geste délicat sur celles qui recouvraient déjà le tapis de Beyouria et de Nahman.

Mais quand elle se retourna pour nous faire face, elle pointa son bâton, menaçant, sur nous tous.

— Avez-vous enfin compris ? s'écria-t-elle d'une voix tranchante. Ces morts vous suffisent-ils ? Et ceux là-bas, que vous avez entassés sur les braises? Ils empestent jusqu'au fin fond du pays de Nôd. Il m'a fallu respirer leur pestilence tout le long du chemin que j'ai fait pour revenir ici. Vous ont-ils dessillé les yeux, où demeurez-vous aussi aveugles que Lemec'h?

La Grande-Mère Awan ne feignit pas même d'attendre une réponse. Qui aurait osé parler?

Elle se remit en marche vers Hénoch, droit sur la porte du Nord. Elle s'assit au bord du puits, éclairée par les torches de la muraille. C'est là que nous la rejoignîmes.

Elle dit :

— Je me suis assise sur la tombe de Caïn et j'ai attendu. J'ai attendu, j'ai fait monter en moi le souvenir des années les plus anciennes. Je voulais être emplie de pensées fraîches, innocentes. Des pensées d'avant le sang d'Abel, afin qu'Élohim ne soit pas rebuté à l'idée de me visiter. Il n'est pas venu. Les jours ont passé. Des jours et des jours, des nuits et des nuits. La terre de la tombe de Caïn où je me tenais s'est enfoncée. Elle s'est craquelée comme la peau des vieilles lèvres. Élohim n'est toujours pas venu. La pensée de mes premiers jours dans le pays de Nôd m'a envahie. Quand mon ventre était gros. Quand je n'avais pas cent ans et que j'ai enfanté Hénoch et sa sœur Bêltum, fils et fille de Caïn. Je suis devenue trop vieille pour verser encore des larmes, mais je me suis souvenue de mes larmes à cette naissance.

« Alors j'ai senti la présence d'Élohim. Il était là, dans mes pensées. Il me guettait. Il voulait voir mon repentir et ma compréhension. "Ne crois pas possible que ton époux Caïn revienne dans mon Éden, m'a-t-Il dit. Il en est chassé pour l'éternité. Et toi aussi, qui as enfanté les générations de sa faute. Rien de bon ne pourra jamais sortir de ces vivants-là. Le sang appelle le sang. Le meurtre appelle le meurtre. Les mauvais projets appellent les mauvais projets."

« J'entendais Élohim, j'entendais Sa douleur. J'entendais Son regret d'avoir tiré mon père Adam de la poussière. Je l'entendais qui disait : "Oui, Je regrette de l'avoir fait. Maintenant, Je dois effacer cette création. Rien de bon jamais n'en sortira, comme rien de bon n'est sorti de ton ventre, Awan, fille d'Ève."

Awan se tut. Nous tremblâmes, muets d'effroi. Ses mots tombaient en nous telles des pierres.

Puis elle s'appuya sur son bâton pour se redresser. Elle prit le temps de nous observer avant d'ajouter :

— Voilà ce que je suis venue vous dire, peuple d'Hénoch. Trop de fautes depuis trop longtemps. Celle de Lemec'h sera la dernière. Vous devez le savoir : Élohim vous effacera bientôt de la surface de la Terre.

Deuxième partie

La fin d'Hénoch

1

Qui saura raconter la terreur descendue sur le peuple
d'Hénoch après les paroles d'Awan?

Les uns se perdirent en gémissements et en plaintes.
Les autres vociférèrent contre Awan. Elle mentait! Elle
était si vieille qu'elle prononçait des mots sans en comprendre le sens! Certains voulurent la chasser de nos
murs. Ma mère Tsilah les accusa d'ajouter un blasphème
à tous ceux dont Hénoch s'était déjà rendu coupable.
Des femmes se rangèrent à son avis. Elles entourèrent la
Grande-Mère. Les cris redoublèrent. Les bouches cra-
chèrent insultes et menaces. La peur devint de la haine.
La haine devint de la férocité.

Ma mère Tsilah conduisit Awan dans notre cour. On
barricada la porte. La nuit était secouée de hurlements.
Des groupes d'hommes venaient derrière nos murs pour
nous conspuer :

— Lemec'h! Lemec'h! Qu'Élohim te crève mille
fois!

— Il paraît que tu manques d'offrandes, Lemec'h.
Pourquoi ne te grilles-tu pas toi-même sur l'autel d'Élohim?

La Grande-Mère restait calme. Elle demanda :

— Où est Lemec'h ?

— À genoux devant l'autel d'Élohim sans plus de feu ni d'offrandes, ricana ma mère Tsilah.

Awan ne répliqua pas. Elle s'approcha de Noadia, recroquevillée sur sa couche et qui ne cessait de trembler et de pleurer. La très vieille main de la Grande-Mère esquissa une caresse sur sa chevelure emmêlée.

— Petite, petite, murmura-t-elle de sa voix étrange, n'aie pas peur de ces cris. Ceux qui les poussent tremblent autant que toi. Ils sont sans courage. Si je levais mon bâton sur eux, ils se mordraient la langue en s'enfuyant.

Noadia hoqueta. D'une voix à peine audible, elle marmonna :

— Ce n'est pas eux que je crains, Grande-Mère. C'est ce que tu as prédit.

La flamme de la lampe jetait des reflets dorés sur le visage livide d'Awan. Des ombres mouvantes creusaient les rides profondes de ses joues. Elle hocha la tête.

— Oui, fit-elle, la voix basse et tendre, oui, je l'ai dit. Et c'est ce qui arrivera. Élohim nous effacera de sous Sa paume.

— Et pourquoi ? Qu'ai-je fait ? s'écria Noadia, bondissant sur ses pieds, se tordant les mains en un geste de désespoir. Qu'ai-je fait de mal ? Rien ! Rien. Je suis juste la fille de Lemec'h ! La culpabilité des parents doit-elle retomber sur les enfants ?

Les mains nouées sur son bâton, Awan la considéra. Son visage parut s'émacier davantage.

— Oui, tu es la fille de Lemec'h. Tu es fille de ma descendance, aussi. Cela suffit à Élohim. Et tu as raison :

le mal, tu ne l'as pas encore répandu. Pas encore. Mais Élohim sait que cela adviendra.

— Pourquoi ferais-je le mal ? Tu dis n'importe quoi ! J'ai toujours obéi à mon père. Élohim le sait. C'est injuste !

Les protestations de Noadia avaient tiré Adah de son accablement.

— Noadia ! désapprouva-t-elle. Montre du respect à la Grande-Mère Awan.

Noadia était trop bouleversée pour prêter attention aux reproches de sa mère. Elle s'insurgea encore :

— Je suis jeune ! Je n'ai rien vécu. Je suis innocente. Ma mère et Lemec'h ne m'ont pas même laissée aimer un homme. Beyouria, elle, est allée avec un idolâtre, un homme qui n'était pas d'Hénoch. Moi, je n'ai connu personne. Tout ce que j'ai vécu ici, dans notre cour, ce sont des cris, des reproches et les égarements de mes frères !

Awan ne répondit pas. Noadia éclata en sanglots, repoussa sa mère et se jeta à nouveau sur sa couche.

La Grande-Mère fit signe à Adah de ne pas s'offusquer des paroles de sa fille. Péniblement, elle s'assit sur un tabouret, abandonna son bâton blanc à ses côtés et reposa le dos de ses mains sur ses cuisses. Un long moment, elle fixa ses paumes ainsi ouvertes. Le vacarme d'Hénoch résonnait toujours dans les ruelles. Ma mère Tsilah dit :

— À quoi bon rester ainsi à veiller ? On ferait mieux d'essayer de dormir un peu. Aucun doute : demain sera une rude journée.

Elle proposa à Awan d'occuper sa couche.

— Je dormirai avec Nahamma, ajouta-t-elle.

Avec un faible grognement, Awan se redressa de toute sa haute taille, appuyée sur sa canne. Elle s'avança jusqu'à la couche de Noadia.

— Fille, dit-elle, tu as raison. Tu n'as pas fauté et tu n'as rien vécu. Pas encore. Tant mieux. Ne crois pas que la justice te fasse défaut. Élohim n'est pas cruel. Tout au contraire. Il veut t'épargner de vivre les fautes qui souillent tous ceux de ma descendance. Il veut t'épargner de répandre cette faute encore et encore, comme nous le faisons tous. Regarde la douleur de ta mère Adah, qui a perdu ta sœur Beyouria, son petit Nahman et ton frère Yaval. Regarde la douleur de Tsilah, qui a perdu Tubal. Ouvre tes narines, ô Noadia ! Tu sentiras la pestilence qui entoure Hénoch. Elle pénètre les os et pourrit les cœurs. Elle n'épargne personne.

Noadia cessa de sangloter. Les yeux béants, pour la première fois elle comprenait ce qu'Awan répétait à la ronde.

La Grande-Mère se tourna vers moi. Elle s'approcha. Je baissai le front. Sa main se posa sur mon épaule.

— Conduis-moi à l'endroit où tu tisses.

— Je n'ai plus d'endroit, lui dis-je. Pendant la bataille avec les idolâtres, on a mis le grain dans mon appentis. Maintenant, on y entasse les flèches, les lances et les piques.

— Tu ne tisses plus ?

— Oh si ! Je tisse ici et là. Près de ma couche, quand la lumière est assez bonne, ou dans la cour.

Awan hésita.

— Conduis-moi près des feux de la cuisine. J'ai faim et froid.

Ma mère Tsilah avait entendu. Elle s'interposa :

— Grande-Mère, il vaut mieux que je te conduise moi-même à la cuisine. Nahamma n'a jamais été très utile aux fourneaux.

— À moi elle sera utile, dit simplement Awan en me poussant devant elle.

2

On traversa la cour. Au-dehors de nos murs, les cris ne faiblissaient pas. Le noir du ciel reflétait la lueur des torches que les hommes agitaient en vociférant.

Sous l'appentis de la cuisine, les feux sommeillaient, à demi oubliés. Dans les jarres et les panières, il ne restait qu'un peu de brouet de millet et des galettes du matin déjà durcies. Ma mère Tsilah avait dit vrai. Jamais je ne m'étais montrée bien utile aux cuisines. On m'en dispensait à la condition qu'en échange je tisse pour chacune les lés de lin qui recouvraient nos couches.

La Grande-Mère Awan ne me laissa que le temps de raviver les braises.

— Ne te soucie pas de cuisiner, dit-elle. J'ai menti à Tsilah. Je n'ai ni faim ni soif. Mon corps est trop vieux pour ces besoins. Ce que je veux, ô Nahamma, fille de Lemec'h, c'est te parler loin des oreilles.

Elle me fit asseoir près d'elle sur la murette où s'entassaient le petit bois et les jarres d'huile. L'obscurité était épaisse. Le toit de l'appentis retenait toute la lumière de la lune dans son premier quartier. Seul le rougeoiement des braises attisées par la brise nocturne nous éclairait un peu.

Assise tout contre la Grande-Mère, il me sembla ressentir la chaleur de son corps immense. Malgré son épuisement, sa respiration était régulière et apaisante. Pourtant, à nouveau je n'osai lever les yeux vers elle. Je me retins du moindre mouvement. Sa main chercha la mienne. Je ne sus masquer un soubresaut d'appréhension. Ses doigts se serrèrent sur mon poignet, mais sans dureté. Au contraire, il y avait de la douceur dans sa pression, une sorte de tendresse pareille à des paroles réconfortantes.

— Ces fours, dit Awan tout bas, je les connais depuis toujours. Caïn les a bâtis et moi j'y ai allumé les premiers feux. C'était il y a longtemps. Très longtemps. Hénoch n'était faite que de quatre murs et moi je n'effrayais personne.

— Grande-Mère...

— Non, ne proteste pas. Tu mentirais. Élohim m'a voulu bien trop vieille et bien trop laide pour qu'on me regarde sans crainte.

Je ne bougeai pas. Elle se tut un court instant avant d'ajouter :

— C'était il y a si longtemps que je ne m'en souviens plus. J'étais à peine plus âgée que toi. Encore belle à voir. Je ne détestais pas me regarder dans l'eau lisse des jarres. Caïn avait bien du plaisir à venir avec moi.

Il y eut un nouveau silence. Elle s'y reposa. L'âpreté de ses mots m'avait fait battre le cœur. Je me calmai. Comme le silence durait, je m'aperçus que la Grande-Mère frissonnait. Non, plus encore : elle tremblait de tout son vaste corps comme sous l'effet de la fièvre. Elle se remit à parler. Tout bas, ainsi que l'on parle dans le noir de la nuit quand on confie ce qui compte le plus :

— Ta sœur Noadia dit sa vérité. Comme tous ceux dont les plaintes assourdissent Hénoch. Elle est innocente ! Mais tous, ici, dans Hénoch, tous se croient innocents. Nos épaules ne portent pas les fautes de nos aïeux ! clament-ils. Nos paroles sont fraîches comme l'eau du ciel ! répètent-ils. Élohim est injuste et cruel ! se lamentent-ils. Tous, tous se mentent. Ils ne voient la volonté du mal que dans le cœur des autres. Mais génération après génération, ils poussent devant eux leurs fautes toujours plus lourdes. Comment Élohim n'en aurait-Il pas assez ? À quoi bon étendre Sa paume sur ces générations qui jamais n'apprennent à séparer le bon du mauvais ? Lemec'h leur a transmis son aveuglement. Il les a entraînés dans son délire. Lever la hache de guerre au nom d'Élohim ! Cerner Hénoch de cadavres d'idolâtres ! Croient-ils que la fumée puante de leurs exploits atteint les narines d'Élohim comme un fumet d'offrande ?

Un long frisson la fit taire. Sa main frémit plus fort sur mon poignet.

Des cris jaillirent non loin. Violents, aigus. Je sursautai. Awan frappa la murette de son bâton. Un coup sec qui ébranla ses épaules en même temps qu'elle maugréa :

— Ils hurlent, ils hurlent... Mais moi... je devrais aller dans les rues leur demander pardon, ô Nahamma. Moi, Awan, fille d'Adam et d'Ève ! J'ai la bouche pleine de reproches alors que la première des fautives, c'est moi. Tout ce qui est advenu de nous, tout, tout... tout est sorti de mon ventre par la semence de Caïn. Comprends-tu ? Je l'ai voulu. Oui, moi, la Grande-Mère Awan, je l'ai voulu...

Sa gorge se noua. Il me sembla entendre un sanglot. Sa main se détacha de mon poignet.

Peut-être n'était-ce pas la fièvre qui la possédait, mais un chagrin et une colère immenses.

Mes yeux s'étaient habitués à l'obscurité. J'osai observer son visage. Il se découpait en clair dans la nuit : un front haut, droit comme un mur, un nez puissant sur des lèvres entrouvertes, flétries et mouvantes comme si elles formaient des mots silencieux.

Des coups brutaux résonnèrent contre la porte de notre cour en même temps que des voix toutes proches scandaient :

— Lemec'h ! Montre-toi !

— Lemec'h, le beau parleur ! On ne t'entend plus !

La main d'Awan se posa de nouveau sur mon bras.

— Il n'y a pas pire fardeau que le silence d'Élohim. Cela les rend tous fous. N'aie pas peur d'eux.

— Ils vont tuer mon père.

— Cela se peut.

Les coups cessèrent. Les exhortations s'éloignèrent. La Grande-Mère releva la tête. Peut-être scrutait-elle dans la nuit mille années de souvenirs que je ne pouvais pas même concevoir.

— Tu as raison de ne pas vouloir me regarder, reprit-elle. Toute cette vieillesse que je porte est trop laide. Caïn aussi était devenu très laid. Moi, je l'ai connu beau comme l'Éden. Éblouissant et simple. Le châtiment d'Élohim ne pouvait pas être plus terrible que celui qu'Il nous a infligé. Vivre mille ans loin de Lui ! Vivre jusqu'à ce que toute notre laideur, toutes nos douleurs nous recouvrent les os et la chair ! Ô Nahamma, le poids de la colère d'Élohim lorsqu'Il nous a chassés de devant Sa face, Caïn et moi ! Oh, ce poids !

Elle s'agrippa vivement à son bâton comme si elle craignait de basculer au sol.

Ce geste, comme je m'en souviens !

— Grande-Mère !

Je lui saisis le bras. Sous le lin de la tunique, la chair était dure, compacte. Il me sembla palper de la pierre.

Elle se redressa doucement.

— Peut-être Élohim me libérera-t-Il enfin de ce corps ? marmonna-t-elle. N'est-Il pas las de m'entendre gémir ?

L'ironie éclaircit un peu sa voix. Sa main chercha à nouveau la mienne. Cette fois, sans résister, je glissai ma paume entre ses doigts rugueux.

— Ô Nahamma, écoute ceci. Écoute et retiens. Je me suis assise sur la tombe de Caïn comme je m'asseyais autrefois sur notre couche. Je m'y suis tenue des jours et des nuits. Caïn a toujours cru qu'Élohim saurait juger notre patience. Et pardonner. Caïn était comme ceux d'Hénoch aujourd'hui.

Les paupières closes, elle chercha son souffle. J'étais très frêle à côté d'elle, pourtant elle s'appuya sur moi.

— Des jours, des nuits. Élohim a jugé et ne nous a rien accordé. Pourtant, les suppliques ruisselaient de ma bouche : « Ô béni sois-Tu, accueille Caïn près de Toi. Nous nous sommes pliés à tous Tes tourments. Élohim, n'est-il pas temps de me débarrasser de ce corps plein de fautes ? N'est-il pas temps que la poussière revienne à la poussière ? » Non. Rien. Une lune, deux lunes, trois lunes. Rien. Élohim ne pardonne pas.

Une nouvelle fois la Grande-Mère Awan s'interrompit.

— Je ne mangeais pas, je ne buvais pas. Mais le souffle de la vie entrait et sortait de ma bouche. J'ai regretté de n'avoir pas conservé la flèche de Tubal qui a percé le cœur de Caïn. Au moins aurais-je pu me l'enfoncer dans la poitrine. Éprouver jusqu'au bout la même douleur que Caïn. Un crépuscule, la patience m'a quittée. J'ai attrapé mon bâton. J'ai voulu hurler : «Élohim, je m'en vais. Les bêtes fauves dans le désert voudront de moi plus que Toi!». Mais ma voix n'avait pas servi depuis trop longtemps. Elle était à peine un murmure. J'ai fait dix pas. Comme une enfant. Je ne savais plus marcher. La nuit est tombée plus vite que je n'avançais. Elle m'a frôlée avec une douceur qui m'a fait plier les genoux. J'ai songé : Oh, comme cette nuit ressemble à la brise du matin dans les jardins de l'Éden! Mille ans que je n'avais pas respiré pareille fraîcheur. J'ai songé : Ah, la volonté d'Élohim me vient enfin !

Son vieux corps fut secoué par un frisson terrible. Le silence se prolongea, insinuant la crainte dans mon cœur, puis la Grande-Mère reprit :

— Je me suis arrêtée. Il faisait si noir que je ne savais où poser les pieds. Je me suis dit : Remercie Élohim et repose-toi en attendant le jour. J'ai voulu m'asseoir. Alors une main m'a saisi la nuque. Une main qui me disait : «Continue, vieille Awan. Tu n'as plus l'âge de t'arrêter. Va droit à Hénoch, là où tu as donné naissance à ton fils et à la première génération des bannis de l'Éden. Le lieu est maudit. Élohim est las des générations qui y grouillent. Il est déçu jusqu'au dégoût par leur comportement. Pas un, pas une pour racheter l'autre.» Je ne fus aucunement surprise. Je connaissais la fureur d'Élohim pour ceux sortis de mon ventre. J'ai voulu

demander : «Vais-je au moins rejoindre bientôt Caïn?»
La main ne m'en a pas laissé le temps. Elle s'est serrée
un peu plus sur mon cou : «Awan, fille d'Ève, ne perds
pas de temps. Va devant la fille de Lemec'h. Dis-lui :
"Nahamma, Élohim te sépare des générations de Caïn.
Quitte Hénoch et marche vers l'ouest. Élohim y a tracé
un chemin pour toi." Dis-lui ces mots, vieille Awan,
ensuite tu trouveras le repos.»

J'étais stupéfaite! Les paroles d'Awan tombaient sur
moi comme des rocs. La Grande-Mère me demanda :

— Me crois-tu, Nahamma?

— Grande-Mère Awan, je...

— La paume d'Élohim n'a pas menti. Je sens venir le
repos.

— Grande-Mère, pourquoi moi?

— Tu l'apprendras.

— Je ne veux pas rester seule, sans Tsilah ma mère,
sans Youval, sans personne! Que ferai-je toute seule?
Élohim doit m'effacer avec les autres. Je suis pareille à
Noadia. Ma faute est aussi grande que la sienne!

Awan ne me répondit pas. Sa main griffa ma tunique.
Je suppliai :

— Grande-Mère Awan!

— Le repos me vient, Nahamma. C'est si bon. Oh,
que c'est doux!

Ses doigts relâchèrent ma tunique. Sa grande ombre
s'allongea sur la murette. Je me levai.

— Grande-Mère! Grande-Mère, ne veux-tu pas que
je t'accompagne sur ma couche? Tsilah l'a préparée
pour toi.

— Non, non. Ici, c'est très bien. Sous l'appentis de la
cuisine, c'est très bien. Là où j'ai fait à manger pour

Caïn et nos enfants au temps de ma jeunesse. Ne t'inquiète pas. Je vais dormir.

Soudain son souffle n'était plus si lourd ni si râpeux. Sa voix retrouvait ce ton doux et jeune que j'avais entendu la première fois.

J'hésitai. Devais-je rester près d'elle ou l'abandonner à son repos ? Il y avait aussi tant de questions que j'aurais voulu lui poser.

Elle le devina. Dans l'obscurité, elle me fit un signe.

— Va, va, Nahamma. Fais ce qu'on te demande. Ne reste pas à Hénoch. Marche sur le chemin de l'ouest. Ils seront heureux de te recevoir. N'aie crainte.

— *Ils*... De qui parles-tu, Grande-Mère ?

— Ma mère Ève, mon père Adam. Ma mère sera tellement étonnée de te voir. Quelle surprise cela va être pour elle.

— Mais, Grande-Mère...

— C'est ce que veut Élohim.

— Pourquoi ?

— Tu le sauras quand Il le souhaitera. Laisse-moi, maintenant. Ce repos qui me vient est bon et doux. Il y a si longtemps que je l'attends. Va dormir toi aussi. Élohim te garde.

3

Pleine d'impatience, ma mère Tsilah m'attendait sur le seuil de la chambre des femmes.

— Où est la Grande-Mère? s'inquiéta-t-elle dès qu'elle me vit approcher.

— Elle se repose sur la murette de la cuisine.

— Sur la murette? Est-elle devenue folle? Il y a une couche pour elle, ici, à l'intérieur.

— Elle n'en veut pas. Elle se trouve bien auprès des feux de la cuisine. Elle aimerait y demeurer. Cela lui rappelle les temps de sa jeunesse, quand elle était encore la nouvelle épousée de Caïn.

À ma voix, ma mère Tsilah devina mon trouble. Elle m'attira dans un recoin, à l'écart de la chambre commune.

— Qu'a-t-elle dit? Qu'a-t-elle annoncé?

Ce fut un soulagement de tout lui raconter. J'achevai mon récit sans pouvoir retenir mes larmes. À nouveau, je posai à ma mère toutes ces questions qui me taraudaient :

— Pourquoi moi? Que deviendrai-je, seule? Oh, ma mère, je ne veux pas vivre sans toi, sans Adah ou Youval, sans personne!

Tsilah interrompit brutalement mes plaintes :

— Ce sont les paroles d'Awan ?

— Oui.

— Répète-les. Répète-les exactement : « Élohim te sépare des générations de Caïn... » Ensuite ?

— Elle a dit : « Quitte Hénoch et marche vers l'ouest. Élohim y a tracé un chemin pour toi. »

— Mon enfant, quel bonheur !

Elle m'enlaça, me baisa les joues, le front, les yeux, les mains. Cela faisait très longtemps que je n'avais pas entendu autant de joie dans sa voix. Mais ce bonheur me blessa.

— Mère ! Comment peux-tu te réjouir ?

— Nahamma, ne comprends-tu pas ? Cette nouvelle est merveilleuse. Bien sûr que tu vas partir vers l'ouest.

— Ma mère ! m'écriai-je, saisie de colère. Ma mère, ne comprends-tu pas que vous allez tous mourir ? Toi comme les autres ?

Elle me prit contre elle en chuchotant avec feu :

— Pas de colère. Et ne crie pas si fort, mon aimée. Inutile d'alerter toute la maisonnée.

Elle me caressa avec tendresse.

— Oui, tu as raison. Je vais enfin quitter cette terre de poussière et de mensonges. Quelle délivrance ! La Grande-Mère dit vrai. Tout ce qui est sorti de son ventre a engendré malheur après malheur. Qu'Élohim en finisse enfin avec nous ! Je suis heureuse. Maintenant, je suis certaine que toi, la plus belle et la plus pure, tu seras sauve. Maintenant, je sais qu'Élohim te conduira devant Ève, la première des femmes.

Son ravissement m'était incompréhensible.

— Mère! Ne comprends-tu pas? Je ne le veux pas. Je veux être avec toi quand Élohim t'effacera. Je veux qu'Il m'efface aussi. Je ne vais pas rester là à vous regarder mourir!

— Ne sois pas sotte!

— Ma mère! La Grande-Mère Awan a perdu la tête. Comment arriverai-je devant Ève, notre Mère à tous? Qui me conduira? Que fera-t-elle de moi? Je n'irai pas.

— Nahamma!

Chaque mot que je prononçais levait en moi des images atroces. Je voyais la ville d'Hénoch jonchée de cadavres. Vieillards et enfants amassés, enlacés dans la mort. Femmes, hommes, mères, filles, époux ou pères, beaux ou laids, ils s'accumulaient dans les cours et les ruelles, pourrissaient sur les couches, offerts aux mouches et aux charognards. Je voyais les grimaces sur leurs faces. J'entendais le silence de la mort absolue. L'horreur me coupait le souffle. Mes jambes cédèrent. Je m'accrochai aux épaules de ma mère pour ne pas tomber.

— Nahamma... Allons, calme-toi. Il est temps de te reposer. De dormir un peu. Demain, quand il fera jour, tu questionneras encore la Grande-Mère Awan. Tu apprendras ce que tu veux apprendre. Je vais veiller sur son repos.

Ma mère me soutint jusqu'à ma couche, où je m'effondrai, la poitrine et la tête en feu. J'étais loin du désir de sommeil. Je savais que ma mère Tsilah, malgré sa force et sa bonté, ne saurait répondre à toutes les questions qui m'obsédaient. Je savais que je ne parviendrais pas à oublier la peur qui me broyait le ventre.

Avant de me quitter, elle chuchota à mon oreille :

— Nahamma, pas un mot des paroles de la Grande-Mère. À personne. Pas même à Adah. Elle ne comprendrait pas. Sois prudente. Bientôt la folie emportera Hénoch.

4

Ma mère Tsilah avait raison.

Après avoir ressassé encore et encore mes questions, m'être livrée à l'imagination de l'horreur de la fin d'Hénoch et, aussi, à celle de mon errance vers l'ouest, l'épuisement me gagna. Le sommeil m'emporta. Les cris de Noadia me réveillèrent.

— Nahamma! Lève-toi. Ne reste pas là! Ils vont briser notre porte! Ils vont nous massacrer!

Confuse, je la suivis dans la cour. Les hurlements montaient de la ruelle derrière nos murs. La grosse porte tremblait et craquait sous les coups de hache.

— On veut Lemec'h! On veut entendre Lemec'h! Qu'il vienne devant nous chanter ses mensonges!

Les servantes se terraient. Il n'y avait plus aucun homme pour nous défendre : les serviteurs avaient disparu. Notre père, lui, ne se montrait pas.

Je courus à l'appentis de la cuisine. Ma mère se tenait sur le seuil.

— La Grande-Mère n'est pas debout? m'étonnai-je. Le bruit ne l'a pas réveillée?

— Elle ne s'en soucie pas. Quand elle le veut, elle sait se boucher les oreilles.

— Il faut qu'elle vienne avec nous. La porte ne tiendra pas. Elle seule saura les calmer...

Ma mère secoua la tête.

— Elle se repose encore. Inutile de la déranger.

— Ma mère ! Ils vont s'en prendre à Lemec'h...

— Il est temps !

— Ils sont fous de rage. Ils s'en prendront ensuite à toi. Ils ne s'arrêteront qu'une fois notre maisonnée détruite, tu le sais !

— Alors, hâte-toi ! Fuis !

Son visage se tordit en un drôle de sourire :

— Tu sais par où passer...

Je savais à quoi elle faisait allusion. Ce que je croyais être un grand secret entre mon frère Tubal et moi ne l'était pas. Tout à côté de l'appentis de la cuisine se dressait une resserre à grain et à huile. Nous étendions souvent sur son toit les tapis fraîchement lavés. Tubal avait dissimulé un rouleau de corde de lin attaché à une poutre de la toiture. Il suffisait de le jeter par-dessus le mur pour atteindre la ruelle. Mon frère, en grand secret et en cachette de notre père, m'en avait montré l'usage. Jamais je ne m'étais servie de cette corde.

— Mère... Viens avec moi.

— Non, tu n'as pas besoin de moi.

Son indifférence, son calme, son comportement me choquaient. Mais je n'eus pas le temps de protester. La porte commença à céder sous les coups. Des éclats de bois volèrent. Un battant se fendit. Le bronze des haches apparut. Je songeai : Ce sont les haches de Tubal qui vont tuer notre père Lemec'h !

Des mains passèrent au travers de la porte, soulevèrent la contre-poutre. Les battants fracassés s'écartèrent. Des hommes bondirent dans notre cour en braillant :

— Où es-tu, Lemec'h ? Montre-toi !

Celui qui criait le plus fort s'appelait Irad. Un homme aux épaules larges, à la barbe fournie. Il connaissait notre cour. Mon frère Tubal lui avait offert la hache qui pendait au cuir de sa ceinture. Suivi de la moitié des hurleurs, il courut à l'est des chambres, où se trouvait l'autel d'Élohim. Ils revinrent aussitôt, dépités, plus furieux encore.

— Lemec'h n'est pas là ! L'autel d'Élohim est aussi froid et vide que son cœur.

Adah poussa Noadia vers la cuisine. Des hommes l'attrapèrent.

— Où cours-tu, femme ? hurla Irad à la face d'Adah. Ton Lemec'h se cacherait-il entre tes cuisses ?

Les autres s'esclaffèrent, agrippant la taille de Noadia. Elle se débattit. L'excitation décupla les rires et les grimaces de haine. Ma mère se précipita. Elle tenait le grand bâton blanc d'Awan. Elle l'agita avec tant d'adresse et de force que les hommes s'écartèrent de Noadia.

— Abrutis que vous êtes ! gronda-t-elle. On croirait voir des hyènes qui reniflent la charogne. Lemec'h n'est plus ici. Il a quitté nos murs.

— Tu mens !

— Je l'ai vu partir de mes yeux, au début de la nuit.

— Paroles de femme ! Tu le caches.

— Il s'est emmailloté dans une jarre...

— Ou déguisé en servante ? Montre-toi, Lemec'h le peureux !

146

La cour était à présent presque pleine. Des femmes y entraient comme chez elles. L'une d'elles s'approcha de l'appentis et me questionna :

— Quelle est cette forme allongée derrière toi ?

— C'est notre Grande-Mère Awan. Vous feriez bien de respecter son repos.

— Elle se repose ? Je ne l'ai jamais vue se reposer.

— Tu mens, fille de Lemec'h ! Si c'était là la Grande-Mère Awan, elle serait debout à nous houspiller.

— Ah oui ! Ce n'est pas la vieille Awan qui est sous ces oripeaux ! C'est Lemec'h. Voilà où il se cache ! C'est son genre de ruse !

Ils furent plusieurs à se précipiter. Ma mère voulut s'interposer. En vain. Irad était déjà près de la murette. Sans même soulever le linge qui recouvrait la Grande-Mère, il abattit sa hache sur le corps. Il n'en monta aucune plainte, seulement le bruit des os brisés sous le bronze. Je criai. Déjà le lin recouvrant Awan se teintait de sang.

Irad brailla :

— Lemec'h, Lemec'h, que ta mort nous épargne la colère d'Élohim !

Ils se précipitèrent tous. Abattant sur la forme allongée leurs poings, leurs bâtons, les pointes de leurs flèches, les lames de leurs lances, ils scandaient :

— Lemec'h, Lemec'h, que ta mort nous épargne la colère d'Élohim !

Je voulus me jeter au milieu d'eux, retenir leurs bras. Ma mère Tsilah m'en empêcha :

— Nahamma ! Ne sois pas folle !

Adah s'agrippa à moi. Les yeux révulsés, elle balbutiait :

— Élohim, Élohim ! Ô Élohim, béni sois-Tu, je t'en supplie, reconnais les innocents !

Leur fureur se calma aussi soudainement qu'elle était venue. Le sang ruisselait de la murette. Les assaillants s'en écartèrent. On entendit les halètements des plus violents. C'est alors qu'une voix déclara :

— Si c'est Lemec'h que vous avez cru achever, vous vous êtes trompés. Il a quitté cette cour depuis longtemps.

Celui qui avait parlé s'appelait Lekh-Lekha, fils de Metouchael, le père de mon père et le demi-frère de Lemec'h. C'était un homme grand et mince, à la barbe soignée et aux yeux clairs. Sa mère avait été une servante-esclave à qui Metouchael ouvrait les cuisses quand il lui plaisait.

Lekh-Lekha était plus jeune que Lemec'h de la moitié de son âge environ. Le plus souvent, il se tenait à l'écart d'Hénoch. Il vivait de chasse, courait loin dans le pays de Nôd pour trouver ses proies. Il en rapportait les peaux et la viande. Il m'était arrivé d'entendre Yaval parler de lui avec respect et admiration, mais son nom n'avait jamais franchi les lèvres de mon père.

Dans sa tenue particulière – sa tunique ceinturée, son manteau de cuir replié sur l'épaule sous la sangle du carquois et ses sandales lacées avec soin jusque sous les genoux – il se tenait parmi les débris de la porte. Son arc de cèdre était presque aussi haut que lui.

Repoussant les uns et les autres il marcha jusqu'au linge rouge de sang et dévoila le visage et la poitrine tailladés et écrasés de la Grande-Mère Awan.

Un cri d'effroi sortit de toutes les gorges, rebondissant sur les murs.

— Vous avez frappé la Grande-Mère, lança Lekh-Lekha. Et vous l'avez frappée alors qu'elle reposait déjà dans la mort. Les hyènes du désert ne sont rien à côté de vous.

Ma mère Tsilah se plaça au côté de Lekh-Lekha devant le grand corps d'Awan. Elle brandit son bâton blanc. Le mépris déformait son beau visage. Une joie vengeresse dansait dans le noir de ses yeux. Depuis les premiers coups de hache contre notre porte, elle avait deviné comment les choses allaient tourner. Ses paroles furent aussi brûlantes que son regard :

— Élohim a reconduit notre Grande-Mère Awan jusque dans nos murs pour qu'elle rende son dernier souffle dans cette cuisine où elle a cuit le millet pour Caïn et Hénoch, le fils qui a donné son nom à notre cité. Vous voilà à présent les assassins d'une morte ! Les assassins de la fille de nos Ancêtres Adam et Ève. Avec vous, le mal ne connaît plus de bornes. Élohim a maudit Hénoch. Il vous maudit tout autant. Il veillera à la ruine de nos murs. Pas un de nous n'en réchappera. Pas un seul ! Et c'est tant mieux. Loué soit Élohim !

Les paroles de ma mère Tsilah résonnaient comme si elles tombaient droit du ciel. Je les vis tous se courber, Irad le furieux comme tous ceux qui l'accompagnaient. L'horreur de leur faute pesait sur chacun d'eux. Pour la première fois, la prédiction d'Awan atteignait leur cœur.

Peut-être comprirent-ils aussi qu'ils allaient vraiment mourir.

Mais cela ne dura guère. La bouche déformée par la haine, Irad s'avança vers Lekh-Lekha :

— Où est Lemec'h ? Dis-le, puisque tu le sais.

Lekh-Lekha le toisa :

— Il est là où tu ne pourras plus l'atteindre.

Irad leva sa hache encore luisante du sang de la Grande-Mère.

— Où ?

Avec un calme impressionnant, Lekh-Lekha sourit.

— Ô Irad, comme tu aimes le sang du meurtre maintenant que tu y as goûté !

— Parle ou le bronze de ma hache va fermer ta bouche d'hypocrite pour de bon !

— Je l'ai croisé au début de la nuit, alors que je marchais pour rejoindre Hénoch, dit Lekh-Lekha sans se départir de son calme. Il allait lentement, butant contre les cailloux et s'empêtrant dans les broussailles. Je l'ai approché. Je lui ai demandé : « Où vas-tu, mon frère ? » Il ne m'a pas répondu. J'ai marché un moment à son côté. J'ai compris qu'il allait au hasard. Je lui ai dit : « Lemec'h, où vas-tu ? Tu reconnais ma voix, tu sais qui je suis. Veux-tu que je t'accompagne ? Si tu continues seul, tu tomberas dans un trou et te casseras un membre. Ce serait t'offrir aux charognards ! » Lemec'h n'a toujours pas prononcé un mot. Je l'ai suivi quand même. Après un long moment, il s'est tourné vers moi : « Lekh-Lekha, fils d'idolâtre, retourne d'où tu viens ! Là où je vais, tu pueras aux narines d'Élohim. » Je n'ai pas protesté. Il s'est remis en route. Je l'ai regardé s'enfoncer dans la nuit. Avant de disparaître tout à fait, il s'est arrêté encore et a crié : « Lekh-Lekha, si tu veux m'être utile, indique-moi où se trouvent les fauves ! » J'ai répondu : « Droit devant toi, ô Lemec'h ! »

150

Ceux qui avaient défoncé notre porte et abattu leurs armes sur le cadavre d'Awan s'observaient maintenant, pleins d'embarras. Pleins de peur, aussi.

Ma mère Tsilah brisa le silence :

— Maintenant, assassins, quittez cette cour. Il est temps de préparer la Grande-Mère Awan pour qu'elle puisse approcher Élohim.

5

De tout le jour, il n'y eut plus ni cri ni vocifération.

Des femmes restèrent dans notre cour pour aider ma mère Tsilah et Adah. Ensemble, elles lavèrent et parfumèrent le corps d'Awan. Le travail était difficile tant la dépouille de la Grande-Mère, déjà imposante, avait été massacrée. Elles m'ordonnèrent de tisser un ruban de rouge, de bleu et de noir pour serrer ses poignets et maintenir ses mains sur les plaies ouvertes par la hache d'Irad. Je les en remerciai du fond du cœur. Je dressai mon cadre à tisser dans un recoin. À l'abri des bavardages et des craintes, je laissai mes mains s'agiter jusqu'aux ombres du soir. Je m'appliquai à ma tâche sans songer aux jours à venir, heureuse que la Grande-Mère Awan emporte un présent de moi sur le chemin de l'autre monde.

Au crépuscule, les hommes furent de retour dans notre cour. Ils apportaient les torches de la fosse et des branchages pour transporter la dépouille d'Awan. Elle était si longue et si large qu'il fallut huit paires de bras pour l'y installer.

Ma mère Tsilah me voulut à son côté, juste derrière les porteurs. Adah et Noadia nous suivaient. Quand nous quittâmes notre cour, les gens d'Hénoch, deux par deux, étoffèrent le cortège. Pas un mot ne fut prononcé. Dans le silence, seul s'entendait le frottement des semelles.

À l'approche du mur d'enceinte, les porteurs hésitèrent. Des sons bien reconnaissables résonnaient entre les murs. Le flûtiau de Youval ! Son brin de jonc simple et tendre. Celui qui nous avait fait danser avant la guerre contre les idolâtres.

Je tremblai. Derrière moi, Adah gémit :

— Oh ! Youval, mon fils !

Les sanglots la mirent à genoux. Noadia et ma mère Tsilah la relevèrent. Nous reprîmes notre marche derrière la litière d'Awan. Les sons de Youval devinrent de plus en plus nets. Leur simple beauté brisait le cœur. On y devinait la tendresse de l'adieu. Enfin, Youval apparut. Il vint à notre rencontre de sa démarche ondoyante. J'aurais voulu croiser son regard. Mais, paupières baissées, il prit place à côté des porteurs. Nous sortîmes d'Hénoch. Les larmes coulaient sur les joues de ma mère. Ma vue à moi aussi se brouilla.

Le soleil rougeoyait sur l'horizon, énorme et sanglant, lorsque nous parvînmes près de la fosse qui attendait la Grande-Mère Awan. À côté, les hommes avaient amoncelé quantité de pierres pour que nous puissions en recouvrir la dépouille.

Les porteurs abaissèrent les branches nouées avec des cordes de lin sur lesquelles reposait le corps d'Awan. On alluma les torches. Le moment était venu de la prière. Une nouvelle dispute éclata quand nous commençâmes à murmurer la supplique à Élohim :

— Ô Puissant de l'Éden
Toi qui peux tout et juges tout...

Une voix hurla :
— Femmes, taisez-vous donc !
C'était Kush, l'un des porteurs, jeune et plein de vigueur.
Empli de colère, aussi. Il agita le poing devant nous toutes
et se tourna vers les hommes en montrant le ciel.
— À quoi bon répéter ces suppliques de bonnes
femmes peureuses ? cria-t-il. Élohim se moque de nos
mots. On connaît Sa réponse. Jamais Il ne voudra de la
Grande-Mère près de Lui. Ce qu'Il veut, c'est nous voir
crever ! Et vous, vous le priez encore ? Autant cracher
dans la poussière !
D'autres voix s'élevèrent pour le soutenir :
— Kush a raison ! Taisons-nous. Tout ce que nous
pouvons faire, c'est recouvrir le corps de la Grande-
Mère d'une masse de cailloux assez haute pour que la
vermine et les charognards ne souillent pas ses restes.
Cela suffira.
Beaucoup se tournèrent vers ma mère Tsilah, atten-
dant sa réplique. Elle ne broncha pas. Ce fut le vieil
Arkahana qui s'avança en boitillant pour lancer :
— Il se peut qu'Élohim ne nous écoute plus, nous, les
générations d'Hénoch. Mais savez-vous s'Il n'écoutait
pas notre Grande-Mère ? Et savez-vous si elle n'a pas
besoin de nos prières ?
— Elle qui nous a condamnés ? Elle par qui tout le
mal d'Hénoch est advenu ? s'insurgea Kush.
Une vieille femme cria :
— Arkahana, tu n'es qu'un vieux fou ! Awan se moque
depuis longtemps de tes prières. Elle est seulement

revenue à Hénoch pour nous humilier une fois de plus avant de mourir.

Kush ricana :

— Elle ne valait pas mieux que Lemec'h, que tu as suivi depuis toujours comme ton ombre, Arkahana.

Adah bondit, hors d'elle. Elle gifla la bouche de Kush de toutes ses forces.

— Lave ta bouche, Kush ! Que la honte soit sur toi !

Kush gronda sous l'affront. Il emprisonna les poignets d'Adah et s'apprêta à la frapper. Je me précipitai pour arrêter sa main. Ma mère brandit le bâton d'Awan :

— Ne lève pas la main sur Adah, Kush, ou je te brise la nuque !

Kush recula. La brise nocturne nous fit frissonner. Adah, la face ravagée par les larmes, s'écria :

— Pour vous, hommes d'Hénoch, tout ce qui vous arrive est toujours de la faute des autres !

Kush ricana, me repoussant loin de lui :

— Écoutez tous ! Écoutez Adah nous donner des leçons !

— Eh, femme de Lemec'h ! renchérit un compagnon de Kush. Femme de Lemec'h, ose dire devant nous qu'Awan n'est pas la cause du châtiment d'Élohim !

Une nouvelle voix s'éleva :

— Kush a raison. Ce mal que la vieille Awan nous reprochait n'est-il pas venu d'elle, notre aïeule à tous ?

La dispute gagnait les uns et les autres. Chacun haussait le ton, accusait, condamnait :

— Au lieu de prier pour elle et de monter le tertre sur elle, on ferait mieux de la brûler. Élohim pourrait s'en réjouir et nous remercier !

— Honte à toi, tu parles comme Lemec'h !

— Le mal est venu en nous avec les générations, en quoi cela fait-il de nous des coupables?

— Oh, oh, Kush! Bel innocent que tu es! se récria Adah. La Grande-Mère Awan a vécu mille ans dans la poussière du pays de Nôd pour réparer sa faute. Mais toi? Des années passées à souffler dans l'air et à engrosser les filles et tu te crois innocent?

Ma mère Tsilah, appuyée sur le grand bâton blanc d'Awan, ne bronchait plus. À l'écart des torches, au cœur de l'ombre épaisse, je cherchai Youval. Il n'était plus là. Pourquoi ne venait-il pas auprès de sa mère? Je distinguai Lekh-Lekha en retrait, enveloppé dans sa cape de cuir. Comme ma mère Tsilah, il observait la dispute, la bouche close et les mains croisées sur son arc.

Finalement, Arkahana intervint :

— Taisez-vous donc tous! Allez-vous vous battre devant la fosse de la Grande-Mère Awan? Êtes-vous devenus aussi sauvages que les idolâtres?

L'insulte ramena un peu de calme. Adah agrippa la manche de ma mère :

— Tsilah, parle! Awan est venue mourir dans notre cuisine. Tu as veillé sur son dernier souffle. Commence la prière.

Ma mère resta impassible, autant que si elle n'avait pas entendu.

Moqueur, Kush eut un geste de la main vers elle :

— Si tu ne pries pas, femme de Lemec'h, parle. Dis ta pensée. On sait tous ici que tu as la langue bien pendue.

La lueur rouge des torches accentua le sourire sur les lèvres de ma mère.

— Je pense comme toi, Kush. Notre Grande-Mère n'a pas besoin de tes prières. Ni moi non plus : chaque mot qui sort de ta bouche nous souille un peu plus.

Kush se raidit. Autour de lui, un grognement de protestation roula dans l'obscurité. Tsilah leva le bâton blanc d'Awan, en balaya l'espace devant elle. Kush et ceux qui l'entouraient reculèrent. Dans l'éclat de la lune qui surgit derrière les nuages, la voix de Tsilah vibra de fureur :

— Mais oui, grognez. Grognez et insultez-nous ! Nous, les femmes de Lemec'h. Nous, les femmes d'Hénoch. Insultez la Grande-Mère dans sa fosse. Insultez, insultez, puisque vous n'êtes bons qu'à ça !

Le silence gagna l'assemblée.

— Béni soit Élohim au jour où Il vous effacera de cette Terre ! ragea encore Tsilah. Et s'il faut que le châtiment tombe sur nous aussi pour que vous soyez réduits en poussière, tant pis. J'en serai heureuse.

Aucune bouche ne s'ouvrit pour lui répondre. Une nouvelle fois elle agita le bâton blanc d'Awan :

— Fuyez, puisque vous le voulez ! Partez ! Allez ! Laissez-nous ! Retournez dans vos murs !

Kush approuva avec un ricanement aigre :

— Tu as raison, femme de Lemec'h. À quoi bon rester ?

Il fit face à ceux qui l'entouraient :

— Mais Tsilah se trompe. Ce n'est pas dans Hénoch que nous devons nous rendre. Faisons comme Yaval. Allons chez les idolâtres. Puisque Élohim ne veut plus de nous, nous non plus nous ne voulons plus de Lui.

Un vrombissement étrange traversa l'obscurité. Un éclair déchira le ciel. Dans la lumière de la lune, les visages, pâles comme les masques mortuaires des idolâtres, firent un cercle autour de la fosse.

— Kush! Comment oses-tu? se récria Arkahana.

— Eh quoi? Que veux-tu faire? Attendre qu'Élohim te massacre? Grand bien te fasse! Ça te conviendra. Toute ta vie tu as sucé les restes que te laissait Lemec'h. Si aujourd'hui tu veux sucer les mamelles sèches de ses femmes, ne nous demande pas de t'imiter. Et moi, je ne vais pas attendre. Les dieux des idolâtres seront heureux de m'accueillir. Eux ne souhaitent pas ma mort.

Erel, une fille de deux ans plus âgée que moi et que Kush prenait dans sa couche au vu et au su de tous, se précipita sur lui :

— Ne dis pas ça, Kush! Je ne partirai pas chez les idolâtres. On sait ce qu'ils font aux femmes!

Kush l'attrapa par les épaules et la secoua sans ménagement :

— Oui? Et alors? Crois-tu qu'Élohim t'épargnera parce que tu resteras dans Hénoch? La Grande-Mère Awan t'a promis l'effacement. Tsilah n'a que ces mots à la bouche. À toi de choisir entre la mort envoyée par Élohim et les caresses des idolâtres.

Erel pressa les mains sur son ventre et protesta à travers ses larmes :

— Kush, je suis grosse de toi. Les idolâtres prendront ton fils.

— Élohim aussi te le prendra, répliqua durement Kush. Et il le fera sous tes yeux.

Arkahana retira une torche d'un des coins de la fosse. Il l'agita au-dessus de sa tête, jetant la lumière de la flamme sur tous les visages :

— N'écoutez pas Kush, ne soyez pas sots. Hénoch vient de tuer des idolâtres par dix et cent. Croyez-vous qu'ils vous accueilleront sans vous ôter la peau des os ?

Sa voix portait loin et roulait en écho, comme une chute de pierres :

— Maintenant, vous vous révoltez contre Élohim, insensés que vous êtes ! Qu'avez-vous fait pour obtenir Son indulgence ? Son pardon ? Vous croyez pouvoir échapper à Sa colère en vous réfugiant chez les idolâtres ? Ne savez-vous pas que les idolâtres, comme nous tous, ne sont que des instruments dans Sa paume ?

— C'est toi qui ne veux pas comprendre, vieil Arkahana. Les idolâtres ne pourront rien nous faire de pire qu'Élohim !

— Puisque Yaval est avec eux, dit encore Kush, nous le trouverons. Il saura leur parler pour nous. Les idolâtres comprendront que Lemec'h nous a obligés à les combattre...

Le rire de Tsilah, triste, mauvais, éclata :

— Cours, cours vite et loin, Kush, pauvre naïf. Crois-tu que la paume d'Élohim ne te trouvera pas chez les idolâtres ? Crois-tu pouvoir échapper au châtiment en mentant ? Le mal que tu portes est dans ton sang. Où que tu ailles, il sera en toi. Du nord au sud du pays de Nôd ! D'est en ouest. Va, cours. Le châtiment d'Élohim te trouvera.

Le doute et l'anxiété glissèrent sur les ombres mouvantes des visages. Des plaintes, des soupirs montèrent. Une voix dit :

— Tsilah rêve de nous voir morts.

Une femme protesta :

— Les dieux des idolâtres sont des démons, au moins la mort apportée par Élohim sera-t-elle pure.

— Repentez-vous, au lieu de souiller la fosse de la Grande-Mère ! s'exclama une autre.

— Pourquoi attendre ? Partons tout de suite.

— Oui ! Il a raison : qui sait ce que fera Élohim ? Demain à l'aube, Hénoch ne sera peut-être que ruines.

L'impuissance déchirait les gorges. Les mots jaillissaient des bouches dans un vacarme insensé. Suppliques, insultes, gémissements, larmes, tout se mêla. On eut dit que le ciel de ténèbres qui pesait sur nous allait nous écraser dans l'instant.

Alors un son de trompe éclata. Terrifiant, roulant par-dessus les hurlements avant de s'épuiser dans un silence large comme un gouffre.

La voix calme de Lekh-Lekha se fit entendre, à peine plus élevée qu'un murmure :

— Gens d'Hénoch, vous devenez fous.

Il se tenait tout à côté de ma mère Tsilah, sa corne de bélier qui lui servait pour la chasse dans la main droite. Son arc lui barrait la poitrine. Il suspendit la corne à sa ceinture, ajouta, sur le même ton :

— Gens d'Hénoch, la peur vous rend fous et la folie vous conduira plus sûrement encore au massacre qu'Élohim. Peut-être est-ce là le châtiment qu'Il vous destine : vous pousser à la démence comme un troupeau de petit bétail se jetant d'une falaise. Qui sait ?

Après l'instant d'égarement que nous venions de vivre, son ton et son calme en imposaient. Lekh-Lekha se tourna vers Arkahana, lui reprit la torche des mains et la replaça à l'angle de la fosse de la Grande-Mère Awan.

— La lune nous éclaire mal, reprit-il en s'approchant des pierres amassées. Les démons du désert rôdent autour de nous. Ils nous observent. Il est temps de monter le tertre et de protéger le corps de la Grande-Mère. Vous qui voulez tourner le dos à Élohim, inutile de rester ici. Personne ne s'opposera à votre départ vers les idolâtres. Les murs d'Hénoch vous protégeront jusqu'à l'aube. Vous pourrez ainsi prendre du repos avant votre longue route.

— Lekh-Lekha, tu es en partie idolâtre par ta mère, dit Kush. Lemec'h n'était qu'à demi ton frère et les murs d'Hénoch ne t'ont jamais accueilli. Viens avec nous, Élohim n'en a peut-être pas après toi.

Après avoir prononcé ces mots, Kush tourna les talons. Quelques dizaines de personnes le suivirent. La lueur des torches lécha un moment leurs ombres, avant que la nuit ne les avale.

Je sentis une onde d'angoisse parcourir mon corps. Mais Lekh-Lekha, sans se soucier du départ de Kush, prit une pierre et la posa sur le lin qui recouvrait Awan. Aussitôt ma mère l'imita. Et Arkahana. Et Adah. Je les suivis. Puis Noadia. Puis Erel, et d'autres femmes, et quelques hommes. Le monticule de pierres se forma. Certains prononcèrent les mots de la prière, d'autres non. Moi, je la récitai en entier et d'une voix claire.

Encore et encore je la répétai, prenant une pierre après l'autre pour la placer sur celles qui s'amoncelaient au-dessus de la Grande-Mère. Enfin la prière nous emporta tous, nous unissant dans une même litanie, assez puissante pour faire fuir les démons. Lekh-Lekha avait dit juste. La lune tardait à monter haut parmi les étoiles, mais nos yeux s'étaient si bien accoutumés à l'ombre qu'il nous semblait voir aussi clair qu'en plein jour. On se compta. De tout le peuple d'Hénoch qui avait accompagné la dépouille d'Awan, nous n'étions plus qu'à peine la moitié.

Soudain, Lekh-Lekha s'immobilisa. D'un seul mouvement il leva son arc, une flèche déjà encochée dans la corde tendue. À notre tour nous nous figeâmes.

Dans le silence revenu j'entendis un bruit régulier et si reconnaissable qu'un frisson me serra la nuque : des hommes ou des démons s'approchaient de nous. Leurs semelles de cuir crissaient dans la poussière du désert.

Lekh-Lekha s'écarta du tumulus de la Grande-Mère. Sans réfléchir, j'avançai à sa suite. Ma mère Tsilah murmura une mise en garde. Les autres se serrèrent près du tertre.

D'abord, je ne vis qu'une lueur mouvante sur les cailloux et les oponces qui bordaient le chemin. Puis d'un coup, contournant un amas rocheux, ils furent là. Des hommes. Si unis que leurs silhouettes semblaient fondues en une seule derrière les deux porteurs de torche qui les précédaient. Je fus sur le point de crier : «Des idolâtres!»

Mais déjà Lekh-Lekha avait tendu son arc et lâché sa flèche. Elle parut tomber de la nuit et se ficha devant les porteurs de torches. Ils bondirent sur le côté. Une torche tomba dans la poussière et s'éteignit. Une voix cria :

— Retiens ton arc, Lekh-Lekha! Nous sommes d'Hénoch!

Un homme se détacha du groupe et se plaça au côté du dernier porteur de torche. Un couffin assez lourd lui tirait l'épaule. La troupe avança encore de quelques pas.

L'homme posa le couffin et y plongea la main. On cria tous ensemble quand il en retira une tête d'homme qu'il jeta vers nous.

— Tu vois, Lekh-Lekha, tu t'es trompé. Lemec'h n'était pas très loin. On en a trouvé des morceaux ici et là.

Dans mon dos, Adah hurla :

— Lemec'h !

C'était la tête de mon père, ses yeux blancs sans vie grands ouverts, comme sa bouche béante sur une plainte que nul ne pouvait plus entendre.

Ma mère Tsilah cria :

— Irad, c'est toi ? C'est toi qui as fait ça ?

En riant, l'homme se rapprocha encore du porteur de torche. C'était bien Irad, le frère de Kush. Il releva le couffin et le lança de toutes ses forces vers nous. Quand il tomba, deux mains pâles s'en échappèrent et roulèrent sur les cailloux.

— Voici l'œuvre des démons, femmes de Lemec'h ! s'écria Irad. Le reste, vous le trouverez sur le chemin du Nord, si les fauves ne se sont pas déjà repus de cette pourriture.

— Les démons, nous les avons devant nous, répliqua Tsilah. Même dans la nuit, je vois le sang des assassins sur vos mains.

— Oh, c'est que tu as meilleure vue que ton époux ! ricana Irad.

— Caïn notre aïeul portait le signe d'Élohim. Lemec'h le menteur allait aussi nu et aveugle que ses mensonges. Pourquoi Élohim s'offusquerait-Il de le voir dépecé ? demanda une voix derrière Irad.

Lekh-Lekha tendit son arc, pointa une nouvelle flèche sur la poitrine d'Irad :

— En ce cas, Élohim ne s'offusquera pas si je tire, dit-il.

L'orgueil d'Irad était grand : il ricana. Mais sa prudence était tout aussi grande : il recula en entraînant d'un geste sa troupe derrière lui.

6

La nuit et le jour suivant furent les plus terribles que je vécus à Hénoch. Dès qu'Irad et les assassins de Lemec'h eurent disparu, Lekh-Lekha abandonna son arc et s'approcha du couffin abandonné. Il eut le courage d'y replacer les mains coupées et le visage aux yeux de lune morte de mon père Lemec'h.

— Qu'en fait-on ? demanda-t-il à ma mère.

— Pour ce qui est de moi, répondit-elle durement, tu peux aller l'offrir aux charognards. Qu'ils se régalent !

— Tsilah, non ! protesta Adah, en larmes. Lemec'h était le père de mes fils et celui de Nahamma !

Ma mère et tous les autres me dévisagèrent.

Qu'aurais-je dû dire ? Qu'aurais-je dû faire ?

Aujourd'hui encore, tant d'années après cette nuit d'épouvante, je ne le sais pas.

Je baissai lâchement la tête. J'entendis la voix de ma mère, rauque de haine :

— Alors, qui voudra creuser une tombe pour la tête de l'assassin de Caïn et de mon fils Tubal ?

Le silence lui répondit. Enfin Arkahana annonça :

— Il y a un puits sec à six cents pas d'ici, dans cette direction, dit-il en pointant le doigt. On peut y jeter le couffin et quelques pierres dessus.

Ma mère Tsilah haussa les épaules.

— Si vous en avez le courage.

Lekh-Lekha s'empara d'une torche. Arkahana saisit les anses du couffin. Et moi, les voyant s'éloigner dans l'obscurité, je songeai : Oh mon père! Sachant ce qu'on dirait de lui : « Pour l'éternité, la tête de Lemec'h mange la poussière du pays de Nôd. Les jardins du Mal des maudits d'Élohim sont son royaume! »

Oh, comment mon cœur n'a-t-il pas éclaté durant cette nuit?

Sans attendre le retour d'Arkahana et de Lekh-Lekha, nous continuâmes d'entasser pierre sur pierre sur le tertre de la Grande-Mère. Quand elles vinrent à manquer, le tumulus nous dépassait de plusieurs têtes. Mes bras et mon dos brûlaient. Le jour était encore loin, les flammes des torches restaient hautes. Nous murmurâmes les dernières prières de l'adieu.

Enfin ma mère Tsilah s'assit par terre avec un soupir. Elle posa le bâton blanc d'Awan sur ses cuisses. Elle ne s'était pas résolue à l'ensevelir avec la dépouille de la Grande-Mère.

Nous l'imitâmes sans parler. Nous fîmes circuler nos gourdes. Chacun se contenta d'une gorgée.

La fatigue m'emporta à l'orée du sommeil. Le visage de Youval s'afficha contre mes paupières. Pourquoi n'était-il pas avec nous? Allait-il fuir Hénoch, comme les autres, pour rejoindre Yaval? À lui, peut-être aurais-je pu confier le sort qu'Élohim me réservait. S'il savait, peut-être, peut-être viendrait-il avec moi voir Ève notre Ancêtre ?

Brusquement, une question d'Arkahana me tira de mes songes :

— Retournons-nous dans Hénoch ?

J'ouvris grand les yeux. L'aube pointait.

La question d'Arkahana semblait s'adresser à tous, mais son regard fixait Tsilah. Ma mère l'ignora. Assis à côté d'elle, les jambes repliées sous sa cape de cuir, se tenait Lekh-Lekha. Elle chercha ses yeux. Il secoua la tête :

— Kush l'a dit. Je suis à demi étranger dans Hénoch. Ce n'est pas à moi de dire ce que vous devez faire.

— Tu as été de bon conseil jusqu'à présent.

Ma mère Tsilah lui adressa un large sourire. Il y avait longtemps que je ne lui avais vu ce visage. Le moment en était inattendu.

Lekh-Lekha sourit en retour.

— Peut-être serait-il bon de rester ici jusqu'à ce que le jour soit plein, admit-il. Que ceux d'Hénoch qui veulent quitter la ville puissent le faire sans drame.

Arkahana interrompit Tsilah, la voix pressante :

— Cela, oui. Mais ensuite ? Ensuite, que ferons-nous ?

Lekh-Lekha garda son sourire.

— Ce qu'il te semblera bon et juste. Que pourrais-tu faire d'autre, Arkahana ?

Peut-être y avait-il cette fois un peu de moquerie dans son ton. Les têtes se baissèrent en silence. Sauf celle de ma mère. Elle fit peser son regard sur moi. Je l'évitai. Je savais trop bien ce qu'elle voulait me dire.

Durant tout le temps où je déposais les pierres sur la dépouille de la Grande-Mère, cette pensée n'avait cessé de me harceler : le jour qui venait serait celui de mon départ pour l'ouest. Mille fois, j'eus le temps de m'imaginer retourner dans notre cour pour y rassembler mes tuniques et serrer mes affaires de tissage dans un tapis que je pourrais suspendre à mon épaule. Il me faudrait quitter Hénoch sans que nul puisse m'interroger sur ma destination. À la nuit tombée, peut-être, ou dans le blanc de l'aube. Ensuite, il me faudrait marcher le soleil dans le dos, mon ombre me guidant vers l'ouest, m'évitant de me perdre dans le désert, seule face aux démons de la nuit et aux fauves du jour.

Je n'avais plus le choix. Ma mère Tsilah me pousserait de force hors d'Hénoch s'il le fallait. Elle voudrait que je parte avant que la colère d'Élohim ne s'abatte. Je connaissais la raison de son impatience. Elle voulait à tout prix que je fasse mes adieux quand elle pourrait encore me serrer dans ses bras. Elle voulait aussi m'épargner la vision du massacre voulu par Élohim.

La peur de ces adieux me rongeait le cœur. Je ne m'imaginais pas en avoir le courage. Un instant, durant la nuit, j'avais songé à approcher Lekh-Lekha. Lui confier ce qui m'attendait et le prier de m'aider. Lui demander de m'accompagner. Qui mieux que lui saurait me guider dans le pays de Nôd ?

Mais ce n'était qu'un rêve. J'avais déjà reconnu les regards entre ma mère et lui : à peine lui aurais-je parlé que Lekh-Lekha aurait réclamé son avis.

Tout de même, à chaque instant qui passait il me devenait plus difficile de garder mon secret. Je brûlais d'envie de me lever et de crier à tous la vérité : « Vous allez tous mourir, mais moi, Élohim m'épargnera. »

Pourquoi ? Pourquoi ?

L'angoisse contenue dans la question du vieil Arkahana, «Mais ensuite? Ensuite, que ferons-nous?», fut bien près de m'en donner le courage. Élohim le lut-Il dans mon cœur? Avant que je ne cède à ce coup de folie, Noadia fut debout. Pleine de violence à nouveau, elle lança :

— Moi, je sais ce que je vais faire.

Elle nous toisa. Une grimace de détestation la défigurait. Adah, prostrée à ses pieds, voulut lui saisir la main.

— Noadia!

Noadia la repoussa. Elle s'écarta, jaugea Arkahana du regard :

— Kush a raison. Je sais ce que tu t'apprêtes à faire. Comme toujours : attendre et gémir. Attendre! Attendre que la colère d'Élohim te tombe dessus...

L'émotion lui nouait la gorge. Sa voix était tout éraillée et sa bouche durcie par la rage laissait à peine passer ses mots.

Chancelante, Adah se redressa. Ma mère Tsilah l'imita. Noadia s'écarta un peu plus d'elles.

— Laissez-moi, ne m'approchez pas! Vous ne m'empêcherez pas de faire ce que j'ai décidé. Je vais rejoindre Yaval. Je vais rejoindre ceux qui se rendent chez les idolâtres.

Sautillant bizarrement, elle zigzagua entre nous, de crainte qu'une main ne l'emprisonne. Adah cria son nom. Pourtant, quand Tsilah voulut s'approcher de Noadia, elle l'en empêcha :

— Non, non. Laisse-la partir.

Noadia fixa sa mère.

— Si les idolâtres veulent me prendre pour servante, je m'en moque! cria-t-elle. S'ils veulent me prendre pour esclave, je m'en moque ! Je ne resterai pas là, comme vous, à attendre la mort !

Elle nous tourna le dos et se mit à courir vers Hénoch.

Je surpris le regard de Tsilah vers Lekh-Lekha. Il secoua doucement la tête. Adah, la bouche pleine de sanglots, gémit :

— Mon enfant, mon enfant, ma pauvre enfant !

Erel vint l'enlacer et mêler ses larmes aux siennes. Adah marmonna encore :

— La colère d'Élohim a commencé ! Il nous prend nos enfants !

Quand la première lueur du soleil commença à teinter le ciel de jaune, Adah perdit patience. Elle s'arracha des bras d'Erel pour courir vers Hénoch. Nous la vîmes chanceler dans les cailloux et la poussière. Ma mère Tsilah dit :

— On ne peut pas la laisser seule.

Arkahana approuva :

— Suivons-la. Approchons-nous d'Hénoch.

Il se tourna vers Erel :

— Kush et les autres sortiront certainement par la porte du Sud, au moins, tu pourras lui dire adieu.

Erel s'accrocha au bras de ma mère Tsilah. Elle avait le visage terreux, les yeux cernés d'ombres épaisses.

— Crois-tu que je devrais le suivre ? Faire comme Noadia ? demanda-t-elle.

— Ô Erel, je ne sais plus où est le bon, où est le mauvais, répondit ma mère. Va là où te conduit ton cœur. Élohim nous a jugés et condamnés. Qui d'autre, parmi nous, osera te juger ?

170

On marcha vite : la dispute de la nuit était oubliée. Chacun avait le désir de faire ses adieux à ceux qui partaient.

Le vieil Arkahana avait vu juste. À peine approchions-nous de la porte du Sud que Kush apparut à la tête des fuyards.

Noadia allait quelques pas derrière lui. Adah la rejoignit, marchant à distance, sans la quitter des yeux. Erel se précipita vers eux. On l'entendit crier :

— Kush ! Kush ! Pardonne-moi ! Je voudrais partir avec toi, mais je ne le peux pas.

Elle se jeta à genoux et répéta :

— Kush ! Pardonne-moi ! Je ne le peux pas !

Kush hésita, près de franchir les quelques pas qui le séparaient d'Erel, les bras déjà tendus pour la relever. Noadia le poussa brutalement en avant.

— Laisse-la gémir, puisqu'elle ne vient pas.

Dans leurs dos, tout au long de la colonne, les mêmes adieux déchirants, les mêmes suppliques se répétaient. Ici et là, des enfants s'agrippaient aux parents, des couples se reformaient puis se séparaient à nouveau. Quelques partants renonçaient.

Kush se raidit, obéit à Noadia, ignora les pleurs d'Erel et força le pas. Adah se tenait toujours non loin d'eux. Noadia lui fit face :

— Mère, ressaisis-toi, lança-t-elle durement. Viens avec nous ou rentre dans Hénoch.

Le ton de Noadia immobilisa Adah. Elle chancela. Ses mains cherchèrent dans l'air un appui qu'elles ne trouvèrent pas. Ma mère Tsilah se précipita pour la soutenir.

J'allai relever Erel. Elle s'agrippa à mon cou, le corps secoué de sanglots.

Nous n'attendîmes pas de voir disparaître les fuyards d'Hénoch. Nous rejoignîmes nos murs. Adah vacillait plus qu'elle ne marchait. Lekh-Lekha aida ma mère à la porter. Ils voulurent la conduire jusqu'à sa couche, mais elle refusa d'entrer dans notre chambre commune. Voir les lits défaits de Noadia et de Beyouria, ses filles disparues, la faisait pleurer de désespoir.

— Je veux aller chez Lemec'h, supplia-t-elle. Là-bas, je pourrai tout maudire.

Erel refusa elle aussi de retourner dans la cour de Kush.

— Autant mourir tout de suite.

Ma mère Tsilah accepta qu'elle s'installe chez nous. Quand Erel se recroquevilla sur ma propre couche, ma mère me fixa avec un regard terrible. Je lus ses pensées : Erel pouvait rester dans cette couche aussi longtemps qu'elle le souhaitait. Je n'en avais plus besoin. Le moment était venu pour moi de partir. La confusion d'Hénoch était à son comble. Personne ne me verrait quitter nos murs.

Je fus saisie d'un tremblement si fort que je claquais des dents. Je me jetai dans les bras de Tsilah.

— Ma mère ! Je n'en ai pas le courage. Pourquoi ne veux-tu pas venir avec moi ? Demande à Lekh-Lekha de nous accompagner. Lui, il connaît le chemin, il saura nous défendre...

— Non, non, Nahamma ! Cela serait mauvais pour toi. Je dois rester ici. La Grande-Mère Awan n'a pas dit autre chose.

Pourtant, elle aussi tremblait. Son ton n'était pas si assuré qu'elle voulait le faire croire. Elle me caressa les joues, murmura :

— Mon aimée, ma Nahamma, nous devons être fortes. Prépare tes affaires, ne tarde pas. Tu le vois, ici, tout est fini. Le châtiment d'Élohim a commencé. Ne tarde pas, s'il te plaît. Ton départ en sera moins difficile.

Elle se détacha de moi, me repoussa comme on repousse une tentation.

— Dépêche-toi, répéta-t-elle.

Elle se détourna, me lança par-dessus son épaule, la voix brisée, qu'elle allait préparer une tisane d'herbes pour Adah.

Les yeux brouillés de larmes, je me forçai à démonter mon cadre de tissage. J'y parvins avec difficulté. Mes doigts se refusaient à m'obéir. C'est alors que j'entendis l'appel de ma mère Tsilah :

— Lekh-Lekha ! Lekh-Lekha !

Sa voix horrifiée me fit bondir hors de la chambre commune. Lekh-Lekha se hâtait déjà vers la chambre de Lemec'h. J'y courus à sa suite.

Oh, l'épouvante que j'y découvris !

Au bas de la couche de Lemec'h, Adah se tenait roulée en boule sur elle-même, le front posé contre la terre battue. Sous elle s'écoulait une large flaque de sang.

Ma mère Tsilah dit à Lekh-Lekha :

— Je n'ose pas la toucher. Je n'ose pas...

Lekh-Lekha s'accroupit. Il saisit Adah par les épaules. Aussitôt, elle bascula dans ses bras. Il recula d'un mouvement brusque, comme effrayé par l'attaque d'un animal. Il se reprit et étendit Adah sur le dos. Tsilah cria :

— Adah ! Ma sœur ! Qu'as-tu fait ?

Adah était morte, le corps vidé de son sang. Sa bouche béante trouait de noir son visage gris. Ses yeux fixaient les poutres du plafond. Ses mains étaient nouées sur le manche d'une lame que je reconnus aussitôt. Mon frère Tubal l'avait forgée pour notre père Lemec'h. Depuis le jour où il l'avait reçue, elle n'avait jamais quitté sa couche.

Tous ceux de la maisonnée s'amassèrent derrière moi. La chambre était peu éclairée. Mais suffisamment pour voir ce que nos yeux n'avaient jusqu'alors jamais contemplé. Nul n'avait tué Adah ! Nul n'avait tranché sa vie ! Elle s'était faite elle-même, et par sa propre volonté, son assassin et sa victime...

Avant peu, la rumeur fit le tour de la ville. Aussitôt, les derniers habitants d'Hénoch envahirent notre cour. Sans un mot, ils regardèrent Tsilah et Lekh-Lekha sortir de la chambre de Lemec'h, abandonnant le cadavre d'Adah derrière eux.

7

Personne n'osait prononcer un mot. Nous étions assemblés devant l'appentis de la cuisine. Le soleil montait, les ombres s'amenuisaient et la chaleur se faisait plus lourde. Les bouches restaient closes, les regards fuyants. La peur serrait les gorges. Certains ne pouvaient s'empêcher de scruter le ciel au moindre piaillement d'oiseau.

Lekh-Lekha lui-même avait perdu de son assurance. Avant de nous rejoindre, il était allé faire longuement ses ablutions et se nettoyer du sang d'Adah, comme s'il craignait d'en être infecté.

Ma mère ne songeait plus à mon départ. La pensée qu'il faudrait à nouveau creuser une fosse, laver et préparer le corps d'Adah, rallumer les torches, transporter les pierres et passer une nouvelle nuit dehors parmi les démons l'accablait. Elle ne parvenait pas à s'y résoudre.

Comme souvent après les longs silences, le vieil Arkahana fut le premier à parler :

— Est-ce ainsi qu'Élohim veut nous effacer ? demanda-t-il tout bas.

Une question sans réponse. Il leva les yeux, fixa le ciel en balbutiant quelques paroles incompréhensibles.

Soudain, lui, le vieil Arkahana que l'on avait toujours vu si sage, prudent et mesuré, se jeta à genoux et, la face inondée de larmes, brandit les mains vers le soleil en criant à tue-tête :

— Est-ce ainsi, Élohim ? Un à un, Tu vas nous retirer la vie de notre propre main ?

Oh le silence qui suivit ! Froid, brûlant, terrible. Nous n'osions plus nous regarder. Peur, honte, compassion, lâcheté, tous les sentiments nous traversaient le cœur.

Une femme de l'âge de ma mère, du nom d'Hanina, se dressa. Elle vint prendre Arkahana dans ses bras, serra sa vieille tête entre ses seins et lui baisa le front.

Erel était revenue parmi nous. Son beau visage faisait peine à voir. On eût cru celui d'une femme vieillie de dix années. Elle fixa ma mère Tsilah, dit ce que beaucoup pensaient :

— Pourquoi n'ai-je pas suivi Kush ? Jamais je ne me planterai une lame dans le ventre comme Adah. Ce serait tuer mon fils avant qu'il ne soit né !

— Aussi, qu'avais-tu besoin de te faire engrosser par Kush ? lui répliqua Tsilah d'une voix lasse et emplie d'amertume. N'ai-je pas répété assez haut qu'il vous fallait refuser votre ventre aux hommes ? Se laisser engrosser, c'était procréer pour la malédiction. Certainement, la colère d'Élohim n'en serait que plus terrible.

À travers ses larmes, Hanina laissa éclater sa colère :

— La malédiction, le châtiment, la colère, le mal ! Nous n'entendons plus que ces mots. La Grande-Mère Awan est revenue pour nous condamner et nous ne savons pas pourquoi. « Élohim ne veut plus de vous ! Élohim va vous effacer de la Terre ! » Et pourquoi ?

Quelle est notre faute, à nous, les femmes ? Avons-nous tenu les piques ? Avons-nous tendu les arcs ? Avons-nous choisi ceux qui viennent dans nos couches et ceux qui en naissent ? Quelle est notre faute ? Pourquoi Élohim nous traite-t-Il comme des moins-que-rien ? Qu'Il vienne devant nous désigner notre faute !

Les mots d'Hanina résonnèrent un instant dans la cour, puis une vieille femme se leva. Elle s'appelait Zimrah et n'avait plus ni fils ni époux depuis longtemps. La solitude l'avait rendue si acariâtre que chacun l'évitait. Les yeux brillants de haine, elle pointa un doigt sur ma mère Tsilah :

— La faute, c'est la tienne, Tsilah. Ton fils Tubal a fondu les armes, ton époux Lemec'h a voulu la guerre. Le bronze de Tubal est entré dans la poitrine de Caïn. Il est entré dans celle de Beyouria et a tranché son rejeton. Il est entré dans la poitrine d'Adah. La faute, elle vient par toi, Tsilah. Elle vient par ton sang. Il ne te reste plus que Nahamma. Elle aussi va transmettre le mal. Vous devez quitter Hénoch pour purifier nos murs. Allez donc affronter Élohim dans le désert, comme l'a fait Lemec'h !

— Zimrah ! Vieille folle. Tais-toi donc et va te laver la bouche !

Arkahana s'était dressé, livide.

— Lekh-Lekha a raison, vous devez tous fous !

Tsilah eut un geste pour l'apaiser.

— Laisse, Arkahana. Zimrah dit la vérité. Elle me ronge le cœur depuis longtemps. Qui me pardonnera, si Élohim ne le peut ?

177

Le désespoir et l'accablement déformaient le visage de ma mère. Je n'y tins plus. Je me levai, la face en feu, la voix tremblante :

— Le soir de son retour, la Grande-Mère Awan a voulu me parler...

Ma mère Tsilah se redressa d'un bond :

— Non, Nahamma ! Tu ne dois pas !

Arkahana lui agrippa le poignet :

— Laisse-la donc, Tsilah ! Fille, que t'a dit la Grande-Mère ?

Tous me fixaient. Le regard de ma mère m'incendiait.

— La Grande-Mère m'a exposé ce qui allait advenir, repris-je aussi fermement que je le pus. Je lui ai demandé : « Pourquoi ? Pourquoi ? » Elle m'a dit : « Pour les questions et les réponses, il faut aller sur le chemin de l'ouest. Il faut sortir du pays de Nôd et aller devant mon père Adam, devant ma mère Ève. Il faut les consulter. Eux seront contents de vous voir et sauront vous parler. »

Il y eut un grondement de surprise et d'excitation. Je vis le soulagement sur le visage de ma mère. Peut-être même l'esquisse d'un sourire.

Je m'enhardis :

— Kush avait raison. À quoi bon rester dans Hénoch ? Mais ce n'est pas vers les idolâtres qu'il faut aller. Marchons vers l'ouest.

Aussitôt, la vieille Zimrah s'écria :

— N'écoutez pas cette fille ! Elle est de l'engeance de sa mère. Sa bouche est celle du serpent. Elle veut nous attirer hors d'Hénoch et nous livrer aux griffes des démons.

Arkahana gronda :

— N'as-tu pas honte de tes pensées, vieille folle ?

— Tais-toi donc, Arkahana, valet de Lemec'h! répliqua Zimrah. Tes mots ne sont que du vent.

La dispute s'enflamma. Quand Zimrah se calma un peu, Hanina dit :

— Nous n'y arriverons pas. Jamais nous ne sommes allés vers l'ouest. Nous ne connaissons pas les chemins. Nous nous perdrons.

— Les idolâtres nous prendront et nous violeront, ajouta Erel. Nous ne serons jamais assez fortes pour nous défendre.

— Lekh-Lekha saura nous conduire et nous protéger, dis-je d'une voix assurée. Il connaît le désert et les fauves.

Lekh-Lekha ne protesta pas. Il m'adressa seulement un coup d'œil étonné.

— Et qu'en sais-tu, fille de Lemec'h, si les Ancêtres sont toujours vivants? demanda quelqu'un. Comment sauras-tu les trouver?

Arkahana répondit à ma place :

— Élohim décidera de notre sort. Si la Grande-Mère Awan a donné ce conseil à Nahamma, n'est-ce pas qu'Il attend de nous que nous le suivions?

— Qu'en sais-tu? Qu'en sais-tu? grinça encore Zimrah. Tu me traites de folle, et toi, tu veux nous faire tous mourir dans le désert!

— Ce n'est pas moi qui te ferais mourir, mauvaise femme, c'est Élohim! s'écria Arkahana. Et tu peux essayer de te cacher sous toutes tes tuniques, et même sous les briques d'Hénoch : ta haine pue si fort qu'Il te retrouvera toujours. Qu'Il en soit béni.

8

Comme toujours, il fallut mille paroles violentes ou sages, les cris des partisans et les grincements des opposants, tous les discours de ceux qui avaient peur et les suppliques de ceux qui espéraient, avant que chacun en vienne à prendre sa décision.

Cette fois, cependant, ma mère Tsilah se détourna de la dispute. Elle me prit par les épaules :

— Laissons-les décider de leur sort, ma fille. M'aideras-tu à préparer Adah pour son ensevelissement ? Ensuite, nous partirons.

Elle n'eut pas un mot de plus. Pas un reproche sur la vérité que j'avais dite et celle que j'avais tue. Elle savait combien c'était inutile. Et peut-être, aussi, pensait-elle qu'Élohim nous offrait un sursis précieux. Nous nous enlaçâmes, étrangement soulagées et presque heureuses.

La tristesse nous noua à nouveau la gorge quand nous nous agenouillâmes devant le corps d'Adah. Tsilah appela Lekh-Lekha :

— S'il te plaît, retire le couteau de sa poitrine. Moi, je ne le peux pas.

180

Erel et Hanina ne furent pas longues à nous rejoindre. Yohanan, l'époux d'Hanina, aida Lekh-Lekha à confectionner le lit de branchages et à creuser la fosse. An-Kahana, l'un des fils d'Arkahana, s'unit à nous pour amasser les pierres.

À ma surprise, alors que le soleil atteignait son zénith, il n'y eut que deux femmes de plus à vouloir nous rejoindre : Hannuku et Damasku, deux sœurs, cousines de Kush. Elles n'avaient pas voulu le suivre, contrairement à leurs époux.

Ainsi, avec Arkahana, nous n'étions que dix à vouloir quitter Hénoch. À peine une poignée... Les cris et les mensonges de Zimrah avaient si bien attisé la peur et le doute chez les autres qu'ils préféraient attendre leur sort terrés dans Hénoch, en nous maudissant, nous toutes de la cour de Lemec'h.

J'avais rêvé que tous ceux qui restaient nous accompagneraient. J'avais rêvé qu'Élohim verrait peut-être dans cette unité une raison d'adoucir Son châtiment. Mais non. Ainsi était notre peuple : inlassable dans la discorde et affamé de querelles. La terreur du proche châtiment n'y changeait rien.

Lekh-Lekha devina ma déception. Pour la première fois, il s'adressa à moi sur un ton qui contenait un peu d'affection :

— Ne regrette rien, fille de Tsilah. Nous nous trouverons mieux de traverser le pays de Nôd en petit nombre, tu peux me croire, qu'en une troupe qui n'en finirait pas de souffrir de la soif et de la faim dans le désert.

Je compris par la suite combien il avait raison.

Il demanda à chacun de se préparer pour un long voyage. Il fut décidé que nous partirions à l'aube du jour suivant, après l'ensevelissement d'Adah.

Arkahana réunit son troupeau de petit bétail. On emplit les gourdes, on lia les barres des deux tentes, celle des hommes et celle des femmes. Chacune et chacun roula sa couverture. J'y ajoutai mon cadre à tisser et mes laines. Au crépuscule, nous empoignâmes l'assemblage de branches sur lequel reposait Adah. Le soulagement de nous voir quitter Hénoch se lisait sur tous les visages.

Troisième partie

Les épreuves

1

Durant toute une lune, on marcha. Les premiers jours, nous avancions raidis par la peur. La nuit, la fatigue nous poussait dans un sommeil de pierre et pourtant si fragile qu'au moindre bruit nous nous réveillions en sursaut. Chaque journée ressemblait à la précédente. Les pierres, les roches, les buissons, les ravines et les crêtes des collines, les sentes et les pentes... tout paraissait semblable et infini.

Vingt jours passèrent. Le doute s'insinua dans nos cœurs. La poussière et la soif épaississaient nos bouches et nos langues. Pour nous épargner trop d'efforts, nous parlions peu. Tous, nous pensions à Hénoch. Si éprouvante qu'ait été la vie dans nos murs, elle nous semblait maintenant enviable. La pensée me venait souvent de Youval. Lui et les sons de son flûtiau me manquaient. Que faisait-il ? Pourquoi nous avait-il abandonnés ? Pourquoi m'avait-il abandonnée ?

De temps à autre, il fallait aider Arkahana, que son âge et la jambe qu'il traînait épuisaient plus vite que nous. Lekh-Lekha l'avait convaincu d'abandonner la moitié de son troupeau. Certaines brebis, trop faibles et trop affamées, nous ralentissaient dangereusement. Elles nous suivirent à distance. Deux soirs de suite les fauves en firent leur festin. On les entendit bêler de terreur et de douleur derrière une colline. Arkahana pleura. Lekh-Lekha lui dit :

— Tes bêtes nous sauvent la vie. Ces fauves étaient sur nos talons depuis des jours. Les voilà rassasiés et repus. À présent, ils préféreront dormir plutôt que de se fatiguer à nous suivre.

Les chemins de cailloux ruinaient la semelle de nos sandales. Ma mère Tsilah avait eu soin d'emporter un pot de baume d'herbes et de graisse de chèvre rancie dont nous nous enduisions les pieds avant de dormir. L'air de nos tentes empestait jusqu'au matin. Malgré tout, Hanina se déchira le talon contre une pierre. On la porta pendant quatre jours sur un lit confectionné avec les montants et les toiles de nos tentes.

La promesse faite à la Grande-Mère Awan me hantait. En pensée, je me justifiais sans cesse d'avoir entraîné les miens dans cette marche au milieu du désert. Pourtant, ne fallait-il pas essayer de comprendre pourquoi, tous, ils étaient condamnés par la volonté d'Élohim ? Quelle était la faute de nos Ancêtres Ève et Adam et pourquoi avaient-ils été bannis du jardin de l'Éden ? Qui sait, peut-être parviendrons-nous à ébranler la sévérité d'Élohim ?

À la fin du vingt et unième jour, nos gourdes étaient presque vides. La soif nous consumait. Hannuku et Damasku, les deux cousines de Kush, furent prises de folie. Elles se mirent à hurler et à sautiller avec tant de violence qu'elles risquaient de se démembrer. Elles croyaient voir des démons et des animaux épouvantables grouiller tout autour d'elles. Chaque pierre, chaque caillou devenait à leurs yeux un amas terrifiant de serpents et de scorpions. Hannuku s'enfuit en poussant des cris à faire trembler l'échine.

Lekh-Lekha et An-Kahana, le fils d'Arkahana, la rattrapèrent avant qu'elle ne se jette du haut d'un ravin. Ils durent lui lier les mains et les chevilles pour la transporter jusqu'à nos tentes. Hanina et Tsilah sortirent leurs provisions de tisanes. Elles confectionnèrent un bouillon avec le peu d'eau qu'il nous restait. Hannuku et Damasku burent et s'apaisèrent. Hanina prédit :

— Au réveil, elles auront tout oublié.

An-Kahana dit :

— Tant mieux pour elles. En attendant, nous n'avons plus d'eau. Demain, quand le soleil sera haut, nous serons trop faibles pour avancer. Et si nous ne trouvons pas une source, nous mourrons avant le soir. Ou le lendemain. Nous regretterons alors de n'avoir pas abandonné les cousines de Kush à leur folie.

Quand il eut fini de parler, chacun fixa Lekh-Lekha avec l'espoir qu'il nous annonce l'existence d'une source sur notre chemin.

J'appelai Élohim à notre secours, moi, la seule condamnée à vivre. «Élohim pardonne-moi de Te demander de veiller sur nous...» À peine eus-je le temps de commencer ma prière que j'entendis Yohanan demander à Lekh-Lekha :

— Sais-tu au moins où tu nous conduis ?

Lekh-Lekha lui répondit calmement :

— Tu vois toi-même où se couche le soleil chaque soir.

— Et alors ! s'écria Yohanan. Crois-tu qu'il n'y a pas de mal là où se couche le soleil ?

Un sourire rusé se dessina sur les lèvres de Lekh-Lekha :

— Cesse de t'agiter, Yohanan. Et vous, arrêtez de vous plaindre ! Demain ou après-demain, vous aurez autant d'eau que vous en rêvez.

Chacun s'exclama. On voulut en savoir plus. Mais Lekh-Lekha nous tourna le dos et partit vers sa tente.

— Il est des choses qu'il vaut mieux ne pas user avec les mots avant de les avoir vues de ses propres yeux, marmonna-t-il.

Yohanan protesta :

— Encore des promesses, des mensonges pour nous faire avancer vers on ne sait où !

Il se trompait.

Au matin du surlendemain, nous étions à demi morts de soif et la fatigue transformait chacun de nos pas en supplice. Parfois, il nous prenait même l'envie de tout abandonner. D'abandonner nos tentes et nos provisions que nous tirions depuis Hénoch sur des branchages, comme des blessés, et de rebrousser chemin. Et voilà que ma mère Tsilah ne parvenait plus à avancer ! J'allais l'aider, mais Lekh-Lekha fut plus rapide. Lui qui ne cessait de nous encourager depuis le départ. Il prit le bras de ma mère et lui montra un point à l'horizon :

— Regarde ! Là-bas, droit devant !

Dans la direction qu'indiquaient nos ombres, au pied d'une falaise ocre, j'aperçus soudain une tache verte luisant sous les rayons du soleil.

De nature méfiante, le vieil Arkahana, s'appuyant sur sa jambe valide, nous mit en garde :

— Ne croyez pas tout ce que vous montrent vos yeux! Ce n'est peut-être qu'une illusion, comme savent en créer les démons du désert. On marche, on marche et ce qu'on croit approcher recule avant de disparaître, car cela n'a jamais existé dans le monde véritable d'Élohim.

Yohanan agrippa la manche de Lekh-Lekha :

— Est-ce une réalité? Est-ce ce que tu nous as promis?

Lekh-Lekha ne dit mot. Il se remit en marche. Je surpris le sourire d'encouragement qu'il adressa à ma mère. De toute évidence, il ne doutait pas d'atteindre son but.

Malgré notre impatience, nous avancions très lentement. Sans cesse nous devions nous arrêter pour reprendre notre souffle. Nos langues étaient si pâteuses, si épaisses que nous avions l'impression d'étouffer. Le sang battait si fort à nos tempes que la douleur se répandait partout dans notre corps. Porter nos effets était une torture. La tache verte, elle, se rapprochait. Elle ne fuyait pas devant nous, contrairement à ce qu'avait craint Arkahana.

Lorsque les reflets du soleil sur les pierres commencèrent à nous brûler le visage, entre deux clignements de paupières, nous ne doutions plus : ce qui se dressait devant nous était réel.

Et jamais encore nos yeux d'enfants du désert n'avaient vu pareil lieu.

L'étendue verte était en réalité une forêt aussi profonde qu'Hénoch, semée de tamaris aux troncs épais comme deux poitrines d'homme. Plus tard, quand nous y pénétrâmes, nous découvrîmes en son centre une impressionnante pièce d'eau enserrée de palmiers lourds de fruits. Ils poussaient partout sur ses rives. Certains étaient si touffus que le soleil et le ciel ne parvenaient qu'à peine à se faufiler et retombaient sous forme de maillures scintillantes et douces à la surface de l'eau, comme des caresses.

Quel monde étrange a créé Élohim! songeai-je.

2

L'excitation nous redonna des forces. On jeta le bois des tentes, les couffins et les sacs. Malgré notre épuisement, on courut pour atteindre les tamaris. L'ombre tomba sur nous tel un manteau glacé. Sous nos pieds, les cailloux et la poussière se muèrent en un sable fin. Lekh-Lekha nous conduisit à l'eau. De la voir seulement on se mit à trembler et pleurer. Avant même d'en emplir nos gourdes, on se jeta à plat ventre sur la rive pour la laper comme des bêtes et s'en asperger le visage et la poitrine. Ce fut comme redevenir vivants. Et je remerciai Élohim.

Puis, soudain, la joie de l'instant passée, nos gorges cessant de brûler, nos cœurs cessant de marteler nos poitrines, Hanina leva les bras comme pour nous prendre à témoin :

— Écoutez !

Autour de nous résonnaient toutes sortes de bruits. Des cris, des caquètements d'oiseaux, des feulements, des appels. Des bruissements, pareils à ceux que font les anneaux des serpents. Pourtant, aucune bête n'était visible. Au sol comme dans l'air, sous les frondaisons comme entre les racines des plus grosses souches, pas un poil, pas une plume. Pas même une mouche.

La terreur nous mordit les reins. Damasku et Hannuku prirent leurs jambes à leur cou. On ne tarda pas à leur emboîter le pas. En vérité, j'en oubliai même ma gourde près de l'eau. Haletants, tremblants, on se précipita sous le soleil brûlant à la lisière des tamaris.

Tous, sauf Lekh-Lekha, qui demeura, sans broncher, aux abords de la forêt.

Yohanan s'exclama :

— Cet endroit est maléfique !

Arkahana approuva :

— C'est un repaire de démons.

Lekh-Lekha ne parut pas les entendre. Il désigna un emplacement derrière lui.

— Nous pouvons dresser nos tentes ici, déclara-t-il paisiblement. L'ombre y est douce. Nous ne repartirons qu'une fois reposés. Après-demain ou le jour suivant. Si nous continuons à nous épuiser ainsi, jamais nous ne verrons Adam et Ève, nos Ancêtres.

Hannuku protesta :

— Pas question ! Ça grouille de malfaisance, là-dedans. Je l'ai senti. Plutôt mourir sous le soleil.

Lekh-Lekha éclata de rire :

— Ne profère pas de sottises, fille. Les démons n'existent que dans ta tête. N'oublie pas que nous sommes ici par la volonté d'Élohim.

An-Kahana ne l'écoutait pas. Poussé par la peur qui ne le quittait pas, il se plaça devant les cousines de Kush et agita le poing en direction de Lekh-Lekha :

— Qui nous dit que tu n'en es pas un toi-même, de démon ?

— An-Kahana! gronda aussitôt ma mère Tsilah. Garde tes insultes pour toi.

— Mon fils dit peut-être le vrai, intervint Arkahana. Pourquoi tiens-tu tant à nous entraîner sous ces arbres, Lekh-Lekha ?

— Allons, vieil homme, fit Lekh-Lekha patiemment, ne t'en rends-tu pas compte ? Vous êtes à bout de forces. Tout vous inquiète. Il faut vous reposer. Les palmiers sont lourds de dattes et nous avons faim. L'eau fraîche du bassin vous lavera de vos peurs.

— Il ment, intervint Damasku, butée. Ma sœur Hannuku a raison. Je ne ferai pas une seule enjambée dans cette ombre.

— Et comment l'eau nous laverait-elle de nos peurs ? ajouta Hanina, incrédule, au bord des larmes. Les fauves tout autour sont à l'affût. Les idolâtres et les démons sont là aussi. Je les entends, je les sens !

Lekh-Lekha ne chercha plus à discuter ni à convaincre. Il jeta un regard vers Tsilah.

— Que ceux qui ne sont pas devenus fous me suivent, dit-il en s'enfonçant dans l'ombre des tamaris.

Sans hésiter, ma mère lui emboîta le pas. À mon tour, je marchai sur leurs traces. Erel vint à mon côté et me saisit la main. Les autres mirent un peu plus de temps à se décider.

Lekh-Lekha nous entraîna à nouveau jusqu'à l'eau. Quand nous atteignîmes les palmiers, Erel se jeta en arrière avec un petit cri :

— Nahamma ! Nahamma ! Regarde...

Je vis. Et je frémis d'effroi. Sur la rive opposée de cet étrange lac, trois grands fauves au pelage ocre lapaient l'eau. Leurs langues la faisaient trembler jusqu'à nous en courtes vaguelettes.

Les autres nous rejoignirent alors. La première, Hanina découvrit les fauves. Avec un hurlement, elle empoigna le bras de Yohanan, son époux, l'entraînant dans sa fuite. Tout ce vacarme avait attiré l'attention des bêtes. Elles nous fixaient de leurs yeux jaunes.

— Ne faites pas de folie, fit Lekh-Lekha d'une voix paisible. Restez calmes.

Une hyène, haute et maigre, apparut alors derrière les fauves, entre les troncs des palmiers. Elle trottina vers l'eau en les contournant. Son long et large cou gris s'inclina, son museau épais frôla l'eau. La langue vive, elle but avidement. Puis elle s'assit, nous fixant aussi attentivement que les fauves. Étrangement, tout comme eux, son regard semblait curieux, étonné plutôt que féroce.

An-Kahana agrippa l'épaule de son père.

— Que se passe-t-il ici ? chuchota-t-il. Jamais les fauves ne laissent les hyènes les approcher de si près.

Ce fut Lekh-Lekha qui lui répondit :

— Ne crains rien. Regarde...

Il fit alors la chose la plus extraordinaire. Il ôta sa cape de cuir, déroula la bande de lin qui entourait son cou et qu'il levait sur sa bouche pour se protéger de la poussière pendant nos marches. Il enleva aussi sa tunique. Enfin, il se dévêtit en entier. Tsilah et Hanina étouffèrent des marmonnements de protestation. Lekh-Lekha leur lança un sourire.

Nu, sous le regard des trois fauves et de la hyène, il s'avança dans l'eau, l'agitant de ses chevilles et de ses mollets. Soudain, il y disparut tout entier. Erel planta ses ongles dans mon bras.

— Lekh-Lekha! gémit-elle.

Il réapparut un instant plus tard. Sa tête, ses épaules et une grande partie de sa poitrine émergèrent, comme s'il bondissait depuis le fond. Il agita les bras pour se maintenir à la surface. Sur la rive, les fauves reculèrent de quelques pas. Ils considérèrent Lekh-Lekha un instant. Les remous de l'eau mouillaient jusqu'à leurs pattes. Ils se détournèrent. Trottinant sans précipitation, ils se faufilèrent l'un après l'autre entre les troncs des palmiers, tandis que la hyène, de son déhanchement reconnaissable, s'enfonça dans la direction opposée.

Quel est ce monde étrange que Tu as créé, Élohim? pensai-je à nouveau.

Le rire de Lekh-Lekha me détourna de mes interrogations :

— Avez-vous vu? Ces bêtes ne sont pas dangereuses! Vous ne risquez rien. Venez donc me rejoindre! Cette eau est un don d'Élohim. Après toutes ces journées de marche, rien ne peut vous faire plus de bien!

L'incrédulité autant que la peur nous laissèrent d'abord comme paralysés. Le vieil Arkahana grommela :

— Ce sont des sortilèges! Des sortilèges de démon!

Mais déjà Hannuku se débarrassait de sa tunique du dessus, obligeait Damasku à dénouer sa ceinture, l'entraînait avec un cri joyeux dans l'eau. Elles redoublèrent de hurlements au contact de la fraîcheur, avant de perdre l'équilibre, de se contorsionner grotesquement et de sombrer toutes les deux comme des cailloux jetés au milieu du linge.

Lekh-Lekha s'y attendait. Il se tenait non loin d'elles. Il se précipita pour leur maintenir la tête hors de l'eau.

— An-Kahana! Aide-moi!

An-Kahana pataugea sur la rive, glissa à son tour sur les fesses, saisit enfin les tuniques des sœurs. Bouches béantes, elles crachaient et battaient l'air et l'eau. Yohanan vint à la rescousse. En deux pas, il se retrouva la tête sous l'eau. Toute cette agitation grotesque, les uns et les autres glissant, tombant, crachant, s'agrippant pour mieux retomber, finit par nous faire rire.

Erel attrapa ma tunique, me l'ôta avant d'enlever la sienne et de me pousser dans l'eau.

— Viens donc ! Hanina, viens ! Et toi aussi, Tsilah.

Cela devint vite un jeu. Nous nous amusions réellement, pour la première fois depuis très longtemps. La gaîté vibrait dans nos poitrines. Seul le vieil Arkahana, tout embarrassé de lui-même, demeurait sur la rive. Cette eau nous lavait de toutes nos peurs, selon la prédiction de Lekh-Lekha.

3

Au soir, devant les tentes dressées sous les tamaris, Lekh-Lekha expliqua :

— D'après ceux qui se sont déjà aventurés vers l'ouest, les endroits comme celui-ci sont nombreux. «Ce sont les restes de l'Éden», disent-ils. C'est pourquoi les fauves ici sont si paisibles. On raconte que, dans le premier des jardins, Adam et Ève vivaient ainsi au milieu d'un nombre infini d'espèces de créatures, en toute insouciance. Ce n'est qu'après la faute de nos Ancêtres que tout changea. Élohim les chassa, et l'Éden, qui était immense, se réduisit d'un coup. À sa place, il n'y eut plus que déserts, cailloux et poussière. Sauf en certains endroits, comme celui-ci. L'effacement de l'Éden fut si rapide et si violent que quelques sources plus profondément ancrées à la terre, comme celle-ci, restèrent en place.

Nous l'écoutions, comme des enfants écoutent les contes de leurs parents, en mangeant des dattes charnues. Agile comme un singe, An-Kahana nous les avait cueillies un peu plus tôt sur l'un des gros palmiers. Mais ce que Lekh-Lekha nous apprenait nous laissait bouche bée, la datte entre les doigts.

— Veux-tu dire, demanda ma mère Tsilah, veux-tu dire que nous sommes ici dans un vestige de l'Éden qu'ont connu nos Ancêtres avant d'en être chassés ?

— Oui, je le dis.

Tous les yeux se tournèrent vers Arkahana. Depuis la mort de mon père Lemec'h, s'il en restait un à connaître ce qu'il en avait été avant que Caïn ne soit exilé dans le pays de Nôd, c'était lui.

Arkahana baissa le front et replia sa jambe. Il hésita un peu avant d'opiner et d'admettre à regret qu'il avait déjà entendu ce récit.

— Il y a longtemps, quand j'étais plus jeune que mon fils An-Kahana aujourd'hui, des chasseurs sont entrés dans Hénoch. Ils venaient des pays de l'Ouest. Ils ont raconté une histoire semblable à Lemec'h. Évidemment, Lemec'h ne les a pas crus. Les chasseurs lui ont dit : « Va voir Caïn, ton Grand-Aïeul. De l'Éden, il sait tout. » Lemec'h est allé devant Caïn. Il a rapporté ce que disaient les chasseurs. Caïn a confirmé. Lemec'h a alors demandé : « Ô Grand-Aïeul, pourquoi avoir bâti les murs d'Hénoch là où la vie n'est que désespoir et non pas à proximité de ces parcelles de l'Éden ? Notre existence en serait autrement plus facile. » Caïn a répondu : « Parce que le châtiment d'Élohim pour ma faute me l'interdit. » « Au moins, nous, ceux de tes générations, nous pourrions aller vivre près de ces sources », a insisté Lemec'h. « Ose seulement le faire, et tu sauras ce qu'est la colère d'Élohim », a conclu Caïn.

Ces mots d'Arkahana nous plongèrent dans le silence, jusqu'à ce que Damasku intervienne :

— Vieil Arkahana, insinues-tu que, si nous restons ici, Élohim nous châtiera ?

Ces mots déclenchèrent le rire aigre d'Hannuku :

— Ma pauvre sœur, es-tu sotte ! As-tu oublié pourquoi nous sommes en route pour l'Ouest ? Ici ou ailleurs, Élohim te châtiera, et moi aussi.

Avant que la dispute des deux sœurs n'efface le bienêtre que nous avaient procuré le bain et l'ombre des tamaris, Lekh-Lekha déclara :

— Arkahana a raison. J'ai entendu moi aussi ce que Caïn a dit à Lemec'h. Mais il n'y a rien à craindre. Nous ne sommes pas là pour dresser des murs. Demain nous nous accorderons un jour de repos en remerciant Élohim, et après-demain nous reprendrons notre route vers nos Ancêtres.

Nous nous réveillâmes comme transformés. Il y avait sur nos visages, dans nos cœurs et nos regards, une légèreté d'humeur et même une douceur que nous ne nous connaissions pas. Les cris et les bruits tout autour de nous n'excitaient plus nos peurs. La défiance nous abandonnait. Des sourires montaient jusque sur les lèvres d'Arkahana. Nos fronts se détendirent. Plus besoin de les plisser pour protéger nos yeux du soleil. J'étais curieuse de voir les animaux qui nous entouraient. Ils demeuraient loin de nos regards. Une ou deux fois seulement, j'entrevis un pelage. Une tache de fourrure qui fuyait après m'avoir épiée comme je cherchais à l'épier.

Le plus extraordinaire était les fleurs. Ici et là, aux endroits mêmes où nous étions passés la veille pour atteindre l'eau, où nous étions certains qu'il n'y avait eu que du sable sous nos pieds, des fleurs avaient jailli du sol durant la nuit. Elles possédaient les formes les plus diverses, longues ou rondes, épaisses, fines, pleines ou dentelées. Chaque pétale étalait des couleurs si variées que nous ne pouvions pas en croire nos yeux. Et, par-dessus tout, elles possédaient des parfums que nous n'avions jamais respirés. Erel en fut transportée de joie. Elle me demanda :

— Crois-tu que l'on peut les cueillir ?

Je ne sus que répondre. Au même instant, Lekh-Lekha coupa la tige d'une grande corolle blanche pour l'offrir à ma mère Tsilah. Erel aussitôt cueillit la merveille qu'elle avait sous la main. Elle la respirait quand on poussa un cri : déjà, au même endroit, d'autres fleurs parfaitement semblables avaient repoussé, si vite qu'on ne les avait pas vues croître.

Au plus chaud du jour, nous retournâmes près de l'eau. Chacun s'y trempa paisiblement, sans craindre sa nudité ni celle de ses compagnons. Ensuite, et jusqu'au crépuscule, chacun partit de son côté, Lekh-Lekha avec ma mère Tsilah, les sœurs Damasku et Hannuku en compagnie d'An-Kahana, Hanina avec son époux Yohanan.

Je restai un moment à écouter Erel et Arkahana évo-quer le passé et ceux qu'ils avaient aimés. Erel parla de Kush et de ce fils qu'elle portait, disait-elle, dans son ventre encore à peine arrondi. Je l'observai. Son visage ne montrait aucune tristesse. Elle semblait avoir tout accepté du sort terrible qui les attendait, elle et son enfant. Arkahana ne paraissait pas plus s'en soucier.

Était-ce là un sortilège de cette parcelle d'Éden ? Le pouvoir d'effacer la conscience de l'avenir ?

Ce sortilège m'épargnait, moi qui, parmi tous, allait survivre au châtiment d'Élohim, selon la prédiction de la Grande-Mère Awan.

Le signe qu'il y avait quelque vérité dans cette pensée me serra le cœur. La tristesse me saisit si brutalement qu'au milieu de toute cette paix et de ce bonheur qui m'entouraient, les larmes me vinrent.

Pour n'en rien montrer, j'abandonnai discrètement Erel et Arkahana à leur doux bavardage. J'allai près des tentes retrouver mes fils et mes laines. Jusqu'au soir, je tissai un petit tapis à peine grand comme deux mains. Il ne comportait aucun des motifs qui faisaient la coutume d'Hénoch. Quand ils le découvrirent, ma mère, Erel et les autres en furent déconcertés. Ils me demandèrent :

— Qu'est-ce que cela ? N'es-tu pas parvenue à placer tes lignes et tes couleurs en bon ordre ?

Je ris.

— Si, leur dis-je. Ces lignes et ces couleurs sont tout à fait dans l'ordre que je souhaite. Elles sont comme la lumière du soleil à la surface de l'eau dans cette parcelle d'Éden où nous sommes.

Hanina fronça le sourcil et fit la moue :

— On n'a jamais rien vu de pareil.

Hannuku dit en se moquant :

— Nahamma a raison. On en a autant le tournis à regarder son tissage qu'à regarder l'eau de là-bas tout un après-midi !

Damasku renchérit. Je ne protestai pas ni ne m'offusquai. Mais une fois encore, le désir me vint de leur révéler le secret que je cachais et qui me pesait tant. Je ne sais comment me vint la force d'y résister.

— Plus tard, quand nous ne serons plus là, dis-je seulement, je regarderai mon tapis et je me souviendrai d'ici et de la paix de ce jour.

Je ne croyais pas si bien dire.

Le lendemain matin, on démonta les tentes pour reprendre notre chemin de poussière et de cailloux jusqu'au pays de nos Ancêtres. Le repos nous donnait un bon pas. On s'éloigna assez vite. De temps à autre, nous jetions des coups d'œil en arrière vers les grands tamaris que nous abandonnions. Bientôt, il nous fallut prendre à main droite pour contourner la falaise ocre que nous avions admirée de loin. Tout à coup An-Kahana, qui s'était retourné une fois encore, s'exclama :

— Regardez ! Regardez, on ne voit plus rien !

C'était vrai. Le vert sourd des tamaris, le vert presque noir des palmiers, le vert vif de cette parcelle d'Éden avaient disparu. Pourtant, depuis la dernière fois que je les avais contemplés, il ne s'était écoulé qu'un bref instant. Nous n'avions pas franchi une telle distance qu'on ne puisse plus les distinguer.

— On croirait que ça n'a jamais existé, murmura An-Kahana. C'est comme si nous avions rêvé. Est-ce là l'Éden ?

Damasku sortit une poignée de dattes de son sac et les lui tendit.

— Regarde, elles sont vraies, dit-elle, troublée. Ce n'était pas un rêve ! Mange, tu verras...

Troublée tout autant qu'elle, je songeai à mon tapis. Rien des jours qui venaient de se passer ne pourrait s'effacer. J'avais tissé de quoi m'en souvenir.

Était-ce là la volonté d'Élohim ? Comme disaient les habitants d'Hénoch : « L'homme fait des projets et Élohim rit. »

4

Aujourd'hui, il me semble que les épreuves qui nous attendaient encore se précipitèrent sur nous à grande vitesse.

Quatre jours, nous marchâmes dans la même monotonie. Le cinquième, l'horizon changea. Des ombres bleues s'y levaient. Au soir, elles paraissaient dissoudre le soleil avant qu'il ne s'enfonce dans la terre. Le lendemain et le jour suivant, nous avançâmes sur une terre nouvelle, douce aux pieds, parfois molle et humide. La poussière et les cailloux devinrent herbe. Des arbres apparurent ici et là. Les bosquets se firent plus hauts et plus drus. Nous traversâmes même des ruisseaux. Des troupeaux de petit bétail paissaient, comme à l'abandon, sans que l'on aperçoive un homme ou un enfant pour les conduire et les garder.

Le matin suivant, nous montâmes sur une crête verte d'herbe. Soudain, le fleuve fut devant nous. Lekh-Lekha ne l'avait jamais vu de ses yeux. Il séparait la terre en deux parties : d'un côté se dressaient quantité de murs de maisons et de cités; de l'autre, jusqu'à l'horizon, ce n'était que verdure.

Longtemps, nous restâmes sans pouvoir bouger. Nos yeux n'arrivaient pas à saisir un monde aussi vaste et nous ne pouvions prévoir les surprises qu'il nous réservait.

Quand nous reprîmes nos esprits, le vieil Arkahana sanglotait. D'un coin de sa tunique, Tsilah lui essuya le visage.

— Je ne peux pas croire qu'Élohim me laisse voir l'Éden, dit Arkahana en redoublant de larmes.

Lekh-Lekha sourit et secoua la tête :

— Ce pays vert n'est pas l'Éden, c'est seulement le pays où se trouvent nos Ancêtres.

— Comment peux-tu en être sûr ? s'offusqua Arkahana.

Ma mère Tsilah lui répondit, après m'avoir jeté un regard :

— La nuit où elle a rejoint le ciel d'Élohim, au moment de son adieu, la Grande-Mère Awan a dit : « Allez droit vers l'ouest et vous trouverez le fleuve. Passez le fleuve et vous trouverez mon père Adam et ma mère Ève. »

— Passer le fleuve ! s'exclama Yohanan. C'est impossible ! Regardez vous-mêmes ! Cette étendue d'eau est bien trop immense. Jamais nous ne le pourrons !

Personne ne protesta. Nous pensions tous comme Yohanan. Et, pour la première fois depuis que nous avions quitté Hénoch, Lekh-Lekha lui-même n'avait ni réponse ni savoir.

Quelques instants auparavant nous étions pleins d'effervescence. Maintenant, abattus, nous scrutions désespérément l'horizon. Arkahana se releva. Il pointa du doigt les murs sur la rive du fleuve :

— La fatigue nous rend stupides ! Bien sûr que l'on peut traverser le fleuve ! Ceux qui vivent ici doivent savoir comment s'y prendre, dit-il en se remettant en marche sans même nous attendre. Allons leur demander. Si ce sont de bonnes gens, il se peut qu'ils nous aident.

Arkahana se trompait. De beaucoup.

Nous prîmes la direction des maisons. Leurs murs n'étaient pas faits de briques cuites au soleil comme ceux d'Hénoch. Ce n'était que de la boue séchée plaquée sur des branches. Des ramures formaient les toits. Des clôtures plus épaisses entouraient plusieurs maisons rondes. Le petit bétail et d'autres bêtes couraient ou se dandinaient à nos pieds. Femmes et hommes allaient à demi nus, seulement recouverts à partir de la taille d'un mauvais tissage brun qui leur pendait jusqu'aux mollets.

Ils prirent la fuite en nous voyant. Étions-nous à leurs yeux si différents ? Nous les vîmes nous épier de derrière les palissades puis réapparaître sur le seuil de leurs bâtisses, protégés simplement par des lés de tissu qui leur servaient de porte. Ils tenaient dans la main des bâtons plus hauts qu'eux. Puis accoururent en hurlant des gamins chargés de pierres. Nous prîmes la fuite à notre tour. Honteux. Par chance, ils ne s'éloignèrent guère de leurs logis.

Arkahana insista :

— Avançons ! Avançons ! Trouvons d'autres cités et d'autres gens. Ils ne seront pas tous comme ceux-ci.

Nous longeâmes le fleuve. Lorsque nous fûmes assez près pour entendre le frottement des vagues contre la rive, l'effroi nous saisit. Le fleuve était encore plus large que nous l'avions cru ! L'eau était épaisse et sombre comme une terre liquide.

Pourquoi Élohim nous avait-Il conduits jusqu'ici ? Le désespoir me serra la gorge. Sans doute Lekh-Lekha comprit-il ce que je ressentais. Je l'entendis grommeler :

— À se cogner la tête contre les murs, il ne vient que des bosses.

Soudain, An-Kahana leva les bras en montrant le fleuve :

— Regardez ! Regardez !

Il désigna au milieu de l'eau une sorte de tente pointue dressée sur ce qui semblait être un amas de bois. Dessus, on devinait des silhouettes d'hommes.

— Voilà comment ils traversent le fleuve ! s'exclama Lekh-Lekha.

En progressant, nous découvrîmes d'autres tentes flottantes, plus grandes ou plus petites. Lekh-Lekha finit par expliquer :

— C'est la brise qui les pousse. Elle souffle sur la toile de lin comme sur une braise.

Arkahana reprit sa marche, tout excité :

— Que vous avais-je dit ? Les gens d'ici sauront nous conseiller.

Nous atteignîmes une nouvelle cité. Elle était plus vaste que la première et ses murs d'enceinte plus hauts. Le chemin où nous étions menait droit sur une porte semblable à celles d'Hénoch. De loin, nous aperçûmes des hommes en tenue de cuir qui s'y tenaient, lances et piques au poing.

— Qui frappe les buissons en fait sortir les serpents, murmura Yohanan.

Nous ralentîmes le pas. Yohanan finit par dire à voix haute ce que nous pensions tous :

— Ils ne nous laisseront pas entrer.

Aussitôt, Damasku s'immobilisa.

— Je ne vais pas plus loin. Pas question qu'on me jette des pierres une fois de plus.

— Damasku a raison, dit Erel en croisant les mains sur son ventre comme pour protéger son fils. Moi non plus, je n'avance pas.

On se regarda, emplis de crainte et d'embarras.

— Cette fois, ce ne seront pas des pierres, dit avec raison An-Kahana à son père en désignant les gardes.

Mais nous nous étions déjà trop aventurés sur le chemin pour pouvoir reculer. Les gardes nous avaient vus. Ils nous observaient. Nos tenues ou notre petit groupe devaient leur paraître étranges.

— Restez ici, dit Arkahana. Je vais m'approcher et leur dire qui nous sommes.

— N'y va pas seul! s'exclama ma mère Tsilah. Je t'accompagne.

Lekh-Lekha eut un geste pour la retenir. Elle le repoussa et avança au côté d'Arkahana.

Le cœur battant, nous les regardâmes marcher vers la porte d'un pas calme. À peine furent-ils à cinquante pas que les gardes abaissèrent vers eux leurs piques et leurs lances. Arkahana leva les mains en signe de paix. Les gardes crièrent. Derrière eux apparurent d'autres hommes en armes. La voix d'Arkahana résonna, suppliante. Du haut du mur, un homme se dressa. Sa tête était couverte de bronze et de plumes d'oiseau. Il lança ce qui ressemblait à un ordre.

Deux hommes tendirent leurs arcs. Une flèche siffla. Elle se brisa contre une roche à trois pas du vieil Arkahana.

Ma mère Tsilah l'agrippa pour le faire reculer. Le geste fut trop brutal. La mauvaise jambe d'Arkahana céda, il s'affaissa sur le chemin. On entendit les rires des gardes. Je courus vers ma mère, Damasku à mon côté.

Ma mère Tsilah cria :

— Non, non, folles que vous êtes ! Partez ! Retournez là-bas ! Ces idolâtres nous prennent pour des démons !

Elle releva Arkahana. J'étais assez près pour l'aider. J'avançai encore. J'entendis alors un cri de douleur. Damasku !

Je me retournai. Je la vis s'effondrer, une flèche dans la poitrine.

Le hurlement d'Hannuku m'immobilisa, alors que ma mère répétait :

— Cours, Nahamma ! Cours !

Non je ne voulais pas courir : je voulais relever Damasku. La poigne de Lekh-Lekha m'en empêcha. Sans une hésitation il me souleva et m'emporta vers An-Kahana qui retenait Hannuku, en larmes. Yohanan se précipitait déjà pour aider ma mère à ramener vers nous le vieil Arkahana.

5

Oh, ces cris! Ces sifflements et ces craquements de flèches autour de nous! Je les ai encore dans les oreilles. Le chemin où nous étions filait tout droit. Du haut des murs les archers voyaient loin. Lekh-Lekha finit par repérer une sente étroite sur la gauche et il nous y poussa. Ce n'était qu'une trace entre les herbes, comme en font les bêtes.

Hannuku hurlait et se démenait, voulant absolument repartir pour reprendre le corps de sa sœur aux idolâtres.

— Ils vont la brûler! gémissait-elle. Ils vont la souiller! On ne peut pas la laisser là-bas!

Nous nous arrêtâmes à l'abri d'une petite butte. Hanina et Erel eurent le plus grand mal à calmer Hannuku. Lekh-Lekha et Yohanan parvinrent à la convaincre qu'il était impossible de retourner sous les murs des idolâtres. Ma mère Tsilah restait étrangement prostrée, tandis qu'Arkahana, réconforté par son fils An-Kahana, hochait la tête en gémissant:

— Elle est morte par ma faute! Oh, la pauvre fille! Qu'Élohim me châtie! Elle est morte par ma faute!

J'aurais voulu l'apaiser, le convaincre du contraire, mais pas un mot ne parvenait à sortir de ma bouche. Ce n'était pas seulement l'effet de la peur qui me faisait encore trembler. Je ne pouvais m'empêcher de songer : Damasku est morte et je suis vivante. Est-ce ainsi qu'Élohim va m'épargner, tandis qu'Il va tous les exterminer autour de moi ?

Oh, cette pensée ! Malgré l'horreur, malgré la honte, il m'en venait aussi un terrible soulagement.

Enfin, Lekh-Lekha annonça :

— Éloignons-nous encore. Les idolâtres pourraient envoyer des hommes à notre recherche.

Nous nous remîmes en marche. Bientôt on s'approcha si près du fleuve que, soudain, toute son immensité fut à nos pieds. La rive d'herbe cessait là, comme tranchée. À quelques pas, les vagues se tordaient inlassablement à la surface du fleuve. Certaines s'y soulevaient et s'y déchiraient en claquements secs, comme pour s'en arracher. Elles bondissaient jusqu'à l'étroite bande de galets et de sable noir qui bordait la rive. Chaque fois, reprises par le monstrueux courant qui les emportait, elles y crachaient de l'écume. On eût dit la bave de mille fauves haletants, impatients de nous entraîner dans l'abîme du fleuve.

Le souffle court, nous nous laissâmes tomber sur le sol, silencieux et abattus, fixant cette immensité bleu-brun qui charriait notre désespoir.

Avoir tant subi, tant affronté, consenti tant d'efforts, montré tant d'obstination... et se retrouver si impuissants !

— Les gens d'ici ne parlent pas notre langage, soupira Arkahana, accablé. Des sons sortent de nos bouches, mais pour eux ils ne veulent rien dire.

— Nous, on a très bien compris qu'ils ne voulaient pas de nous, remarqua Tsilah avec un ricanement amer.

Arkahana lui adressa un regard de reproche, comme si elle ne mesurait pas la gravité de l'instant.

— Élohim a trouvé un curieux moyen de nous effacer de la Terre : nous perdre ici, chez des idolâtres qui ignorent Son langage !

— Que croyais-tu ? répliqua encore Tsilah avec humeur. Qu'Il aurait des manières douces avec nous ?

Le vieil Arkahana fit claquer sa langue avec agacement. Un geste qui me rappela mon père Lemec'h.

Hannuku bondit sur ses pieds, tirant sur le bras d'Ar-Kahana, l'obligeant à se relever à son tour.

— Viens ! s'écria-t-elle. Viens avec moi, rejoignons les idolâtres ! Ton père a raison, on n'arrivera jamais de l'autre côté du fleuve.

Hanina se dressa :

— Ils te tueront dès qu'ils te verront !

Hannuku la repoussa violemment :

— Je vais aller vers eux, ils me prendront, mais ils ne brûleront pas Damasku. Elle ne rejoindra pas les jardins du Mal des idolâtres !

— Ce ne sont pas les idolâtres qui décideront du sort de ta sœur, mais Élohim, ne put s'empêcher de dire Arkahana.

Le rire d'Hannuku fit mal à entendre.

— Ah, c'est ce que tu crois, vieux fou ? hurla-t-elle d'une drôle de voix. Qu'est-ce que vous croyez tous ? Que parce que vous verrez nos Ancêtres, vous serez épargnés ? Qu'Élohim vous pardonnera ? Qu'Il oubliera que vous êtes d'Hénoch ? Oh oui, je le vois à vos visages !

C'est pour ça que vous marchez comme des fous depuis des jours, hypocrites que vous êtes !

Et, tendant ses petites mains nerveuses vers nous :

— Vous n'osez pas le dire, mais vous pensez à ça tout le temps. Je le sens. Oui, je le sens ! Vous vous trompez ! La mort nous suit nuit et jour. Vous ne lui échapperez pas. Quand je me réveille la nuit, je la vois qui guette dans le noir. Sur les chemins, je la vois qui patiente derrière les roches et les arbres. Je me dis : « Elle va venir, elle va venir. » Je n'en peux plus, de votre couardise ! Je me fiche de traverser le fleuve ! D'ailleurs, je ne sais même pas comment il s'appelle ! Qu'Élohim nous tue ou que les idolâtres nous massacrent, qu'est-ce que ça changera ?

Hannuku gesticulait, hors d'elle, mangeant ses larmes, avalant sa rage et son impuissance, sombrant dans le désespoir. An-Kahana l'enlaça.

— Ne crie pas si fort, s'il te plaît, lui dit-il doucement. Les idolâtres vont nous repérer.

Elle le bouscula.

— Et alors ? répéta-t-elle. Je veux les rejoindre. Ne viens pas si tu n'en as pas le courage. J'y vais sans toi...

An-Kahana la retint, lui baisa doucement les tempes. Elle céda, se brisant en gros sanglots. Sa fureur retomba. Sous les caresses d'An-Kahana, ses forces l'abandonnaient. Elle s'agrippa à son cou comme si le fleuve allait l'emporter. À mon côté, Erel déclara sombrement :

— Hannuku a raison. Je vous accompagne car, au fond de moi, depuis notre départ d'Hénoch, pas un jour et pas une nuit ne passent sans que je croie un peu que nos Ancêtres obtiendront notre pardon devant Élohim ! Oh, comment Élohim peut-Il vouloir tuer mon enfant pas même né ? Moi qui souhaite tant le voir sortir de moi et vivre ! Ah, s'il fallait mourir pour lui donner la vie, ce serait moins terrible. Oui, Hannuku a raison. Mille fois, depuis notre départ, j'ai songé que j'aurais mieux fait d'aller avec Kush chez les idolâtres. Élohim est plus cruel qu'eux. Au moins, eux m'auraient prise pour esclave !

Une nouvelle fois, Arkahana claqua furieusement des lèvres :

— Allons donc ! Les idolâtres feraient rôtir ton nouveau-né dès qu'il serait hors de ton ventre. Le châtiment d'Élohim n'est pas que nous mourions de la main des sauvages ou que nous leur servions de peau de tambour. Si nous sommes las d'attendre Son châtiment, il nous suffit d'entrer dans ce fleuve. La mort ne sera pas longue à nous saisir !

— Arkahana, souffla ma mère, comment oses-tu ?

— Et pourquoi n'oserais-je pas ? Qui peut dire si Élohim ne nous a pas conduits devant cette eau pour qu'elle nous emporte et nous efface ? Le vrai, tu l'as sous les yeux : Élohim ne veut pas de nous là-bas, chez nos Ancêtres. Sinon, à quoi bon dresser devant nous cette eau fourbe ?

Arkahana me fixa avec un mauvais sourire.

— Tu es trop naïve, fille de Lemec'h, siffla-t-il. La Grande-Mère Awan vous a donné un faux espoir, à toi et à ta mère Tsilah. Elle nous a toujours détestées, nous, les générations sorties de ses cuisses. Jamais elle ne nous a voulu de bien. Alors que la faute de ce que nous sommes est venue d'elle autant que de Caïn. La peur nous a poussés à croire à ses mensonges, mais elle savait qu'elle nous poussait vers plus de mal.

Ce fut plus fort que moi. Jusqu'à ce jour, on vantait mon caractère docile et accommodant. Là, une fureur me prit qui me brûla le sang comme jamais auparavant.

— Arkahana, tu crois savoir et tu ne sais pas! La Grande-Mère Awan n'est pas revenue dans Hénoch pour nous tromper. Ce qu'elle a dit, elle l'a dit parce qu'Élohim voulait nous le faire entendre. L'heure de l'effacement arrivera. N'en doutons pas. Sa manière sera dure ou douce, nous l'ignorons. Mais ce n'est pas en proférant de tels mots, ni en insultant la Grande-Mère, que le pardon viendra.

Arkahana se contenta d'un ricanement de mépris.

— Tu es bien jeune pour juger, ma fille, finit-il par lancer. Pour ce qui est des mots, tu te caches dedans mieux que quiconque pour ne pas voir le vrai. Peut-être que la vieille Zimrah, à Hénoch, avait raison. Peut-être es-tu de l'engeance du serpent!

— Arkahana! gronda ma mère en levant la main.

J'étais moi aussi debout et tremblante de rage. Je lui fis signe de se retenir et criai :

— Et toi, vieillard, et vous tous, gens d'Hénoch, depuis les premiers jours de Caïn sur la terre du pays de Nôd, ne vous cachez-vous pas dans les mots afin d'éviter le châtiment d'Élohim? Chaque geste qu'Il fait vers vous, vous le détournez. Ses avertissements, vous les esquivez. Mille ans que cela dure, et vous en êtes encore à fuir sans savoir où votre lâcheté vous conduit!

La colère m'avait fait monter le sang au visage. Les joues me brûlaient. Devant les regards posés sur moi, devant celui, sidéré, de ma mère Tsilah, je pris conscience de la violence de mes paroles. Pourtant, rien en moi ne souhaitait les adoucir et encore moins s'en excuser. Pour la première fois depuis que nous avions quitté les murs d'Hénoch, étrangement, je n'avais plus aucun doute sur le fait que bientôt nous serions devant la première femme et le premier homme créés par Élohim. Rien ne pourrait s'y opposer, pas même le fleuve monstrueux qui coulait devant nous. Et certainement pas les jérémiades d'Arkahana. Elles n'étaient que l'incessante et terrible et inutile plainte des générations d'Hénoch, incapables de rien voir d'autre dans le présent que leur insatisfaction, leur faiblesse et leur éternelle peur des temps à venir.

Je me rassis, disposée à subir les reproches. Ma surprise fut grande d'entendre Yohanan déclarer d'une voix calme :

— Nahamma a raison. Lorsque la Grande-Mère Awan est venue devant nous pour nous annoncer la volonté d'Élohim de nous effacer, pas un ne s'est levé pour dire : « Awan ment. Elle nous trompe. » Pourquoi douter maintenant de sa parole quand elle nous dit : « Allez vers l'ouest, passez le fleuve, rencontrez les premiers de nos Ancêtres » ?

— Awan ne te l'a pas dit, grommela Arkahana. Ni à moi ni à personne d'autre qu'à Tsilah et à Nahamma. Or qui, ici, peut affirmer que la vérité sort de leur bouche ?

Ma mère me fixa avec force. Je savais ce qu'elle pensait. Le vieil Arkahana n'était pas loin de deviner le vrai. Jamais la Grande-Mère Awan ne m'avait demandé d'aller devant son père Adam et sa mère Ève en compagnie de ceux d'Hénoch. C'était moi, par crainte de faire le chemin seule, qui l'avais proposé.

Peut-être l'aurais-je avoué, aussi honteuse et pleine de remords que j'avais été pleine de colère l'instant précédent. Mais Lekh-Lekha, comme s'il avait perçu notre gêne, déclara :

— Avez-vous déjà oublié le présent qu'Élohim nous a fait sur notre chemin ? Croyez-vous qu'Il nous aurait accueillis dans cette parcelle de l'Éden où nous avons trouvé le repos, nous sauvant de la soif et de l'épuisement, s'Il ne voulait pas de nous devant Adam et Ève ? Croyez-vous qu'Il ne nous voit pas en cet instant même, en train de nous disputer encore et encore et encore ? Croyez-vous qu'Il ne juge pas notre endurance et notre confiance et n'y trouve pas motif à pardonner ?

Erel eut un rire amer :

— Tu vois, Lekh-Lekha, tu penses comme moi. Tu espères et te dis : montrons à Élohim que nous méritons d'être épargnés.

Les fronts et les paupières se baissèrent. Le vacarme des vagues s'écrasant sur les rives emporta le silence. Erel rit encore, y mêlant un sanglot :

— Mais je le vois bien. Plus aucun de vous n'y croit. Inutile de continuer à vous disputer.

Lekh-Lekha s'appuya sur son arc et lui fit face :

— Les palabres et les larmes ne nous font pas avancer. Nous devons trouver le moyen de traverser le fleuve. Nous avons eu la force de traverser le pays de Nôd. Nous saurons vaincre l'eau.

6

Lekh-Lekha avait raison. Terriblement raison.

Les épreuves de la journée et la dispute nous laissèrent d'abord pantelants et sans goût pour l'effort. Seuls Lekh-Lekha et Yohanan décidèrent d'explorer la rive du fleuve. Ils espéraient trouver un emplacement discret où l'on pourrait monter nos tentes pour la nuit à venir.

Ils s'absentèrent longtemps. Hanina commença à s'inquiéter :

— Ils se sont fait prendre, ils se sont fait prendre ! répétait-elle, relançant notre peur.

Les ombres s'allongèrent. Soudain, on entendit une course dans les herbes derrière nous. Arkahana et son fils empoignèrent les piquets des tentes, prêts à nous défendre. Lekh-Lekha et Yohanan surgirent. La plus extrême agitation leur tiraillait le visage, mais ils se refusèrent à répondre à nos questions.

— Plus tard, plus tard, les explications ! Tout va bien ! répétait anxieusement Yohanan. Venez ! Dépêchez-vous.

À la hâte il nous fallut attraper nos sacs et nos couffins. Ils nous entraînèrent à leur suite sur la rive du fleuve. On ne marcha pas longtemps. Surgissant de la berge boueuse, à demi submergés, des arbres immenses, aux troncs tordus, entrelacés comme des nœuds de serpents, se dressaient hors de l'eau. Leur feuillage était dense. Leur frondaison montait si haut que la tête nous tournait quand on voulait en apercevoir le sommet.

Arkahana et ma mère eurent un mouvement de recul. Lekh-Lekha prit la main de Tsilah :

— Ce ne sont que des arbres ! la rassura-t-il en nous guidant dans l'entrelacs des troncs.

Il nous fallut marcher dans la boue et l'eau pour franchir des racines plus grosses que des corps d'homme.

— Ne craignez rien, répéta Lekh-Lekha. Ce ne sont pas des démons déguisés. Yohanan et moi avons passé un long moment là-dessous et rien de néfaste ne nous est arrivé.

— Et alors ? grogna Arkahana. Ignores-tu que, pour piéger leurs proies, les démons savent être patients ?

Yohanan lui tendit un morceau de bois dont il avait raclé l'écorce.

— N'est-ce pas du bois ?

— Crois-tu que les démons se laisseraient trancher sans mauvaise humeur ? renchérit Lekh-Lekha, moqueur. Attention à ne pas se montrer, ajouta-t-il tout bas. Pas de cris. Pas de bruit. L'eau porte loin le son des voix.

Yohanan et lui avaient repéré au cœur des troncs un emplacement sec et assez large pour que l'on puisse tous s'y tenir. Un rideau de feuillages dissimulait la rive du fleuve et nous en protégeait. Ce que l'on découvrit quand Yohanan le souleva avec précaution nous coupa le souffle.

À cinq ou six cents pas de nous, nous aperçûmes quantité de ces engins que j'avais pris pour des tentes

flottantes et que, bien plus tard, nous sûmes nommer :
arches flottantes.

Chacune possédait non pas trois toiles, comme une
véritable tente, mais une seule, épaisse et pourtant souple,
capable d'enfler à la moindre brise. Ses deux pans les plus
longs étaient noués à des verges mobiles, elles-mêmes
accrochées au pieu fiché dans le coffre de l'arche. Là,
des hommes les manœuvraient habilement au gré du
vent qui semblait souffler en permanence sur le fleuve.
Ainsi, lentement, les arches glissaient à la surface de
l'eau, s'approchant d'un point de la rive où toute une
populace les attendait, braillant et excitée. Parvenues
assez près de la berge, les toiles tombaient d'un coup
dans les coffres. Les hommes à la manœuvre plongeaient
alors des perches plates dans le fleuve pour se diriger.
Près du rivage, ils sautaient dans l'eau, tiraient et poussaient les arches au sec, assaillis par les femmes et les
enfants. Lekh-Lekha avait dit vrai. Ici, au bord du fleuve,
les voix portaient loin. Il nous sembla que ces idolâtres se
tenaient à nos côtés tant nous entendions distinctement
leurs rires, leurs cris et les sons incompréhensibles de
leur langue.

— Regardez, murmura Yohanan, fasciné, regardez
bien !

Muets de surprise et d'admiration, nous vîmes les
hommes retirer de longs couffins des coffres des arches.
Ils y plongeaient les mains pour les relever chargées de
grappes miroitantes et sautillantes, pâles et vives tels
des éclats de pierre à feu.

— Ce sont des bêtes de fleuve, expliqua Lekh-Lekha
à mi-voix. Les idolâtres rapportent leur chasse.

219

— Ces hommes sont des chasseurs du fleuve, renchérit Yohanan.

Ce n'est que plus tard, et après s'être fait moquer, que nous apprîmes les mots qui convenaient : poissons et pêcheurs. Mais à ce moment-là, subjugués, retenant notre respiration devant ce monde tout neuf, nous nous contentâmes de ne pas posséder les mots justes pour ce que nos yeux découvraient.

Quand nous fûmes rassasiés de cette nouveauté, Lekh-Lekha et Yohanan nous annoncèrent :

— Avant l'aube, nous traverserons le fleuve sur l'une de ces arches.

Nous eûmes beaucoup de mal à réprimer nos cris de surprise.

— Tout à l'heure, nous nous sommes approchés très près pour les regarder manœuvrer, expliqua Yohanan avec assurance. La toile de l'arche se gonfle au vent. Il suffit de l'incliner vers la main gauche ou la droite, et l'arche va dans un sens ou dans l'autre. Nous saurons faire. Pousser avec les perches pour approcher la berge, cela aussi, nous saurons le faire.

Lekh-Lekha sourit devant nos airs pleins de doute.

— Après tout, dit-il, il ne s'agit que de nous laisser glisser le long du fleuve en allant un peu de travers. Cela nous conduira tôt ou tard de l'autre côté, contre la berge verte où demeurent nos Ancêtres. Regardez vous-mêmes : ces arches sont grandes. Les neuf que nous sommes y tiendront sans peine.

— Veux-tu faire de nous des voleurs? demanda sèchement le vieil Arkahana.

— Pas si fort, tu vas nous faire repérer! s'énerva aussitôt Yohanan.

— Tu as raison, Arkahana, fit Lekh-Lekha en posant une main sur l'épaule de Yohanan. Oui : nous allons voler une arche. Mais les idolâtres du fleuve la retrouveront, car nous ne l'emporterons pas avec nous devant Adam et Ève, je te le promets. Qu'en feraient-ils, eux qui ne sont ni idolâtres ni chasseurs de fleuve ?

Lekh-Lekha parlait tout bas, mais l'ironie de son ton nous fit rire autant qu'elle ferma le visage et la bouche d'Arkahana.

Peut-être, aussi, avons-nous ri de soulagement. Yohanan et Lekh-Lekha paraissaient si sûrs d'eux !

Déjà, on s'imaginait de l'autre côté, avançant dans le pays de nos Ancêtres. Élohim avait disposé des épreuves sur notre chemin, mais également Il nous tendait la main car nous savions les endurer. Cela, nous voulions obstinément le croire.

7

L'impatience nous tortura. Il nous fallut d'abord attendre la nuit. Ensuite, il ne fut pas question de dresser les tentes. On chercha le sommeil en se serrant les uns contre les autres. Hanina eut la bonne idée de penser aux toiles des tentes pour nous en recouvrir et lutter un peu contre l'humidité. Hélas, si nous nous endormions, les bruits venus du fleuve ou du monstrueux feuillage qui nous servait de nid nous réveillaient. On guettait l'approche des animaux invisibles qui ne devaient manquer de pulluler autour de nous. De temps à autre, nous percevions réellement un frôlement. Un souffle étrange. Un clapotis insolite entre les racines à demi noyées de notre refuge. À l'abri de la toile de tente, nous nous agrippions alors les mains en claquant des dents. Le danger passait. La fatigue nous poussait dans un sommeil douloureux et bref avant que cela ne recommence.

Dès que le ciel perdit une part de son obscurité, Lekh-Lekha nous fit signe de nous lever. Yohanan s'engagea seul en éclaireur : Lekh-Lekha voulait lui laisser le temps de nous prévenir s'il y avait un danger.

— Allons, avançons, ordonna-t-il enfin. Les uns derrière les autres et en silence.

Malgré nos membres engourdis, nous prîmes soin de ne faire aucun bruit. Nous traversâmes le marécage où poussaient les arbres géants avant de rejoindre la berge. Là, les arches tirées au sec semblaient patienter comme des monstres endormis. Sous nos semelles, plus d'herbe ni de boue, seulement le crissement des galets. Prudemment, retrouvant ses habitudes de chasseur, sa lame de bronze au poing, Lekh-Lekha s'immobilisait tous les trente ou quarante pas, s'accroupissait, l'oreille aux aguets, avant de se relever et de nous entraîner à nouveau. Autour de nous, les bruits du fleuve croissaient, menaçants. Le claquement sec et sans fin des vagues mourant sur la rive nous pénétrait le sang. L'odeur âpre de l'eau nous emplissait la poitrine.

La silhouette de Yohanan se dressa brusquement entre deux ombres. Il eut un bref conciliabule avec Lekh-Lekha.

— La cinquième arche sera la meilleure pour nous, annonça-t-il. Elle est grande. Par chance, les idolâtres ne l'ont pas tirée loin du fleuve. Elle sera aisée à mettre à l'eau.

Impatients comme des enfants se préparant pour un jeu interdit, courbés en deux, silencieux autant que des ombres, nous suivîmes Yohanan. Ce fut notre dernier instant d'inconscience.

De près, dans la lente pâleur de l'aube, l'arche nous apparut beaucoup plus imposante, plus inquiétante, même, que de loin. Lekh-Lekha ne nous laissa pas le temps de tergiverser. Silencieux toujours, nous empilâmes nos couffins et nos tentes à bord de cette étrange construction flottante. Tous ensemble, nous nous mîmes à la pousser. Elle résista. Sa coque creusait l'épaisseur des galets au lieu d'y glisser. On s'obstina. On poussa et poussa encore. D'un coup, sans crier gare, l'arche grinça. Elle vibra sous nos paumes comme une bête furieuse d'avoir été réveillée. On retira nos mains. L'arche bascula un peu sur le côté. Sa grande perche centrale s'inclina.

Yohanan et Lekh-Lekha grondèrent à voix basse :

— Poussez ! Poussez donc, ne vous arrêtez pas !

Nous fîmes de notre mieux. L'arche se redressa. Elle semblait maintenant vivante et tout à fait tirée de son sommeil. Les fins galets crissèrent sous la coque autant que sous nos pieds. Soudain, la pente jusqu'au fleuve s'inclina de beaucoup. Notre embarcation y bascula dans un grand fracas. L'eau claqua contre le bois. L'avant se releva si durement que nous fûmes projetés au sol comme des brindilles. L'arche n'était qu'en partie immergée, mais déjà le courant la faisait pivoter, tirant et entraînant l'autre moitié demeurée sur la berge. Yohanan, Lekh-Lekha et An-Kahana bondirent les premiers pour la retenir.

— Sautez dedans ! cria Yohanan sans plus de prudence.

Il y poussa Hanina, la soulevant et la jetant presque à l'intérieur.

— Sautez donc dedans, vous, les femmes !

Ce n'était pas si aisé. La peur nous paralysait. Il fallait entrer dans l'eau mouvante et glacée. Elle plaquait nos tuniques à nos cuisses, mordait nos mollets. Hannuku enjamba l'embarcation d'un geste agile tandis que je m'accrochai au rebord. Hanina m'attrapa les poignets et

224

me hissa de toutes ses forces. Contre mes cuisses et ma poitrine, je sentis le bois de l'arche trembler et grincer. Hannuku s'empara ensuite d'Erel qui se débattait, craignant pour son ventre. Hanina et moi saisîmes les mains de ma mère Tsilah.

— Vite! dépêchez-vous! nous pressait Lekh-Lekha, inquiet du vacarme que nous faisions.

Au même instant, nous criâmes toutes ensemble. L'arche vacilla. Pencha dans un sens, puis dans l'autre. Nos corps un à un se heurtèrent au fatras des affaires entassées au fond. J'entendis Lekh-Lekha :

— Qu'Élohim nous aide!

L'arche était déjà tout entière dans l'eau. Le courant l'emportait pour de bon. Yohanan et Lekh-Lekha, qui avaient pu agripper le bord arrière, se laissaient traîner à la surface de l'eau. Je vis An-Kahana pousser dans le fleuve son père, le vieil Arkahana. Les événements s'accélérèrent. Tsilah empoigna la tunique de Lekh-Lekha pour le haler vers nous tandis qu'Hanina retenait Yohanan par sa longue chevelure.

— Nahamma, aide-moi à le hisser! cria-t-elle.

J'attrapai la main de Yohanan et nous parvînmes à le faire basculer dans l'arche. J'entendis Hannuku appeler :

— An-Kahana! An-Kahana!

Dans l'eau tourmentée, on ne voyait plus que sa tête et celle de son père. Les vagues faisaient tournoyer l'arche sur elle-même. Hannuku avait déniché un long cordage de chanvre. Elle le lança vers An-Kahana. Elle rata sa cible. Lekh-Lekha essaya à son tour. Sans succès. L'arche s'éloignait. Lekh-Lekha lança la corde plus fort. Cette fois-ci, elle frappa Arkahana en plein visage. An-Kahana, qui ne lâchait pas son père, l'attrapa et l'enroula à son poignet. La corde se tendit. Lekh-Lekha tira. Yohanan et Hannuku lui prêtèrent assistance. L'arche pivota, s'inclina. Erel s'écria :

— Les idolâtres arrivent !

On les vit qui accouraient. À demi nus, sombres de peau dans le jour déjà clair.

An-Kahana et son père étaient maintenant tout près de l'arche. Nous agrippâmes An-Kahana. Nous le soulevâmes et le firent rouler dans le fond. À bout de forces, il cracha quantité d'eau.

L'embarcation filait, prise dans le courant. Les idolâtres piaillaient et trépignaient sur la berge. Ils n'avaient pas d'armes, seulement leurs poings et leur fureur. Alors nous entendîmes la voix d'Arkahana :

— Lâche ma main, Lekh-Lekha ! Lâche ma main !

Plié en deux sur le rebord de l'arche, Lekh-Lekha maintenait tant bien que mal Arkahana à la surface de l'eau bouillonnante du fleuve. Les vagues, par à-coups, submergeaient le vieil homme. Éructant, il usait tout ce qu'il lui restait d'énergie pour repousser les mains de Lekh-Lekha :

— Lâche-moi ! Je ne serai pas un voleur ! Je me moque de voir nos Ancêtres !

Maintenant le plus fort du courant nous harponnait. L'arche dansa d'un côté, de l'autre. Une vague happa Arkahana. Yohanan et ma mère Tsilah rattrapèrent de justesse Lekh-Lekha qui glissait dans l'eau avec lui. Arkahana, toujours retenu par Lekh-Lekha, réapparut, retrouva un peu de souffle et cria :

— Laissez-moi ! Je ne veux plus attendre le châtiment d'Élohim ! Je ne veux plus !

Lekh-Lekha supplia :

— Aidez-moi ! Il m'arrache les bras !

Yohanan se précipita pour saisir le poignet d'Arkahana. Trop tard. Lekh-Lekha poussa un cri de douleur et bascula vers nous. Sa main droite était rouge de sang. Arkahana lui avait ouvert le pouce d'un coup de dent.

Yohanan cria :

— Arkahana !

An-Kahana cria :

— Père ! père !

Mais déjà l'eau engloutissait le vieillard.

Sa tête réapparut un instant, avant de disparaître définitivement.

Nous n'étions plus que huit.

8

La disparition d'Arkahana dans la noirceur du fleuve nous laissa longtemps bouleversés. L'arche tanguait et tournoyait dans le gros du courant. Nous n'entendions plus les vociférations des idolâtres. Leurs silhouettes s'éloignaient et nous laissaient indifférents.

Nous évitions de nous regarder. An-Kahana, la tunique ruisselante, demeurait la bouche close, recroquevillé contre le bois. Les derniers mots d'Arkahana frappaient nos tempes.

J'étais impressionnée. Accablée. Et si le vieil Arkahana avait raison ? Pourquoi attendre le châtiment d'Élohim ? Cette attente et toutes ces épreuves que nous nous infligions n'étaient-elles pas le pire et le plus inutile des supplices ? Ne connaissions-nous pas la fin, que rien ne pourrait commuer ?

Sans m'en rendre compte, à partager sans cesse leurs angoisses, j'étais devenue aussi tourmentée que mes compagnons, oubliant même la promesse de la Grande-Mère Awan ! Ne disait-elle pas que tendre les bras à son destin est de tous les moyens le plus infaillible pour en adoucir les rigueurs ?

Plus tard, Erel, qui se tenait à l'avant de l'arche, m'appela :

— Regarde comme c'est beau !

Le soleil commençait à caresser la rive tant attendue. On y apercevait des épaisseurs d'arbres, des collines si bien recouvertes de verdure qu'elles en paraissaient ornées d'une toison. Çà et là brillaient des couleurs vives et tranchantes, mais nous n'étions pas assez près pour en deviner la source.

— Avançons encore un peu, dit Erel.

Ma mère et son amie Hanina approuvèrent.

— Il est temps que vous nous montriez si vous savez manœuvrer cette arche comme vous nous l'avez promis, ajoutèrent-elles en souriant.

Arkahana était-il déjà oublié ? Les sourires des rescapées venaient de le faire mourir pour la seconde fois. La vie continuait. Yohanan et Lekh-Lekha se mirent aussitôt à chercher les perches et la toile pour le vent dans le fond de l'embarcation. Ils trouvèrent les perches. Mais point de toile. Les chasseurs du fleuve l'avaient emportée.

La panique nous saisit. Chacun de nous tenta de chercher encore, sans conviction. L'arche vacilla. Puis elle tourna, offrant son flanc aux vagues. Nous chancelâmes en poussant des cris. Yohanan nous ordonna de nous rasseoir. Nous nous mîmes à geindre. Qu'allions-nous faire ? Comment allions-nous diriger l'arche qui nous emportait de plus en plus vite ? Où menait le fleuve ?

Comme pour aiguiser nos terreurs, la surface de l'eau devint plus agitée, les crêtes des vagues plus blanches, leur couleur plus profonde. Avec le soleil qui montait, le vent forcit. L'arche grinçait de tout son bois. On eût cru que l'eau la tordait en tout sens.

— Cela suffit! Cessez donc de piailler stupidement! cria ma mère Tsilah. De la toile, nous en avons, et plus qu'il n'en faut.

Elle désigna les rouleaux de nos tentes.

— Ils seront assez solides.

Lekh-Lekha et Yohanan s'observèrent avec soulagement. Aussitôt, ils entreprirent de suspendre les verges au pieu central de l'arche tandis que nous déroulions la toile d'une des deux tentes.

— Elle est beaucoup trop grande, fit ma mère. Coupons-la. Avec le reste, nous ferons des bandes pour attacher la toile.

Hanina réclama à Lekh-Lekha sa lame de chasse. Il me la tendit tout en soutenant la verge posée sur son épaule. C'est ainsi que cela arriva. Dans son mouvement, le poids de la verge entraîna Lekh-Lekha sur le côté. Il manqua de basculer. L'écume d'une vague nous gifla. An-Kahana bondit pour empêcher Lekh-Lekha de tomber dans le fleuve. Il le fit si brutalement que la verge fila vers mon visage. Je voulus m'écarter. Il me sembla qu'on m'arrachait la tête. La douleur devint rouge, puis plus noire qu'une nuit. J'y disparus.

9

C'est vouloir saisir une ombre et atteindre le vent que de s'arrêter à des songes, disaient nos anciens. Mais à une voix dans le songe ? Elle m'arriva soudainement de je ne sais où. C'était la voix de ma mère Tsilah :

— Regarde ! Ses paupières bougent. Elles bougent enfin !

Puis j'entendis la voix d'Hanina, forte, presque violente :

— Nahamma est vivante ! Venez donc voir, elle est vivante !

Je me souviens d'avoir alors pensé :

— Pourquoi s'étonnent-elles que je sois en vie ?

Après quoi, tout redevint noir, profond et silencieux. Étrangement doux, aussi.

Plus tard, ma mère me dit que cela dura jusqu'au jour suivant. Malgré les compresses et les emplâtres, la bosse derrière ma tête, presque aussi grosse que mon propre poing, ne s'amoindrissait pas. Ma mère me veilla sans quitter mon visage des yeux, mais à la fin de la nuit, elle s'endormit. À son réveil, l'aube pointait. La bosse de ma tête n'était plus qu'une plaie sombre. Je rouvris les paupières.

La première chose que je vis, ce ne fut pas le visage de Tsilah, mais une lumière. Une lumière étrange. Était-ce là l'ombre d'Élohim qu'évoquaient nos anciens? Elle traversait des épaisseurs de feuillage si mouvantes et si transparentes que j'en fus éblouie. Je voulus me protéger les yeux. J'eus du mal à lever la main. Ma mère m'abrita de son ombre. Je la vis. Elle riait.

— Ma fille, ma fille, répétait-elle.

Je ris avec elle, puis je dis :

— J'ai faim. J'ai soif.

Tsilah appela :

— Nahamma est réveillée! Nahamma est réveillée! Elle parle!

Sa voix me déchirait les oreilles. Bourdonnait dans ma tête. Je ne me plaignis pas afin de ne pas gâcher son bonheur.

Nous n'étions plus dans l'embarcation, mais devant une hutte de branchage entourée d'arbres immenses.

Ils étaient tous là, autour de moi : ma mère Tsilah, Hanina, Yohanan, Lekh-Lekha, Erel, Hannuku et An-Kahana. Tous souriaient.

À côté d'eux, deux inconnus.

L'un vieux, très grand. Au premier coup d'œil il me rappela mon père Lemec'h avant qu'il ne devienne aveugle.

L'autre était plus jeune. Lui, je crus si bien le reconnaître que, bouleversée, je m'agrippai à la tunique de ma mère.

Elle me devina, comme toujours. Elle me caressa le front. Il y avait aussi de la tristesse dans sa paume et dans le fond de son regard. Je compris aussitôt que je me trompais.

Dans ce jeune inconnu à la longue chevelure couleur du coucher de soleil et à l'épaisse barbe, j'avais cru reconnaître Tubal, mon frère tant aimé.

Maintenant que mes yeux voyaient mieux et que ma tête devenait moins lourde, je me rendis compte que ce jeune homme ressemblait beaucoup à Tubal, comme le plus âgé ressemblait à Lemec'h, mais qu'il était aussi très différent. La différence ne se manifestait pas seulement dans le dessin de ses lèvres et de son front ou dans ses gestes : c'était quelque chose qui émanait de lui.

Je fus si troublée que je ne pus prononcer un mot. Pas même adresser un salut. Eux me dévisageaient intensément. Avec étonnement, comme intimidés.

La bouche de ma mère Tsilah restait close, mais je la connaissais trop bien pour ne pas entendre sa pensée : N'est-elle pas belle, ma fille Nahamma ? D'une beauté comme vous n'en avez jamais vu ici ?

L'embarras me fit détourner le regard. Je demandai enfin :

— Où sommes-nous ? Que s'est-il passé ?

Tout le monde se mit à parler à la fois.

Le coup avait manqué me faire tomber dans le fleuve. Hanina et Hannuku m'avaient rattrapée alors que ma tête s'enfonçait déjà dans les vagues.

— On a cru que tu étais morte ! Tu ne te réveillais pas. Et cette bosse sur ton crâne qui grossissait à vue d'œil !

— Quelle horreur ! Et l'arche qui filait...

Fixer la toile de notre tente au bois de la verge s'était révélé trop compliqué. Le courant du fleuve était devenu de plus en plus rapide. L'arche avait menacé de verser.

Lekh-Lekha et Yohanan s'étaient évertués à la diriger en plongeant les perches dans l'eau. Sans effet, et dangereux.

Ces souvenirs mouillèrent les yeux de ma mère :

— Et toi qui ne te réveillais toujours pas !

Le fleuve soudain avait rejoint un autre fleuve, plus large encore. Les berges s'étaient éloignées.

— Quelle peur nous avons eue ! Où que nous regardions, il n'y avait que de l'eau ! Un désert d'eau ! Puis nous avons croisé d'autres arches. En très grand nombre.

— Le courant nous poussait vers elles, expliqua Yohanan. On les approchait de si près que l'on distinguait les visages des chasseurs de fleuve.

— Ici, on les appelle des pêcheurs, précisa Lekh-Lekha avec un coup d'œil vers le plus âgé des inconnus qui écoutait, impassible, ce qu'il connaissait déjà.

— On voyait leurs visages, poursuivit Yohanan avec un signe d'agacement. On les voyait et on voyait leur surprise. Ils se demandaient : Pourquoi ceux-ci n'ont-ils pas dressé leur toile ? Que leur arrive-t-il ?

— Ils se rendaient bien compte que nous n'étions pas des idolâtres comme eux, le coupa An-Kahana, impatient d'arriver au plus extraordinaire. Quand on a commencé à leur crier : «Aidez-nous ! Aidez-nous !», ils nous ont regardés comme si aucun son ne sortait de nos bouches.

— Notre arche passait entre eux lentement, et nous, on criait, on criait ! intervint Hannuku. Je suis certaine qu'ils nous prenaient pour des démons.

— Jusqu'à ce qu'une voix nous demande enfin, dans une langue tout à fait comme la nôtre : «Qui êtes-vous ? D'où venez-vous ?»

Ma mère Tsilah regarda les deux inconnus avec respect et même un peu d'appréhension. Le plus âgé esquissa un sourire. D'une voix douce il me dit :

— Mon nom est Seth. Ma mère est Ève et mon père Adam, vos Ancêtres. Voici mon fils Noah...

Un frisson me parcourut le corps. De mes mains, j'étouffai un cri dans ma gorge.

— J'étais sur mon arche à pêcher avec Noah, raconta Seth, quand j'ai entendu crier dans notre langue. J'ai demandé : «Venez-vous d'Hénoch?», mais je connaissais la réponse.

An-Kahana ne put s'empêcher de l'interrompre :

— Seth nous a dit qu'il nous attendait! Il savait que l'on allait venir.

— Non, rectifia Seth. J'attendais Nahamma, fille de Lemec'h. Ève, ma mère, m'a dit un jour : «De l'Est où règne la faute de Caïn dans la poussière d'Hénoch, il en viendra une de ses générations. Tu la reconnaîtras sans peine. Fais-lui bon accueil et conduis-la devant moi.»

Le regard de Seth était si intense, celui de son fils si insistant, que j'aurais voulu pouvoir détourner la tête. Je demandai simplement :

— Tu m'as reconnue?

— Sans peine.

— Tu vas me conduire devant mon Ancêtre Ève?

— Dès que tu pourras marcher.

— Eux aussi?

Je montrais ma mère Tsilah et tous les autres. J'ajoutai :

— Sans eux, je ne serais pas arrivée jusqu'ici.

Seth haussa les sourcils :

— Qu'en sais-tu, puisque tu ne l'as pas tenté ?

Les yeux de son fils Noah brillèrent d'amusement. Mon sang chauffa mes joues et mon front. Seth ajouta :

— Ce n'est pas à moi de juger les générations de mon frère Caïn, dit-il. YHVH s'en chargera.

Nos bouches s'ouvrirent en même temps :

— YHVH ?

— Celui que vous appelez faussement Élohim. Celui qui a tiré mon père de la poussière, Celui qui a créé à côté de lui ma mère.

Il se tourna vers Lekh-Lekha, ma mère Tsilah et les autres :

— Vous apprendrez cela auprès d'eux, puisque vous le désirez. Nous partirons dès que vous serez prêts. Notre route ne sera pas longue.

De tout le temps de ces paroles, les yeux de Noah ne m'avaient pas quittée. Il m'en venait plus que de l'embarras. Une brûlure. Cela cessera-t-il quand j'entendrai le son de sa voix ? me demandai-je.

Quatrième partie

Adam et Ève

1

Seth nous annonça :

— Un seul jour de marche et nous serons devant mon père, Adam. Le jour d'après, ma mère Ève sera là.

Il en fut ainsi.

Avant notre départ, Seth décida de l'ordre de notre troupe. Je devais aller tout derrière lui. Noah, son fils, viendrait sur mes pas.

— Les autres, ceux d'Hénoch, dit Seth, n'auront qu'à suivre.

À l'entendre, une grande gêne me saisit. Sous sa voix polie son ton était froid et autoritaire. Il ne cachait rien du mépris qu'il éprouvait pour «ceux d'Hénoch», comme s'ils n'étaient pas de la même descendance que lui mais de ces bêtes des champs dont étaient issus les serpents. Les regards de mes compagnons étaient lourds d'incompréhension. L'humiliation crispait leurs visages.

Pourquoi Seth les traitait-il ainsi? Pourquoi me traitait-il si différemment?

Pourquoi me parlait-il comme si j'étais de sa famille? N'étais-je pas d'Hénoch moi-même, et fille de Lemec'h, le meurtrier de son frère Caïn?

Ma mère Tsilah me fit un signe d'encouragement. Je savais ce qu'elle pensait. La vieille Awan l'avait dit : je n'étais plus comme ceux d'Hénoch. Et ici, dans les pays des Ancêtres, on m'attendait. Je devais suivre le fils d'Ève et me plier à ses bizarreries. Telle était la volonté d'Élohim.

Comme j'hésitais encore, une main frôla mon bras. C'était celle de Noah. Son sourire tranchait avec la dureté de son père. Ce bref contact fit battre le sang dans mes tempes. Je fis un effort sur moi-même pour ne pas me retourner.

On se mit enfin en marche, abandonnant la hutte de branchages pour s'enfoncer dans le vert. Des verts par mille et mille, si contrastants avec la poussière d'Hénoch ! Et de ces verts montaient des parfums suaves qui nous réjouissaient le cœur. Parfois, aussi, des odeurs acides nous irritaient les sens et nous devions nous boucher le nez pour que les larmes ne nous viennent pas aux yeux. Ce qui amusait grandement Noah.

À tout moment, j'aurais aimé m'arrêter pour admirer toutes ces plantes nouvelles, ces floraisons, ces buissons si touffus que nous devions les écarter avec force pour avancer. Mais Seth nous précédait de sa démarche d'homme immense et il nous fallait presque courir pour ne pas le perdre de vue.

Ma mère Tsilah finit par demander :

— Pourquoi aller si vite ? Ô Seth, ta taille n'est pas la nôtre. Veux-tu nous épuiser ? Nous égarer ?

Seth ne prit même pas la peine de lui répondre. Aussi dis-je à mon tour, non sans agacement :

— Fils d'Ève, ma mère Tsilah a raison. Pour moi aussi, tu marches trop vite. Même si je suis impatiente d'être devant ton père Adam.

Cette fois, Seth s'immobilisa. Il le fit si brusquement que je faillis le bousculer. Il se retourna pour me dévisager. Intensément. Je me préparai à subir sa colère. Mais, étrangement, sur son visage étroit, au front large, aux traits rudes, je ne trouvai d'abord qu'un étrange embarras. Peut-être aussi l'écho lointain d'une douceur.

Cela ne dura qu'un instant. Seth se reprit. Il retrouva sa moue arrogante, se détourna et repartit de son long pas sans me répondre plus qu'il n'avait répondu à ma mère.

Alors que je me remettais en marche, fouettant les branches de mes deux mains pour montrer mon irritation, j'entendis dans mon dos un petit rire. Je me retournai, prête à affronter la moquerie de Noah. Quelle sottise ! Son sourire complice ne se moquait pas de moi, mais de l'obstination de son père.

Son petit rire provoqua le mien. Fort et contagieux. Il entraîna celui de ma mère Tsilah, puis celui de Lekh-Lekha, de Yohanan et d'Hanina, celui d'Erel et d'An-Kahana. Et finalement d'Hannuku elle-même, qui avançait dans l'ombre des souvenirs de sa sœur Damasku, laissa filer son rire de fille qui aimait tant s'amuser. Ce fut comme si, brusquement, on ôtait un poids de nos épaules et de nos nuques.

Devant nous, à en juger à l'accélération de son pas, Seth dut s'en offusquer. Mais il se garda de tourner vers nous son visage furieux. Il se contenta d'avancer plus vite encore, nous essoufflant et nous contraignant au silence.

Quant à moi, j'étais sous le charme de la voix de son fils. Même si ce n'était qu'un rire. Ne disait-on pas à Hénoch que l'on connaît un homme à son rire ? Et que si, à la première rencontre, l'inconnu rit d'une manière bonne, c'est qu'il ne peut être qu'un homme bon.

2

On marcha sans s'arrêter jusqu'à ce que le soleil soit au plus haut du ciel. Nous sortîmes alors des frondaisons les plus serrées. Autour de nous se dévoila soudain une étendue aussi vaste que prodigieuse. Aussi loin que nos regards portaient, ils ne rencontraient que des champs. Les uns d'un vert dur et profond, les autres d'un vert doré ou mêlé de gris, parfois de jaune, et même d'un rouge aussi pur que le sang d'un nouveau-né.

Des garçons et des femmes, sans tunique, presque nus, poussaient des troupeaux de gros bétail. Des bêtes imposantes, effrayantes, même, tout à fait inconnues de nous. Elles me rappelaient les récits de mon père Lemec'h décrivant ces bêtes étranges qui peuplaient le jardin de l'Éden.

Enfin, Seth donna le signal du repos. Il nous conduisit sous un arbre. À son pied, des racines aussi grosses que des troncs s'entrelaçaient comme les doigts d'une main de géant. Des murs de brique, d'un brun plus sourd que dans le pays de Nôd, se dressaient à proximité. Ils cernaient des cours où vagabondaient du petit bétail et où s'agitaient des enfants. Sur les seuils de maisons basses, en brique elles aussi, une foule de femmes se pressait. Elles non plus ne portaient pas de tunique. Une longue bande de lin leur voilait la taille. L'extrémité en était jetée sur leurs épaules, sans même recouvrir leur poitrine. Certaines l'avaient drapée autour de leur tête afin de se protéger du soleil, ce qui les dénudait plus encore.

Un homme apparut au milieu d'elles. Le tissage couvrant sa taille était fin et vivement coloré. Une large bande de cuir lui barrait la poitrine. Son front et ses cheveux épais étaient eux aussi ceints de cuir. Il courut devant Seth, s'inclina à ses pieds et, en signe de respect, plaqua ses paumes au sol. Sans relever la tête, il lança quantité de paroles dans une langue inconnue. Seth lui répondit dans la même langue. Cela se répéta trois ou quatre fois encore avant que l'homme ne se relève et ne s'en retourne en trottinant derrière ses murs. Pas une fois il n'avait porté les yeux sur nous. Au passage, il cria quelque chose aux femmes, qui s'égaillèrent comme une nuée d'oiseaux à la vue d'un épervier.

Elles revinrent quelques instants plus tard avec des couffins d'alfalfa emplis de nourriture, de jarres de lait et de gourdes d'eau. Nous ignorant absolument, elles les déposèrent avec soin devant Seth et son fils Noah, installés sur l'une des racines du grand arbre.

Seth me désigna les paniers alignés devant lui :

— Fille, prends ce qui te convient dans cette nourriture.

La colère me fit battre le cœur. Sans réfléchir, je lançai :

— Si cela n'est que pour moi, si « ceux d'Hénoch » ne peuvent y toucher, crois-tu que je vais me rassasier devant eux qui sont affamés et épuisés ?

Sans rien quitter de son sérieux ni de sa froideur, Seth considéra les couffins.

— Et pourquoi n'en prendraient-ils pas? N'y a-t-il pas là plus que nous en avons besoin, toi, mon fils et moi-même?

À nouveau un petit rire fusa d'entre les lèvres de Noah. Son regard croisa le mien, comme pour me rappeler qu'il ne fallait point juger si on ne voulait pas être jugé. Avais-je donc mal jugé les mots de Seth? Mon agacement, provoqué par la morgue qu'il ne cessait de manifester envers «ceux d'Hénoch», m'aveuglait-il? Confuse, j'empoignai un panier pour le déposer devant ma mère Tsilah. L'instant d'après, nous dévorions ces fruits, ces galettes et ces viandes dont nos palais jusqu'à ce jour ignoraient le goût. Ce fut un enchantement. Nous songions : Quelle merveille! Voilà ce qu'est un pays qui demeure sous le regard d'Élohim! Oh, les bienheureux qui vivent là depuis le premier jour de leur existence!

Notre ancienne vie dans la poussière du pays de Nôd me parut plus effroyable encore et terriblement amère. Était-ce le désir d'Élohim que de nous montrer tout ce dont la faute de Caïn nous privait si durement depuis mille ans?

Le cri d'Hannuku me ramena à la réalité :

— Oh, pourquoi ma sœur Damasku n'est-elle plus ici? Comme elle se serait régalée! Cette fois, ce n'est plus seulement dans une parcelle de l'Éden que nous sommes, mais dans le jardin d'Élohim lui-même!

Le claquement de mains de Seth nous fit sursauter, autant que sa fureur :

— Tais-toi donc, fille d'Hénoch! Tu insultes YHVH! Ton ignorance est une honte. Ne sais-tu pas qu'Il a effacé la moindre trace du jardin de l'Éden ? Ne t'a-t-on pas appris qu'Il en chassa mon père Adam et ma mère Ève ?

Hannuku n'osa répondre. À son côté nous restions silencieux. Le front plissé de rage, Seth se releva. Il nous toisa de toute sa haute taille. Un instant, il sembla que ses yeux brûlants voulaient nous dissoudre dans la poussière. Il désigna les couffins de nourriture :

— Ces fruits que vous mangez, ce raisin, ces figues, ne sont rien en goût et en beauté comparés à ceux qu'Adam mon père mangeait dans le jardin de l'Éden. Il levait la main et les cueillait quand l'envie l'en prenait. Jamais il ne se souciait de son désir ou de sa faim. Quand l'un ou l'autre lui venait, il n'avait qu'à tendre la main : les figues et les grappes de raisin lui tombaient dans la paume. Il allait parmi les bêtes : pas une ne renâclait devant lui et toutes le considéraient comme leur supérieur. Les fauves le reconnaissaient pour leur maître. Sur toute chose YHVH avait accordé le pouvoir à Adam, mon père. Il n'avait pas besoin de chasser. Si le besoin de viande lui coulait dans la gorge, l'agneau et la brebis s'offraient à lui. Si la soif lui montait à la bouche, à ses pieds une source sortait de la terre. L'eau en était toujours pure et limpide. Les fruits n'étaient jamais gâtés, ni trop mûrs ni trop verts. L'hiver et l'été n'existaient pas, ni le jour d'avant ni celui d'après. Êtes-vous donc devenus si sauvages et contaminés par les idolâtres de votre pays de Nôd que vous ne connaissez même pas l'histoire de vos Ancêtres ?

Seth ouvrit les bras pour désigner tout ce qui, depuis le matin, nous paraissait merveilleux : ces champs et ces verts, les lointaines collines qui dansaient dans la brume comme les plis d'une fleur à peine éclose.

— Ouvrez les yeux! s'exclama-t-il. Ici le temps corrompt tout ce qui vit. Rien, jamais, ne lui échappe. Les hommes, les femmes, les bêtes et les plantes. Même la terre où l'on marche! Ne le voyez-vous pas? Ici, il n'y a plus rien de cette grâce parfaite que YHVH avait conçue pour le jardin de mon père Adam. Ici, il faut se lever avant le soleil pour bêcher la terre. Il faut l'abreuver. Il faut suer et dépérir pour qu'elle veuille bien nous soutenir en retour. Il faut prier pour qu'elle nourrisse le figuier et la vigne. Et quand le fruit est mûr, le mal de la faute peut le ravager : la maladie le gagne et le pourrit, comme elle emporte le nouveau-né ou gâte le ventre des mères. Comme elle emporte le menteur et le malfaisant et les putréfie dans l'arrogance de leur mal.

La colère de Seth nous dessillait un peu les yeux, pourtant nous, «ceux d'Hénoch», enfants du désert, de la sécheresse et de la poussière, ne parvenions pas à bien comprendre l'horreur qu'il décrivait.

Avec un nouveau regard de mépris pour mes compagnons, il reprit :

— Dans le jardin de l'Éden mon père allait et venait, maître de tout ce qui vivait. Et ce qui vivait s'inclinait devant lui avec bonheur. Ici, quand on pousse le bétail, il obéit ou non, au gré de son humeur. Il renâcle. Il est sourd aux ordres et cherche le fouet. Et lui aussi connaît les maladies et les pourrissements. En vérité, tout, ici, réclame nos efforts. Nous nous épuisons : pendant le jour, le soleil nous brûle, la nuit, nous gelons, la sécheresse calcine les récoltes et les pluies moisissent les bois les plus durs. Dans le jardin de l'Éden, on ne connaissait ni le chaud ni le froid. Mon père allait et venait sans ressentir jamais l'effet de l'air et du ciel sur sa peau. Une peau qu'il n'avait nul besoin de recouvrir, car la douceur de la perfection atteignait toute chose. Les jours égalaient les nuits, comme l'ombre, en toute chose, égalait le soleil, l'une fermant les paupières, l'autre les ouvrant. Le temps ne soufflait aucune usure. Les plantes elles-mêmes ignoraient les saisons. Elles n'étaient là que pour le plein d'elles-mêmes. Rien, rien, pas même un souriceau n'y mourait ! Et aussi loin qu'Adam mon père ait pris plaisir à s'aventurer dans le jardin, la grâce du bien partout resplendissait et le mal y était si inconnu que même le mot pour le désigner n'existait pas.

3

Oh, ce silence après les mots de Seth, comme je m'en souviens !

Pas un de nous n'ouvrit la bouche. Pas même Noah. C'était déjà bien assez douloureux de regarder le fils d'Ève en colère, de voir la rage qui tendait les traits de son immense visage. De voir l'amertume qui brûlait ses yeux et ce désespoir qui réduisait ses lèvres à des lames plus dures que du bronze.

Le front baissé, considérant l'herbe devant lui plutôt que moi, Noah était aussi figé que nous tous qui songions : Voilà donc à quoi ressemblait cet Éden ? Est-ce cela que nous avons perdu ? Que nos Ancêtres ont perdu ?

Car jamais Lemec'h ne nous avait parlé de l'Éden avec autant de feu et de force. Jamais il n'avait su pousser tant d'images de beauté dans nos têtes.

Ni tant de regrets.

Alors, dans ce silence où l'on ne songeait plus ni à manger ni à boire, Seth se rassit. Il porta une figue à sa bouche et la mâcha lentement, comme si elle contenait encore, dans le miel de son jus, un peu de la perfection disparue qui incendiait nos têtes.

Il s'essuyait le coin de la bouche avec le bout de sa tunique lorsque An-Kahana, nous sidérant tous, demanda :

— Ô Seth, pourquoi dis-tu qu'Élohim n'est pas Élohim, mais YHVH ? S'ils sont les mêmes, ils vont avec le même nom. Sinon, c'est qu'ils sont deux.

Seth, comme si la voix d'An-Kahana n'était pas parvenue à ses oreilles, versa de l'eau au creux de sa paume et s'en aspergea les lèvres.

Enfin, il dit :

— Qui es-tu ?

— An-Kahana, fils d'Arkahana. Mon père apprenait la mémoire des choses et des temps passés auprès de Lemec'h, descendant de ton frère Caïn. Ce qu'il apprenait sur nos générations, il me l'enseignait, pour qu'à mon tour je l'enseigne aux fils qui me viendraient.

Sur ces derniers mots, la voix d'An-Kahana se brisa. Plus bas, il ajouta :

— C'était compter sans la décision d'Élohim. Mon père est mort et ce qu'il m'a appris va mourir aussi.

Avec une horrible grimace, Seth renversa une outre sur ses mains et laissa l'eau ruisseler abondamment. Rien de ce que venait de dire An-Kahana ne semblait l'émouvoir.

— Que pouvait apprendre ton père sur vos générations ? demanda-t-il enfin, de ce ton méprisant que nous commencions à trop bien connaître. La faute de mon frère Caïn, toute l'arrogance qu'il a montrée à la face de YHVH, ne la connaissiez-vous pas déjà en naissant ? Vous qui la portez dans votre sang ?

La violence du ton de Seth laissa An-Kahana sans voix. Le fils d'Ève nous scruta, faussement surpris et ravi de notre faiblesse :

— Croyez-vous qu'ici nous ignorons les horreurs que vous avez accomplies à Hénoch ? Les meurtres et les guerres de votre Lemec'h ! Vos mensonges et vos sacrilèges ? Ah, que vous êtes malfaisants !

Pâle à faire peur, mais aussi raide qu'un guerrier sur le point de lancer sa flèche, An-Kahana répliqua :

— Ton frère Caïn, ô Seth, a vécu dans le jardin de l'Éden avec ton père Adam et ta mère Ève...

— Et son frère Abel, l'interrompit rageusement Seth.

— ... et aussi sa sœur Awan, notre Grande-Mère, poursuivit An-Kahana, la voix ferme malgré son émotion. Notre Grand-Aïeul Caïn possédait des souvenirs et des savoirs dont tu ne peux disposer, toi qui es né hors de l'Éden. Des souvenirs qu'il a enseignés à son fils Hénoch, celui qui a donné son nom à notre cité aussi bien qu'à toutes nos générations. Et, dans ses souvenirs, Caïn appelait le père de votre père Élohim et non YHVH.

Sans doute la stupeur fut-elle la raison pour laquelle Seth ne ferma pas sur-le-champ la bouche d'An-Kahana par une réplique cinglante. Mais quand, revenu de son étonnement, il fut sur le point de le faire, Lekh-Lekha le devança. Avec toute son assurance de chasseur, un sourire paisible sur les lèvres, il dit :

— Ô Seth, je comprends ta colère de ne pas avoir arpenté les perfections du jardin de l'Éden comme ton père Adam. Mais le châtiment qu'Élohim a infligé à ton frère Caïn ne t'atteint pas. Nous le savons, nous que la faute de notre aïeul poursuit dans la poussière de Nôd depuis sept générations. Et cette colère d'Élohim, qui aujourd'hui veut nous effacer des vivants de la Terre, elle ne s'abattra pas sur toi. Tu n'en portes pas le poids. Elle ne t'effleurera pas.

— Qu'en sais-tu? s'écria Seth en se levant brusquement. Qu'en sais-tu?

Malgré lui, Lekh-Lekha recula d'un pas.

— Allons, tu n'es pas de «ceux d'Hénoch», parvint-il cependant à dire avec un sourire ironique. Tu vis dans le vert, même s'il est périssable, et non dans la poussière où toute vie périt. Ton sang est pur. Il ne charrie ni le meurtre ni le mensonge, au contraire du nôtre.

Les longs bras de Seth balayèrent dangereusement l'air devant Lekh-Lekha :

— Ah, que vous êtes ignorants! Que sais-tu de ce que charrie mon sang? Que sais-tu du châtiment que YHVH a conçu pour vous? Es-tu sûr qu'Il nous épargnera, nous qui sommes restés devant Lui? Oh oui, du meurtre et du mensonge, nous sommes innocents! Quand la main ignoble de Caïn a répandu le sang de mon frère Abel, YHVH n'avait pas encore accordé à mon père Adam le désir d'un nouveau fils. Oh oui, la souillure immonde de Caïn, je ne l'ai pas sur mes mains...

Comme pour nous en donner la preuve, il brandit ses paumes vers nous.

— Mais le sang de ma mère Ève, il coule en moi aussi bien que celui de mon père! ajouta-t-il, tremblant de rage. Et lui, il pèse lourd devant YHVH!

Il me fixa d'un regard terrible. Un frisson glacé me parcourut de la tête aux pieds. Malgré tout je parvins à balbutier :

— Que veux-tu dire, ô Seth?

Sa bouche frémit. Le repentir froissa ses traits. À son côté je surpris l'air douloureux de son fils Noah. Cela m'encouragea à répéter :

— Que veux-tu dire, ô Seth?

Cette fois, il baissa les paupières et fit un geste las, comme s'il voulait disperser les paroles qu'il venait de prononcer.

— Tu le demanderas à ma mère Ève, puisqu'elle tient tant à te voir. Les réponses aux questions, c'est elle qui les a.

Il se détourna de moi, désigna mes compagnons :

— Qui peut savoir où s'arrêtera la colère de YHVH quand Il vous verra venir devant Lui, tout souillés de vos blasphèmes ? gronda-t-il. Ah, que vous êtes mauvais ! Plus encore que je ne le craignais. À peine êtes-vous devant nos murs que déjà vous apportez la dissension !

Comme je me souviens de cet instant terrible ! La rancœur de Seth envers sa mère Ève me déconcerta. Et me trompai-je ou m'en voulait-il à moi aussi ? Mais pourquoi ?

La hâte de voir enfin nos Ancêtres et de comprendre le sens de ces paroles haineuses me brûlait les reins. Puis, devant la fureur qui ravageait Seth, une crainte nouvelle me saisit. Je me rappelle avoir pensé : Qui sait ? Malgré sa colère et son arrogance, peut-être a-t-il raison ? Nous sommes dans ce nouveau pays depuis peu, pourtant nous nous disputons déjà et cherchons l'affrontement. Comment Élohim pourrait-Il nous aimer ?

L'embarras de cette dispute nous laissa un moment pantelants et mal à l'aise, sans plus de goût pour boire et manger ni se réjouir des beautés qui nous entouraient.

Alors, pour la première fois, la voix de Noah s'éleva, douce et apaisante :

— YHVH est le Nom de ce qui ne peut avoir ni nom, ni apparence, ni rien qui soit semblable aux choses et aux êtres qui vivent, sont et vont avec nous dans le temps. Car YHVH est YHVH, Il est tout et à l'origine de tout, comme un souffle pousse et lève tout de la vie.

Son ton coulait comme le miel sur nous et les mots qu'il prononçait étaient comme un baume sur nos cœurs. Il souriait de cet air amusé et léger qui m'enchantait. Il demanda :

— Vous me comprenez ?

Ç'aurait été beaucoup de vanité de dire oui ou même d'opiner de la tête. Aussi, Noah ajouta :

— Dans le jardin de l'Éden, Adam le père de mon père se pensait conçu tout à fait comme Celui qui l'avait tiré de la poussière. Il l'a appelé Élohim, Père de tout et de tous les pouvoirs. Advint ensuite ce qu'il est advenu. Alors Adam a dit : « Me voici hors du jardin qu'Élohim avait conçu pour moi. Et de ce dehors où Il m'a jeté, voici que, de tous les châtiments qu'Il m'inflige, le pire est qu'Il ne me laisse plus prononcer Son nom ! Ah, quel malheur, je ne peux plus L'appeler ! Il ne m'entend plus ! Seul me reste dans la bouche le bruit du souffle que cela fait quand je m'y essaie : YHVH ! »

Noah me regarda comme s'il voulait saisir mes pensées. Je lui souris. Puis je sursautai, ainsi que mes compagnons, quand Seth claqua des mains.

Il jeta à Noah un coup d'œil aigre :

— Qui crois-tu être, fils de Seth, pour parler à la place d'Adam mon père ? Es-tu vaniteux au point de te pavaner devant les bannis d'Hénoch ? Laisse donc mon père Adam décider des paroles qu'il leur adressera quand ils seront devant lui.

Et, sans un mot de plus, il sortit de l'ombre de l'arbre pour reprendre, sous le soleil, ses pas interminables.

Nous le suivîmes en courant. Les femmes du lieu nous guettaient. Accoutumées certainement à l'humeur de Seth, elles se précipitèrent pour reprendre les couffins. Voyant Erel, dont le ventre s'arrondissait, se relever avec difficulté, elles tendirent deux gourdes pleines à Hanina et à ma mère Tsilah, faisant comprendre par gestes qu'Erel ne devait pas avoir trop soif ni trop se fatiguer à suivre ainsi notre guide.

4

De tout le temps que dura notre marche, et malgré les récriminations de Seth, l'abondance des champs, du bétail et des arbres enivrait nos cœurs. La dispute sous l'arbre fut presque oubliée.

À notre grand étonnement nous atteignîmes un fleuve énorme, tout à fait semblable à celui que nous avions traversé. Nous reconnûmes le roulement des vagues sur les galets, ainsi que les arches tirées sur la rive.

Yohanan ne put retenir sa surprise :

— Serions-nous revenus d'où nous sommes partis ?

— Bien sûr que non ! s'exclama Seth. N'as-tu pas remarqué que nous marchons vers l'ouest ? Le fleuve où je vous ai trouvé est derrière nous. Celui-ci est son frère. Celui où vous avez failli vous noyer s'appelle Sihon. Celui-ci se nomme Gihon. Mon père Adam dit qu'au temps de la perfection ces deux fleuves longeaient l'Éden. Aujourd'hui, si l'on marche quatre jours vers le sud, on voit Gihon et Sihon s'assembler pour former un fleuve plus colossal encore. Si on le longe le temps d'une lune, on voit un autre fleuve le grossir. Celui-là, on le nomme Euphrate. Si l'on marche la moitié d'une vie vers le nord, on trouve encore fleuve. Si vaste que la terre cesse et que l'on ne voit plus la rive opposée. Celui-ci s'appelle Tigre. C'est entre ces quatre fleuves que YHVH avait étendu l'Éden.

Yohanan le remercia de cet enseignement avec humilité. Seth soupira :

— Aujourd'hui, ce Sihon qui vous emportait est infesté d'idolâtres. La pêche y est mauvaise, les poissons petits et immangeables. Ils possèdent plus d'arêtes que de chair. Ici, le Gihon est pur. Ici, on ne pousse pas une arche dans l'eau sans être sous le regard de YHVH. Quand Il le veut, nous revenons avec des couffins pleins de poissons gras.

— Alors, demanda imprudemment Yohanan, pourquoi te trouvais-tu là-bas, sur ce fleuve infesté d'idolâtres ?

La voix de Seth devint ironique :

— YHVH m'y avait envoyé pour me montrer combien la pêche y est mauvaise. Ce qui fut, puisque je vous ai trouvés, vous, gens d'Hénoch, braillant et impuissants.

Non loin de la berge du fleuve, un long mur de brique apparut devant nous. Il entourait des habitations dispersées, ainsi que cela semblait être la coutume dans ce pays. Lorsque nous n'en fûmes plus qu'à deux portées de flèche, une corne de bélier retentit. Des femmes et des enfants apparurent. Nous comprîmes que nous étions arrivés.

Seth envoya son fils Noah devant nous. Il attendit qu'il fasse rentrer tout le monde dans une cour pour nous y mener à notre tour.

Dès que nous en franchîmes le seuil, une sensation oppressante me serra la nuque. J'avais attendu ce moment avec tant d'impatience! J'avais tant rêvé de voir des visages heureux nous accueillir!

C'était tout le contraire qui advenait.

Le silence régnait. Et le vide.

Pas un visage, pas un salut de bienvenue. Noah lui-même semblait avoir disparu avec ceux qu'il avait prévenus de notre arrivée.

Seth conduisit «ceux d'Hénoch» dans une pièce basse à l'écart qui servait d'entrepôt. Le sol était recouvert de brins d'alfalfa et de vieux tessons de jarre. Dans un recoin pendaient des poissons séchés. Ça empestait.

Avec un grognement de dégoût, Lekh-Lekha s'éloigna du seuil sans le franchir. Yohanan s'écria :

— Veut-on nous faire dormir là-dedans? Autant nous jeter dans un cloaque!

— Impossible! renchérit Erel après s'être approchée. J'en vomirais le fils que je porte.

À quelques pas, Seth les observait sans mot dire.

Les joues rouges de colère, ma mère Tsilah lui fit face :

— Que ton hospitalité te fasse honte, fils d'Adam. Il te plaît de nous humilier, mais tu n'es ni Élohim ni YHVH. Alors, de quel droit t'en arroges-tu le pouvoir? Nous sommes venus jusqu'ici humblement. Toi, tu n'es qu'arrogance. Prends garde, Élohim saura te juger!

— Femme de Lemec'h, lave ta bouche! Ici, tu ne vaux pas mieux qu'une idolâtre. Cela fait mille ans que vous n'êtes plus les fils et les filles de YHVH! Si la cour de Seth ne vous convient pas, repassez mon mur. Allez dormir sur les cailloux du fleuve Gihon. Ils seront bien assez doux pour vous. Ici, personne ne vous plaindra.

— Il a raison, s'écria aussitôt Yohanan en entraînant Hanina. Suivez-nous. Ne restons pas là un seul instant de plus. À quoi bon écouter ce frère de Caïn ? Non, ses mains ne sont pas couvertes du sang du meurtre. Mais sa langue, même si elle été conçue par Ève, notre Mère à tous, est pâteuse de haine ! Nous, ceux d'Hénoch, nous ne voulons plus l'entendre !

Il y eut une bousculade, chacun reprenant ses baluchons. Je voulus les suivre. Seth se précipita vers moi :

— Non, toi, tu restes ici !

Son geste me parut menaçant. Je me réfugiai derrière Lekh-Lekha, qui leva aussitôt son arc. Avant même qu'il puisse en tendre la corde, Seth le lui arracha des mains.

— Allons donc ! Pas de ça ici. Tu n'es plus au pays de Nôd !

Ma mère Tsilah me poussait et m'enlaçait tout à la fois :

— Nahamma ! Seth a raison. Va avec lui. Tu l'as promis à la Grande-Mère Awan...

Yohanan s'écria :

— Que dis-tu ?

Hanina demanda :

— Tsilah ! Que nous as-tu caché ?

— Qu'as-tu de si spécial ? me demanda An-Kahana, la colère au bord des lèvres.

Oubliant Seth, ils se retournèrent contre nous.

Ma mère Tsilah les écarta.

— Sortons d'ici, fit-elle. Sortons, et je vous expliquerai.

Hanina se planta devant moi :

— Depuis que nous sommes au pays de Seth, c'est comme si tu n'étais plus des nôtres, Nahamma.

J'ouvris la bouche, mais Seth bouscula Hanina :

— Suffit ! Sors de ma cour, pars avec les autres. Va donc écouter ce que te racontera sa mère.

Avec un petit ricanement, il ajouta :

— Et si elle peut te nourrir de mensonges, à la manière de son époux Lemec'h, ne doute pas qu'elle le fera.

Mes compagnons se retournèrent pour me lancer un regard lourd de reproches et d'incompréhension, puis ils disparurent derrière le mur qui me retenait.

Je tremblais. D'un coup, la peur et la solitude me serrèrent le ventre.

— Est-ce ainsi que vivent les hommes de l'Éden ? murmurai-je.

— Ceux qui en ont été chassés, me corrigea Noah.

Seth me poussa :

— Viens. Une chambre t'attend, et tu devras la trouver à ton goût.

Chargée de mon couffin et de mon baluchon de laines, je le suivis. Je sentais des regards peser sur moi. Ici et là, sur les seuils, des femmes me scrutaient avidement. Elles baissaient les yeux et se masquaient la face dès que je les fixais. Puis, aussitôt, elles écartaient les doigts pour me dévisager encore, le sourire et même le rire aux lèvres, sans rien de mauvais ni de moqueur. Au contraire, je crus deviner en elles de la crainte et aussi, très étrangement, une sorte de respect teinté de joie.

Troublée, je m'immobilisai avec l'espoir qu'elles s'approchent et que je puisse m'adresser à elles. Aussitôt, la voix de Seth claqua :

— Suffit ! Ne va pas infecter mes femmes et mes filles !

Il se tenait devant une petite hutte au toit de branchages encore frais. L'entrée était si basse qu'il n'aurait jamais pu y introduire sa haute stature.

Il souleva la tenture :

— Entre, ordonna-t-il.

À peine eus-je fait deux pas à l'intérieur que je plongeai dans l'obscurité.

— Patiente dans cette chambre. Ne la quitte pas. On viendra te chercher.

Mes yeux s'habituèrent à la pénombre. Je distinguai une couche étroite et un tabouret. J'abandonnai mon couffin et mon baluchon sur le sol et restai debout à guetter les bruits du dehors. Il me sembla entendre des chuchotements, des rires bas. Délicatement, prudemment, je repoussai un peu la tenture. Les épouses et les filles de Seth se tenaient à vingt pas. Elles me fixaient avec une grande excitation, comme si ma présence leur était un sujet extraordinaire. L'une d'elles devina le léger mouvement de ma main sur la tenture. Elle poussa un cri, se voila la face et s'enfuit. Les autres la suivirent en riant. Je ne comprenais rien à cet étrange comportement. Il n'avait rien de menaçant, pourtant je m'agenouillai sur la couche, les larmes aux yeux, des sanglots dans la gorge, soudain épuisée.

5

Je ne restai pas longtemps à m'apitoyer sur mon sort.

— Nahamma !

C'était la voix de Noah.

— Nahamma !

Je me levai et écartai la tenture. Il était seul. Je ne vis ni son père Seth ni aucune des filles et des femmes dans son dos. Devant le rouge de mes yeux et mon visage défait, il ne fit aucun commentaire. Il me sourit. Ce qui me réconforta un peu. De sa main fine, il désigna les rougeoiements du crépuscule.

— Grand-Père Adam veut te voir avant la nuit.

Je tressaillis. Dans sa bouche ces mots étaient si simples ! Mais j'hésitai, perdue.

— Tu n'as rien à craindre, dit-il doucement. Il est seulement très curieux de te voir.

Son sourire s'élargit. Ses yeux prirent cette teinte moqueuse qui me plaisait tant.

— Et lui aussi est très curieux à voir, ajouta-t-il.

Je le suivis à l'extrémité de la cour, à l'opposé de la porte par laquelle nous étions arrivés. Là, le mur de brique était particulièrement haut. De derrière émergeait la cime d'épaisses frondaisons. La porte était d'un bois si lourd que je dus aider Noah à la pousser.

Quand elle s'ouvrit, la surprise me figea. Devant moi quantité d'arbres et de fleurs étaient enchevêtrés comme les fils de mes laines. Cela me rappela la merveilleuse parcelle du jardin de l'Éden, celle qui nous avait sauvés de l'épuisement lors de notre marche dans le désert. Sauf qu'ici tout était démesuré.

— Grand-Père Adam a planté lui-même ce jardin, expliqua Noah.

— Il vit ici? m'étonnai-je sottement. Mais il doit y étouffer!

Noah rit tout bas.

— Tu lui demanderas. Viens.

Il me prit la main. Je frissonnai au contact de sa paume, si subjuguée par ce geste que, l'espace d'un instant, je ne sus plus ce qui était le plus extraordinaire : ce jardin devant moi ou la chair de Noah qui pressait doucement la mienne.

Il m'entraîna vers l'un des gros troncs qui nous faisaient face. L'entrelacs des lianes et des tiges lourdes de fleurs et parfois hérissées d'épines paraissait infranchissable. Pourtant, Noah n'eut qu'à écarter un peu de feuillage pour qu'apparaisse un étroit sentier. La lumière finissante du jour le nappait d'ombre. Nous fîmes quelques pas. Soudain, tout près, j'entendis le bruit du fleuve. Noah lança un sifflement étrange. Sans lâcher ma main il souleva une branche chargée de fleurs à l'odeur si entêtante qu'elle prenait à la gorge. Nous nous trouvions maintenant à l'orée d'un champ dont la bordure s'achevait parmi les galets du Gihon.

Alors, je le vis. Dans la lumière pourpre du soleil qui m'aveuglait, je ne distinguai d'abord que sa très haute et très mince silhouette couverte d'une tunique.

— Ah, te voilà! me lança-t-il.

La voix me parut familière. Elle me rappelait celle de mon père Lemec'h. Il s'approcha d'un pas étonnamment léger.

Des branchages s'agitèrent. Seth émergea du feuillage.

— Tu as raison, mon fils, lui dit Adam. On s'y tromperait.

Il pivota pour mieux me voir dans la lueur du jour qui allait disparaître. Je vis son visage. Peut-être ai-je poussé un cri ou mis ma main devant la bouche, je ne m'en souviens pas.

J'étais stupéfaite. Malgré cette voix de vieillard que je venais d'entendre, Adam paraissait à peine plus âgé que Noah.

Et quand Seth vint se placer à son côté, ma stupeur s'accrut encore : le père et le fils se ressemblaient parfaitement. Même si le père me sembla bien plus jeune que son fils.

Adam eut un sourire moqueur et adressa un signe de connivence à Noah :

— Tu ne lui avais rien dit? C'est bien.

L'un et l'autre semblaient s'amuser de ma surprise. Tout au contraire de Seth, qui conservait ce visage revêche qu'il n'avait cessé de me montrer depuis le matin.

— L'apparence est une chose, la vérité en est une autre, me dit-il. Cela, au moins, vous l'avez appris, à Hénoch?

L'aurais-je voulu, je n'aurai pas trouvé la force de lui répondre. Adam approuva la remarque de Seth. D'un geste affectueux, il posa une main sur son épaule.

— Tu as raison, fils, dit-il de son étrange voix. Mais tu oublies trop volontiers que YHVH aime s'amuser avec nous. YHVH est joueur, Il l'a toujours été.

Il s'approcha de moi à me toucher, scruta mes yeux, ma peau.

— Alors te voilà, fille de Lemec'h, descendante de mon fils Caïn. Ta présence rafraîchit grandement mes vieux ans.

— Hélas, mon père, dit Seth, elle n'est pas venue seule. Elle est accompagnée de sa mère et de quelques-uns des bannis d'Hénoch.

Adam fronça les sourcils et son beau visage se durcit.

— Ah ? Ils sont venus ici, chez nous ?

Et, montrant tous les signes d'une fureur naissante, il me demanda :

— Pourquoi donc les as-tu amenés chez moi ? Ce n'est certainement pas ce que YHVH t'a demandé !

Je ne pus parler : ma voix se refusa à sortir de ma bouche.

— Sois sans crainte, m'encouragea tout bas Noah. Réponds à grand-père Adam.

— J'avais peur de traverser le désert toute seule, balbutiai-je. Peur des fauves et des idolâtres.

— Ah oui, approuva Adam, oui, les bêtes sauvages ! Voilà une raison acceptable. Il est toujours bon de se méfier des bêtes sauvages.

Il eut un petit rire qui ressemblait beaucoup à celui de Noah, peut-être en plus rusé. Puis, aussi soudainement qu'il était apparu, le rire s'effaça et se transforma en une grimace de dégoût :

— Non, à bien y réfléchir, ce n'est pas du tout une bonne réponse. Si YHVH te dis : va ici ou va là, tu y vas. Sans te soucier des bêtes sauvages, de la faim ou de la soif. YHVH pourvoit à nos besoins. N'apprend-on pas cela à Hénoch ?

Fut-ce ce rire ou la grimace d'Adam, ou le mépris qui étira les lèvres de Seth ? Je songeai à ma mère Tsilah, à Erel, à Hannuku, à tous mes compagnons abandonnés par Seth sur la rive du fleuve. Je trouvai sa réponse injuste et bien insuffisante.

— Non, on ne l'apprend pas, car jamais, depuis mille ans, la face d'Élohim ne s'est tournée vers le pays de Nôd, répliquai-je.

À ma réponse, Adam haussa les sourcils. J'entrevis sur le visage de Seth le désir de me faire taire. Je me hâtai d'ajouter :

— Ô père de nos pères, mes compagnons ne sont pas venus avec le seul désir de me protéger en chemin. Et le châtiment qui les attend, ils le connaissent. La Grande-Mère Awan ne nous a rien caché. Mais avant d'être châtiés, ils voudraient entendre de ta bouche, ô Adam, la raison pour laquelle Élohim vous a jetés hors de l'Éden, toi et Ève, notre Mère à tous.

Le visage d'Adam changea du tout au tout pendant que je parlais ! L'ombre qui se répandit sur ses traits ne devait rien à celle qui recouvrait maintenant le ciel sans plus de soleil. Jeune d'apparence, Adam l'était toujours. Mais sur sa bouche, ses yeux et son front s'étendirent soudain cette rage froide et cette défiance haineuse que l'on voyait toujours sur le visage de Seth.

— En vérité! s'écria-t-il. C'est cela qu'ils veulent? Il ne leur suffit pas d'être des générations de Caïn, le meurtrier de mon fils Abel?

Aujourd'hui encore, je ne sais d'où me vint le courage de répondre :

— À Hénoch, on dit que la faute de Caïn ne serait pas advenue s'il n'avait été jeté hors du jardin de l'Éden. Avec toi, ô Adam.

— Ah oui? Ah oui? C'est ce que vous vous dites à Hénoch!

Adam criait. Sa vieille voix devint rauque de colère. Il agita les bras comme si des insectes l'assaillaient. Cria plus fort :

— Et la mère de Caïn? Sa mère, elle n'a pas été jetée hors de l'Éden, elle aussi?

— Père, intervint Seth avec tendresse. Père, n'écoute pas cette fille!

Il posa une main apaisante sur le bras d'Adam, qui prit le temps de respirer et de se calmer avant de grommeler :

— Tu avais raison, mon fils. Ceux d'Hénoch sont bel et bien venus souiller mes derniers jours. Et cette fille est bel et bien comme l'autre!

Il se tourna vers moi et ajouta, rageur et le visage méchant :

— Adam ne répond pas aux questions de ceux d'Hénoch. Si tu tiens à savoir, adresse-toi à celle qui sait. Cela lui plaira autant qu'à toi. Aucun doute. Vous avez ça dans le sang, vous autres, les femmes. Et des réponses, elle en aura.

Il ricana en prenant Seth à témoin :

— La raison pour laquelle YHVH nous a bannis de l'Éden, qui le sait mieux qu'elle ?

Se détournant, il lança à l'adresse de Noah :

— Va ! Reconduis cette fille hors de mon jardin. Je l'ai assez vue.

6

Noah obéit. Nous retournâmes sans un mot dans la cour de son père, refermant avec soin la porte du jardin d'Adam derrière nous. Les torches étaient allumées près des cuisines. Les femmes s'y affairaient encore. Noah n'éprouva pas le besoin de me prendre la main pour me reconduire jusqu'à l'entrée de la hutte où Seth m'enfermait.

Alors que j'en écartais la tenture, il me dit :

— Ne t'offusque pas des paroles de notre Ancêtre Adam. Malgré son apparence, il est si vieux qu'il s'échauffe dès qu'on lui parle du jardin de l'Éden et de la faute qui l'en a chassé. Il se croit tout à fait innocent. Jusqu'à ce qu'il plie le genou devant YHVH, jamais il n'admettra en avoir accompli sa part. Pour lui, Ève est la seule fautive.

Je ne voyais plus guère son visage. La franchise de ses mots, la fermeté de son ton m'encouragèrent à demander :

— Est-ce pour cette raison, parce que je veux me présenter devant Ève sa mère, que ton père Seth me déteste autant?

Le petit rire amusé et délicieux de Noah résonna dans l'ombre :

— Oui. Cela et autre chose. Demain, tu comprendras mieux l'humeur de mon père.

Il laissa passer un silence avant d'ajouter avec plus de sérieux :

— Grand-père Adam et Seth s'aiment de tout leur cœur. Il m'arrive de penser qu'ils se plaisent tant l'un à l'autre qu'ils regrettent de vivre dans des corps différents.

À son ton il me parut qu'il les désapprouvait, mais je n'osai l'interroger, pas plus que lui poser la question qui me brûlait la langue. Savait-il ce que la vieille Awan m'avait prédit ? Qu'Élohim m'épargnerait à l'heure du grand châtiment ? Il semblait qu'ici Seth et Adam savaient tout, et particulièrement ce qu'il adviendrait à « ceux d'Hénoch ».

Je crus sentir sur mon bras le frôlement d'une caresse. La voix douce de Noah, qui me troublait si étrangement, me dit encore :

— Maintenant, repose-toi et dors en paix. Notre Mère Ève aime se lever avec le jour.

— C'est donc vrai, chuchotai-je. Je vais la voir, comme me l'a promis ton père Seth ?

— La promesse ne vient pas de mon père, murmura Noah. Pense à remercier YHVH du soin qu'Il prend de toi, et ton sommeil viendra vite.

Sans un mot de plus, il s'éloigna.

La tempête des paroles entendues m'emportait. La tête me tournait. Les paysages, les visages croisés en cette journée sans pareille me voilaient la vue. Je ne sais combien de temps je demeurai prostrée sur ma couche, ressassant ces bouleversements trop grands pour mon cœur.

Soudain je perçus des frottements de semelles et des chuchotements derrière la tenture. Immédiatement, je songeai à notre Mère Ève. Était-elle déjà là ?

Je bondis pour écarter la tenture. La nuit était trop opaque pour y voir. Elle pesait de tout son poids sur la cour. Les pointes des étoiles soutenaient le ciel sans lune. Les torches de la cuisine étaient éteintes. Tout au plus devinai-je les bruits légers d'une course et des rires mal étouffés. Des filles de Seth s'étaient sans doute approchées dans l'espoir d'apaiser leur curiosité envers «celle d'Hénoch», comme on le fait avec des animaux étranges. Dans le noir, elles avaient dû se contenter d'écouter mon souffle.

En avançant dans la cour pour respirer l'air plus pur que celui de la hutte, je heurtai du pied une écuelle de bois. Je m'inclinai pour la saisir. Elle était emplie d'une bouillie merveilleusement parfumée.

Je m'en voulus de mes mauvaises pensées. Les filles de Seth n'étaient pas venues se moquer de moi, mais me nourrir après la longue journée, et bien qu'il soit très tard. Je mangeai avidement, découvrant ma faim à chaque gorgée.

Quoiqu'il me fut impossible de voir ce que j'avalais, je me délectai des goûts et des parfums qui embaumaient mon palais. Ce n'est qu'une fois rassasiée que je compris que la chair étrange et légère que je venais de goûter pour la première fois était du poisson.

Je me souvins alors du conseil de Noah. L'écuelle reposée, je priai YHVH-Élohim. Avec ferveur. Je marmonnai encore des remerciements qui ne devaient plus avoir beaucoup de sens. Le sommeil me visita.

La lumière de l'aube me réveilla en sursaut. Et plus encore, une fois mes yeux ouverts, la vision de la femme agenouillée au pied de ma couche.

Elle ne devait pas avoir beaucoup plus d'années que moi, mais son corps était déjà plein et mûr. Son visage délicat était aussi lumineux que l'aube qui l'éclairait. Ses yeux, comme emplis d'une eau ruisselant sur des pierres de lune, passaient du bleu à l'ocre. Ils semblaient suspendus à l'arc de ses sourcils, si parfaits que le désir venait de les effleurer. Ses tempes étaient à demi couvertes par une chevelure couleur de crépuscule qui retombait en boucles sur ses épaules. Dans l'inclinaison qu'elle avait pour m'observer, certaines de ses mèches s'égaraient sur sa bouche bien dessinée, aux lèvres ourlées de tendresse.

D'un geste léger qui devait lui être fréquent, elle repoussa ses cheveux pour dégager son cou à l'instant où je me redressai, honteuse de la mauvaise tunique, sale et déchirée, qui me couvrait. La sienne était d'une finesse que je n'avais jamais pu atteindre dans mes tissages. Un collier de grosses pierres noires et bleues pendait sur sa poitrine, roulant sur le lin tendu par ses seins.

Je me mis debout, brûlante d'embarras.

— Es-tu une femme de Seth ? Es-tu venue pour me conduire à notre Mère Ève ?

Je ne lui laissai que le temps d'esquisser un geste avant d'ajouter, en fixant sa tunique si parfaite :

— Comme tu vois, je porte la même tunique depuis notre départ d'Hénoch. Je vais avoir honte de me montrer à notre Ancêtre si sale et si mal vêtue.

Elle rit, se leva à son tour.

— Sois sans crainte, nous y avons pensé, dit-elle d'une voix profonde, très égale et aussi très paisible.

Elle me désigna la sortie. Dehors, les femmes et les filles de Seth nous attendaient, attroupées. Au contraire de la veille, elles ne riaient ni ne s'agaçaient de plaisanteries à mon égard. Je songeai à la mise en garde de Seth : « Ne va pas infecter mes femmes et mes filles. »

La femme à la chevelure couleur de crépuscule sembla deviner ma pensée.

— Viens, me dit-elle, il n'y a rien à craindre de Seth. Nous sommes entre nous.

Entourée d'elles toutes, je contournai la hutte pour longer le mur de la cour qui donnait sur le fleuve. Une porte y était ouverte. Sur la berge, mes compagnes me dévêtirent et, sans que je puisse me défendre, elles me poussèrent dans l'eau, qui me fit crier de froid. Puis, du front aux orteils, elles m'enduisirent d'un onguent si gras qu'il fallut ensuite, pour m'en débarrasser, me frotter un long moment à l'aide d'un linge humide. Tout cela avec des rires, des cris et une joie que je n'avais, je crois, encore jamais vécue.

Maintes fois, je regardai en amont de la berge. Espérant y apercevoir les tentes de ceux d'Hénoch, peut-être même ma mère Tsilah. Combien elle aurait aimé, et Erel, Hanina et Hannuku autant qu'elle, subir un pareil bain et vivre autant de joie ! Mais d'eux, aucune trace.

Quand enfin je fus sèche, propre et même parfumée, la jeune femme à la chevelure couleur de crépuscule m'apporta une tunique semblable à la sienne.

— Maintenant, me dit-elle, tu es prête à rencontrer celle que tu es venue voir.

Elle me saisit la main, me conduisit près du mur de la cour de Seth. S'y trouvait un large bassin de bois rempli d'eau. Toutes les femmes de Seth nous entourèrent, étrangement fébriles.

— Qu'y a-t-il? demandai-je, inquiète.

— Sais-tu te regarder dans l'eau? demanda la femme.

— J'ai essayé à Hénoch, quand j'étais fillette. Mais l'eau y était trop rare pour ce jeu. Mon père Lemec'h l'a interdit aux femmes comme aux hommes.

— Ici, l'eau ne manque pas. Incline-toi et vois, dit-elle en reculant de quelques pas.

Oh, YHVH tout-puissant! Quel était ce prodige?

Le reflet que je découvris à la surface du bassin m'effraya tant que je reculai dans un sursaut. Puis je me penchai à nouveau au-dessus de l'eau.

Quel était ce sortilège?

Le visage que je voyais me paraissait familier. Je me retournai. Mon visage était absolument semblable au visage si beau de celle qui m'avait conduite là. Seuls le noir de ma chevelure et le teint de ma peau étaient un peu différents, me donnant un air austère alors qu'elle était entièrement belle.

— Ce n'est pas possible! m'écriai-je.

Autour de moi, les rires éclatèrent.

— Ce n'est pas possible! répétai-je. Je te ressemble comme une sœur!

La femme rit de bon cœur. Elle me prit les mains, les baisa, m'attira tout contre elle :

— Je suis Ève.

7

Oh, l'étrange moment! J'avais attendu cette rencontre depuis si longtemps! Y compris dans mes songes. Mais «c'est vouloir saisir une ombre et atteindre le vent que de s'arrêter à des songes», disait mon père Lemec'h. Les femmes de Seth, elles, s'amusaient, heureuses comme devant une belle plaisanterie. Ève, doucement, tendrement, prenait plaisir à me contempler, à se mirer dans mon regard.

— Ne crois pas que tu me ressembles tout à fait, me dit-elle. Tes cheveux foncés te donnent un air beaucoup plus sérieux que le mien. Et ta jeunesse est véritable. Rien à voir avec mes ans. Heureusement que nous ne comparons pas notre souplesse ni nos hanches. Cela se voit, qu'entre elles tu n'as pas abrité des fils et des filles. Mais quel plaisir de t'observer! Quel ravissement!

Et quel trouble! Admirer la beauté d'Ève était un bonheur absolu. Par le plus merveilleux prodige, plus de mille ans avaient à peine marqué son visage, et on lisait, dans les rares marques que le temps y avait imprimées, toute l'intelligence de la vie et des jours voulus par Élohim. Ce qui faisait notre différence et dont elle se moquait – l'ampleur de ses hanches, le rebond suave de son ventre, le poids sensuel de sa poitrine, sa nuque élégante et plus courte que la mienne, ses mains puissantes – possédait une grâce que j'étais loin de détenir.

À présent, je comprenais l'étrange attitude des femmes de Seth quand elles m'avaient vue pour la première fois. Je comprenais l'étonnement de Seth lui-même et celui, si violent, d'Adam. Je comprenais le regard de Noah sur moi. Sa tendresse.

Mais quels étaient la volonté et le but d'Élohim en nous créant si semblables ? Quel destin me préparait-Il ? Cela, je ne le saisissais pas.

— Ne t'inquiète pas, ô ma Nahamma, me dit Ève en m'effleurant la joue comme si j'avais livré tout haut mes pensées. La volonté de YHVH, nous la découvrirons tôt ou tard. Quand Il le souhaitera. À quoi bon se tourmenter ? Il aime jouer avec nous, les humains.

J'allais protester. Adam déjà avait parlé d'Élohim en le traitant de joueur. N'était-ce pas blasphémer ? Soudain, une fillette accourut vers nous et se jeta dans les jambes d'Ève.

— Grand-mère, grand-mère ! Tu dois venir à la porte ! Notre père Seth se dispute avec les gens venus de loin. Chacun y va de son cri. Viens vite !

Nous suivîmes la fillette. De loin, je vis ma mère Tsilah et Yohanan gesticuler devant Seth, dont la voix furieuse couvrait leurs supplices.

Quand Ève et moi approchâmes côte à côte, les cris et les gestes cessèrent d'un coup. Les yeux de mes compagnons d'Hénoch s'ouvrirent grands de stupéfaction et, pour une fois, leurs bouches béantes demeurèrent aussi silencieuses que des pierres du désert. J'essayais de faire bonne figure, mais je n'avais pas l'aisance d'Ève.

Seth brisa leur étonnement.

— Mère! grinça-t-il.

La manière dont il dit ce mot exprimait une hostilité qui me fit frémir.

— Mère, répéta-t-il. Ces pouilleux à demi sauvages veulent s'installer dans notre cour. Ils veulent la souiller de leur vermine et y répandre toute la puanteur de leur faute. Jamais mon père Adam ne l'acceptera.

Seth s'adressait à Ève en prenant soin d'éviter de poser les yeux sur moi. Je vis dans son dos ceux d'Hénoch tomber à genoux, nous fixant, Ève et moi, d'un air qui me noua le ventre tant ils semblaient me considérer comme une étrangère.

Ève écarta son fils et se précipita vers eux. Elle saisit les mains d'Hanina et d'Erel en protestant :

— Je vous en prie! Je suis une femme comme vous, seulement un peu plus vieille que vous. Il n'est que YHVH devant qui vous pouvez plier le genou! Et encore, je ne suis pas certaine qu'Il y tienne tant que cela!

Elle releva aussi ma mère Tsilah et Hannuku, les embrassant avant de se retourner vers Seth :

— Ton père Adam ne quitte jamais son jardin. Ces pauvres gens ne risquent pas de le déranger. Mais tu as raison. Ils portent sur eux la poussière de leur voyage et la tristesse de tout ce qu'il leur a fallu endurer. Il est bon que nous leur offrions de quoi se purifier. Moi qui suis dans ma cour, il me plaît de les voir et j'ai hâte de les entendre me parler de Caïn et d'Awan. Il y a si longtemps que je n'ai pas entendu un mot sur eux!

— Ah, mère! gronda Seth d'un ton exaspéré. Que YHVH te pardonne! Jamais tu ne peux te retenir de déplaire à mon père!

Grommelant, il s'enfuit de son long pas et disparut à l'autre bout de la cour. Se hâtait-il de rejoindre Adam afin de nourrir un peu plus la mésentente entre son père et sa mère?

— Ne te soucie pas des humeurs de Seth, me chuchota Ève. Il ne m'aime pas beaucoup, mais depuis tant d'années je m'y suis accoutumée. Tu devras t'y habituer aussi. Tu me ressembles trop pour ne pas exciter son aigreur.

Elle héla alors les filles et les femmes de la maisonnée pour que l'on procure à ceux d'Hénoch de quoi se laver dans le fleuve et se parfumer, ainsi que des tuniques propres.

— Nous parlerons ensuite, leur dit-elle. Je sais pourquoi vous avez accompagné Nahamma jusqu'ici. Les épreuves ne vous ont pas été épargnées. Si YHVH, comme souvent, Se tait, moi, je veux vous remercier. Mes fils ne m'ont pas donné beaucoup de satisfaction. Aussi le bonheur d'avoir Nahamma près de moi, voici mille ans que je l'attends.

Elle désigna le grand arbre à l'ombre rose et épaisse qui trônait dans la cour :

— Vous voyez ce tamaris. Quand vous aurez retrouvé la propreté de votre peau et que vos ventres seront repus, vous m'y rejoindrez.

Après quoi elle me serra contre elle et me baisa la joue avant de s'en aller.

Hélas, les regards d'Hanina et d'Erel, de Lekh-Lekha, de Yohanan, d'Hannuku et d'An-Kahana, et même celui de ma mère Tsilah, ne me quittaient pas. Oh combien, et en si peu de temps, je leur étais devenue différente, étrangère! Leurs yeux me le disaient, ainsi que leurs bouches pincées.

Sûrement, la nuit dernière, ma mère Tsilah leur avait rapporté les mots de la Grande-Mère Awan. Sûrement, elle leur avait dévoilé la volonté d'Élohim de m'épargner Sa colère. Me voir auprès d'Ève et constater notre prodigieuse ressemblance était pour eux la preuve de cette étrange clémence d'Élohim envers moi.

Les cœurs les plus proches ne sont pas ceux qui se touchent. D'un coup, la douleur de l'arrachement me saisit à la gorge.

8

Le soleil était déjà haut et l'ombre du tamaris bienvenue lorsque ceux d'Hénoch s'y présentèrent. Ève avait
fait apporter des tapis, des coussins, des jarres de lait
fermenté et des dattes. Si peu habitués à ce confort et à
cette politesse opulente, mes compagnons paraissaient
impressionnés.

Notre Mère Ève demanda :

— Racontez-moi ce que vous savez de mon fils Caïn
et de son épouse Awan.

Embarrassés, ceux d'Hénoch s'observèrent sans
répondre.

— Allons, allons, insista Ève, son sourire masquant à
peine son impatience. Parlez-moi de leur vie au pays de
Nôd. À Hénoch, vous deviez bien prononcer le nom
de votre Grand-Aïeul. De temps en temps...

— En vérité, ô Mère de nous tous, osa enfin ma mère
Tsilah, nous ne l'avons vu que déjà mort dans la cour de
Lemec'h. Le cadavre de Tubal, mon fils, gisait auprès
de lui.

— Ton fils ? Celui qui a forgé le bronze qui a tué
Caïn ?

La question d'Ève était directe et froide.

Ma mère Tsilah opina. Il y eut un nouveau silence. Lekh-Lekha se racla la gorge :

— J'ai passé ma vie à chasser dans la poussière et les broussailles de Nôd. Ton fils Caïn, je l'ai surpris à plusieurs reprises ici ou là. Toujours il se déplaçait. Et vite, et courant ! Il allait d'est en ouest, du nord au sud, jamais en repos ! N'était-ce pas la volonté d'Élohim ? Il était trop immense pour qu'on puisse l'ignorer. Sa tête rouge apparaissait au retour d'une colline, dans un pierrier ou au travers des bosquets d'épines. Sa seule présence suffisait à retenir nos pas et à mettre en fuite les hyènes et les serpents. Je me suis souvent demandé de quoi se nourrissait le fils d'Ève et d'Adam. Peut-être de rien... Un jour, il y a longtemps, j'étais tout jeune moi-même, je l'ai vu courir sur la crête d'une dune, dans la première lueur de l'aube. Impossible de savoir ce qu'il poursuivait. Du gibier, dans les dunes, je n'en ai jamais trouvé. Mais de le voir courir ainsi, comme sur le haut du monde, immense et la tête plus rouge que le soleil, j'eus un frisson de fièvre, comme si m'apparaissait l'œuvre d'Élohim dévoilée, toute nue, comme une vision d'ordinaire interdite à nos yeux. Deux fois, c'est lui qui m'a aperçu le premier. De loin, il a levé la main dans ma direction. Le temps que je me ressaisisse pour le saluer, il avait déjà disparu. Si bien que sa voix, ô notre Mère à tous, je ne l'ai jamais entendue.

— Comment t'appelles-tu, toi qui l'as vu ? demanda Ève, troublée.

— Lekh-Lekha, fils de Metouchael, le père de Lemec'h, et d'une servante qui n'était pas des générations de ton fils.

— Ah, je comprends, approuva Ève. C'est pour cela que tu l'as si bien vu. Était-il vieux d'apparence ?

— Très vieux, oui. Plus que les vieillards que l'on peut croiser à Hénoch ou dans le pays de Nôd. Et pourtant solide comme aucun d'eux.

Ève se tourna vers Tsilah et les autres :

— Et quand la flèche de Lemec'h lui a percé la poitrine, l'avez-vous pleuré ?

Chacun baissa le front. Ève soupira :

— Non, bien sûr. Vous lui en vouliez tous autant que Lemec'h. Mais sans oser le montrer. Vos malheurs et votre mauvaise vie dans Hénoch, qui d'autre que mon fils Caïn en était la cause...

Ce n'était pas une question, il n'y eut pas de réponse.

L'accablement voûta les épaules d'Ève. Pour la première fois, son âge transparut. Ma mère Tsilah dit :

— Grande-Mère...

Ève l'interrompit d'un geste violent :

— Femme, cesse donc de m'appeler Grande-Mère ! Je ne le suis pas, je ne l'ai jamais été. Pas plus que je n'ai été grande, petite ou bonne ! J'ai enfanté, c'est tout. J'ai enfanté selon le désir de YHVH. Rien ne m'est venu de mes enfants, sinon des reproches. Ni plaisir, ni curiosité, ni fierté, ni même l'apparence de l'âge. Je suis Ève. Ève, la première d'entre vous dans le temps, créée côte à côte d'un homme. Rien d'autre.

Ma mère Tsilah se mordit les lèvres. Par en dessous, elle me jeta un coup d'œil inquiet. Je l'encourageai d'un geste. Je commençai à m'habituer à la franchise des Ancêtres. Contrairement à nous, ils ne masquaient pas ce qu'ils pensaient, ce qui tourmentait leur cœur ou le réjouissait. Ils ne mentaient pas. Ils ignoraient l'hypocrisie.

Quelle que soit la rudesse de leurs opinions, de leurs émotions et de leurs goûts, cette rudesse leur était naturelle. Ils ne cherchaient pas à la retenir. Et peut-être, aussi, Ève comme Adam prenaient-ils un certain plaisir à la crainte qu'ils inspiraient.

Tsilah se redressa et, l'air plus assurée, elle reprit :

— Ton fils Caïn n'a pas fermé les yeux sans amour. Awan l'a fait porter loin à l'ouest du pays de Nôd. Tout près du fleuve Sihon où ton fils Seth nous a sauvés de la noyade. Elle a veillé sur sa tombe pendant plus de deux lunes. Et quand elle est revenue dans la cour de Lemec'h pour nous dire adieu, je lui ai tenu la main lorsqu'elle a été rappelée par Élohim. Elle s'était allongée sur la murette de la cuisine où elle avait cuit les galettes de Caïn à leurs premiers jours dans Hénoch. En fermant les yeux, elle a repensé à ce qui les avait noués, ton fils et elle. Elle a murmuré des mots que je n'ai pas oubliés.

Ma mère Tsilah avait conquis toute l'attention d'Ève. Elle ne résista pas au plaisir d'en profiter un peu. Elle se tut soudain, comme attendant la permission de poursuivre.

— Eh bien ? Parle donc ! gronda Ève. Qu'a-t-elle dit ?

— Elle a dit : « Ô Élohim, Tu as condamné, mais Tu n'as pas empêché ! »

— Elle n'a pas prié, elle n'a pas supplié ?

— Non.

Un curieux sourire apparut sur la belle bouche d'Ève. Amer et fier à la fois.

— Oui, approuva-t-elle, après avoir clos les paupières un instant, oui, elle ne lui a pas cédé, tout YHVH qu'Il soit. Nous, ses premières créatures, ne sommes pas soumis à Sa volonté mais à la même loi que Lui. C'est bien qu'Awan se soit présentée devant Lui comme elle le devait.

Ses yeux restèrent secs. Sa tristesse, trop vieille, trop immense, se passait de larmes. Ceux d'Hénoch ne dirent plus un mot. Patients, ils la laissèrent revisiter des souvenirs d'un temps hors leur temps.

Brisant le recueillement, Hannuku s'exclama :

— Grande-Mère... Pardonne-moi ! Ô Ève, ne veux-tu pas nous parler du jardin de l'Éden ? Seth nous en a dit un peu. Cela donnait tant envie ! Mais lui, il ne l'a pas connu personnellement.

Ève fixa Hannuku.

— Tu as raison, Seth mon fils n'a pas connu comme moi le jardin de l'Éden.

Il y a parfois des larmes dans un sourire. Le sourire d'Ève en était rempli :

— Il est comme vous, mon Seth, il ne fait que rêver de l'Éden.

Ses yeux coururent sur les visages qui lui faisaient face. On eût dit qu'elle avait été tirée de sa torpeur, qu'elle s'en extirpait avec un peu de surprise et de lassitude. Un peu de pitié, aussi. Elle opina :

— Mais oui, bien sûr ! Vous êtes venus dans cette cour pour cela, pauvres gens d'Hénoch. L'Éden, l'Éden ! Le jardin d'Adam et d'Ève. Tout savoir sur ce jardin de la faute, comme l'appelle notre fils Seth. Vous êtes venus m'interroger ! Et vous avez raison.

Elle se tourna vers moi, me fixa comme si, par-dessus tous les autres, ce n'était qu'à moi qu'elle voulait s'adresser et qu'elle réclamait toute mon attention. Elle ajouta :

— Il est temps que cela soit dit.

Son charme et sa beauté lui revinrent. Elle se redressa, nous offrant son sourire si particulier, si envoûtant. Ce sourire qui aujourd'hui me manque tant.

9

— Mon Seth est rude mais il ne ment pas, nous dit-elle. Il ne dissimule pas. Il est vrai que ce jardin de l'Éden, il ne l'a jamais connu. Et il le regrette terriblement. Il n'est pas le seul. Ainsi que des générations après lui, il en parle comme s'il y avait passé des ans et des ans. Non. Au contraire. YHVH m'a donné Seth à enfanter ici, dans cette hutte que vous voyez là-bas.

Elle désigna la petite pièce où je m'étais réveillée sous son regard le matin même.

— Quand il est né, l'Éden n'était plus, reprit-elle, et cela depuis des centaines d'années. Trois ou quatre centaines, au moins. Mais son père Adam lui en a fait tant de merveilleuses descriptions dès son enfance ! Dans l'Éden, tout était beauté et perfection, lui racontait-il du matin au soir. L'eau y était pure, les fleurs incomparables, les fauves tendres, les fruits sucrés et la lumière transparente. Lui-même, Adam, et selon la volonté de YHVH, y était si absolument le maître de toute chose ! Le souffle de l'air lui y était aussi soumis que l'humeur des bêtes ou la tombée des plumes de pigeon. Sa propre perfection égalait celle qui l'entourait.

Peut-être sa perfection égalait-elle celle de YHVH, son créateur. Il le croyait un peu, mon Adam...

Ève se tut un moment, puis laissa échapper un soupir profond, presque triste, qui me serra le cœur

— Voilà le rêve de Seth, reprit-elle. Il croit en un Éden parfait où son père Adam, reflet parfait de YHVH, régnait sur la perfection de son jardin où tout était délicieux et immuable. Ne dit-on pas chez vous que tout ce qui a été fut plus beau que tout ce qui est ?

À notre grande sidération, elle eut un petit rire moqueur. D'un geste léger de la main elle sembla disperser comme une fumée les mots qu'elle venait de prononcer. An-Kahana n'y tint pas. La face en feu, le menton tremblant, il se dressa, bégayant de reproches :

— Ô Ève, comment... Comment... Comment oses-tu ? N'es-tu pas en train de blasphémer ? Je le sens : tu te moques d'Adam et d'Élohim !

Ève haussa les sourcils et singea la surprise :

— Ah, ah ! Un blasphème, crois-tu ? N'es-tu pas bien jeune pour mettre ce grand mot dans ta bouche ? Qui es-tu ?

— An-Kahana, fils d'Arkahana. Mon père était un sage auprès de Lemec'h...

— Un sage auprès de Lemec'h ? le coupa Ève sans rien perdre de son sourire, mais le rendant plus froid que le gel nocturne. À Hénoch ? Un sage, cela se pouvait ?

L'ironie d'Ève frappa An-Kahana aussi cruellement qu'une pointe de bronze fondue par mon frère Tubal.

Ève le regarda se rasseoir. Son sourire, maintenant, ne masquait plus un éclat cinglant. Pourtant, avec douceur elle déclara :

— Je vous le répète : Seth ne vous a pas trompés. La beauté de l'Éden était la Beauté. La perfection y régnait en toutes choses. Il n'est rien, jusqu'à la nuit des temps, qui pourra l'égaler, car désormais nous connaissons la durée ainsi que la ruine de toute chose. Dans l'Éden de toutes les perfections, le temps n'existait pas. Les soirs et les matins venaient sans venir. Ils étaient là, tout naturellement, comme les fruits ou le vert du feuillage. Soirs et matins parfaits, immobiles comme le ciel sans nuage ni pluie, toujours présent, toujours, toujours, ainsi que la course des flots d'eau pure qui jaillissaient sans fin de la terre avant d'y retourner. Et lui, Adam, qu'était-il ? Pas un homme. Encore moins une femme. Et cependant les deux ensemble, le mâle et la femelle dans la même présence. Une perfection dans la perfection. À quoi cela pouvait-il ressembler ? À un réceptacle sacré contenant tout ce que YHVH avait conçu pour former bientôt l'homme et la femme, leur différence et leur union. Un réceptacle immense plein de possibles, mais dont aucun n'avait jamais été réalisé. Si bien qu'Adam n'était rien. Juste la perfection d'une vie qui n'était pas la vie mais seulement l'attente de la vie. Comme la mort aujourd'hui ensemence le vivant qui vient. Quelle étrangeté ! Et moi, Ève, née de la volonté de YHVH tout autant qu'Adam, qu'étais-je ?

— Rien ! Absolument rien, femme ! Toi, tu n'étais rien. Au contraire de moi.

Cette voix, même un peu plus criarde, je la reconnus sur-le-champ. Fascinés par les mots, les mains et le visage d'Ève, nous n'avions pas entendu Adam et Seth approcher, le père et le fils côte à côte et si bizarrement semblables, jeunesse et vieillesse confusément réparties.

— Tu es née de la volonté de YHVH, dis-tu, femme ? s'exclama-t-il. Oui, mais aussi tirée de moi, de ma chair et de mes os, comme tu te plais toujours à l'oublier !

Il n'y eut qu'Ève à ne pas sursauter sous la brutalité des mots. Elle attendit tranquillement qu'il termine, baissant un peu les paupières comme ces femmes trop habituées aux colères de leur époux pour s'impatienter.

Quand Adam s'approcha, ceux d'Hénoch eurent un mouvement de stupeur. De crainte, aussi.

Cet Adam si grand, si beau, si jeune et vigoureux qu'à son côté son fils Seth n'en paraissait que plus usé et las !

Hannuku et Erel se levèrent, éblouies d'admiration, tremblantes comme si elles allaient être foudroyées. Adam les retint d'un geste.

— Où courez-vous ? Les gens du pays de Nôd sont-ils des pleutres en plus du reste ?

Il s'approcha si près de ma mère Tsilah et d'Hanina qu'il aurait pu les toucher. Peut-être en eut-il le désir, ou la curiosité, comme on s'exerce au dressage des bêtes sauvages. Mais il se contenta d'une grimace en pointant le ventre d'Erel :

— On enfante encore dans Hénoch ? ricana-t-il.

Erel ne trouva pas le souffle d'un mot pour répondre. Terrorisée, elle approuva d'un signe nerveux qu'Adam accueillit d'une nouvelle moue de dédain.

Il se retourna vers Seth :

— N'est-ce pas étrange que les femmes d'Hénoch soient faites comme les femmes d'ici ? YHVH les condamne, mais Il ne les distingue en rien. Au moins,

Caïn portait-il le Signe. Ce doit être parce qu'Il est très las de cette engeance.

— Adam, soupira Ève avant que Seth ne puisse répondre, es-tu sorti de ton jardin seulement pour humilier et effrayer ces pauvres gens ? Ils ont fait un terrible voyage pour venir devant toi...

— Des pauvres gens ? Les générations de Caïn, de ton fils meurtrier ? Des pauvres gens ! Et ils seraient là pour me voir alors qu'ils bavent d'admiration devant toi !

Avec répugnance, l'air furieux, Adam scruta rapidement les visages qui lui faisaient face avant de s'adresser à nouveau à Ève :

— Crois-tu qu'ils comprennent quelque chose à ton galimatias ? Je t'ai entendue. Comme toujours, tes mots ne disent rien du vrai. Ta seule obsession est de masquer ta faute !

Il se plaça de toute sa hauteur entre Ève et nous.

— Tu as oublié que c'est moi, Adam, né de la volonté de YHVH, qui t'ai engendrée ! Moi, Adam, né à l'égal de YHVH, qui t'ai nommée. Moi !

Ève éclata de rire :

— Si j'étais sortie de ton corps, la faute dont tu parles ne t'incomberait-elle pas aussi ?

Elle se tourna vers nous qui suivions, sidérés, cette scène entre nos Ancêtres :

— Vous, gens d'Hénoch, qui êtes venus de si loin pour nous voir, pour nous entendre, sachez qu'Adam ne m'a pas engendrée. Il ignore tout de l'engendrement. YHVH s'est servi de lui, c'est tout. Et Adam ne m'a pas nommée dans l'Éden, mais seulement ici, après la naissance de Caïn. Et pour une raison qu'il préfère oublier...

— Ah, oui, parlons-en, de Caïn! l'interrompit Adam en hurlant. C'est bien le moment, puisque ceux d'Hénoch sont là! Ces «pauvres gens»! Leur as-tu dit pourquoi nous vivons ici, sans plus d'Éden autour de nous? Leur as-tu dit la vérité sur leur aïeul Caïn?

Les lèvres closes, le regard serein, Ève garda le silence. La rage d'Adam s'accrut :

— Ah, non! Bien sûr, tu ne t'en es pas vantée. Tu veux seulement les divertir avec des fables pour faire oublier ce qui ne peut l'être.

Et comme Ève persistait à se taire, il s'écria :

— S'ils sont là, ces sauvages d'Hénoch, n'est-ce pas que YHVH veut qu'ils entendent la vérité sur ce qui est advenu dans l'Éden?

Cette fois, une lueur d'amusement traversa le regard d'Ève.

— Nous t'écoutons, dit-elle avec tendresse.

Sa douceur déconcerta Adam. D'un geste sec de la main, il agita l'air devant lui puis se tourna vers nous.

— Elle a raison, reprit-il sur un ton saccadé. Écoutez-moi donc, puisque vous êtes venus jusqu'ici pour ça. La vérité n'est pas longue à dire. Oui, l'Éden était parfait et son jardin plus que parfait, car YHVH l'avait conçu pour moi.

Il bomba le torse :

— Oui, pour moi. Nous allions bien tous ensemble, magnifiquement bien. Les choses, les plantes, les bêtes, YHVH et moi-même. Tout était parfait. Puis un jour tout à fait comme les autres, YHVH m'a dit : «Va à tel endroit. Tu y verras un arbre isolé. Sa beauté te plaira.» J'ai suivi Son conseil. J'ai trouvé l'arbre. Sa beauté m'a plu. J'en ai remercié YHVH. Il m'a répondu : «Ne me remercie pas. Cet arbre, tu peux le contempler, mais mange un seul de ses fruits et c'en sera fini de ta perfection et de celle de ton jardin.» Surpris, je Lui ai demandé : «En ce cas, ô YHVH, pourquoi le placer là?» «Trouve la réponse à ta question et tu sauras ce qu'il est de toi et de Moi», m'a-t-Il répondu. Ah, me suis-je dit, YHVH s'ennuie et veut s'amuser avec moi. Quant à moi, dans mon jardin de l'Éden, je n'éprouvais aucun ennui. Il était parfait, comme moi-même. Nulle curiosité ne me taraudait et je n'éprouvais aucune envie d'en savoir plus sur cet arbre qu'on pouvait contempler sans jamais en goûter les fruits. À quoi bon s'en soucier, d'ailleurs? Mon jardin contenait d'autres arbres tout aussi beaux et aux fruits parfaitement délicieux. Il se peut que YHVH se soit senti jaloux. Jaloux de cette perfection que je Lui montrais en dédaignant Son arbre. Après tout, ma perfection était si entièrement le reflet de la sienne qu'elle l'empêchait de se montrer tout à fait supérieur à moi. Si bien qu'Il est venu à moi et m'a dit : «Adam, j'ai réfléchi. Il n'est pas bon que tu restes seul. Les bêtes de ton jardin vont par mâle et femelle et s'en trouvent bien. À toi aussi il te faut de l'accompagnement. Séparons en toi ce qui fait l'un et l'une, le mâle et la femelle.» Je lui ai répondu : «Ô YHVH, je ne suis pas une bête. Je suis l'Adam que tu as créé. Je n'ai aucun besoin d'accompagnement.» «Au contraire, m'a-t-Il répondu, il te faut de l'aide pour aller et venir et qui puisse te faire face.» Que voulait-Il me dire? Je n'avais besoin d'aucune aide, puisque j'étais parfait. Il ne m'a pas laissé le temps de protester. Il m'a plongé dans un sommeil profond.

Nous étions fascinés par le récit d'Adam. Son corps gracieux se mouvait devant nous, ses yeux guettaient les nôtres, ses mains racontaient ce que sa bouche ne disait pas. Et là, il releva sa tunique pour nous dévoiler son torse nu.

— Voyez-vous ce vide à mon côté ? s'écria-t-il en s'offrant à nos regards. Le voyez-vous ?

Il n'y eut qu'un silence embarrassé. Son côté était comme chez tous les hommes. Juste plus large et plus haut, et d'une chair si fine et délicate qu'on ne pouvait croire qu'elle avait mille ans.

— Regardez-moi ! insista Adam.

Livide et mal à l'aise, Seth le prit par l'épaule :

— Père...

Adam écarta la main de son fils et s'approcha de Lekh-Lekha et de Yohanan, exposant sa chair pâle et nue tout près de leurs yeux.

— Vous le voyez, ce côté ? Eh bien, c'est de là que YHVH a tiré Ève de moi. Pendant que je dormais ! De moi, gronda-t-il en se frappant la poitrine. De moi et de rien d'autre !

Le rire d'Ève nous submergea. Un rire léger, chantant, plein de joie.

— Ô Adam, mon Adam ! Ne fais donc pas la bête devant ces pauvres gens. Tu les fais rougir, à t'exposer ainsi. Que veux-tu qu'ils voient sur ton côté ? Rien. Rien du tout. Pas même une cicatrice pour les convaincre de la vérité de tes souvenirs. Voudrais-tu aussi leur montrer cette poussière de l'Éden dont YHVH t'a tiré toi-même !

Adam laissa retomber sa tunique et lui fit face. La colère, la rancœur, la fureur, mêlées à une tendresse que j'étais incapable de comprendre, lui déformaient les traits.

— Femme, tu es née de moi! Il n'y a pas d'autre vérité! rugit-il. Tu es née de moi, et aussitôt sur pied tu m'as trahi!

Brusquement, Ève perdit son flegme. Debout devant lui, elle fouetta de mots le visage d'Adam :

— Oui, je suis née de la volonté de YHVH, que cela te plaise ou non. À côté de toi et non de toi. Et nul ne t'a contraint à goûter aux fruits de l'arbre, puisque c'est ça que tu veux faire croire.

— Mensonges! Tu as triché. Tu m'as tendu le fruit alors que j'étais à peine réveillé.

— Et pourquoi dormais-tu? Parce que tu m'avais goûtée, moi d'abord, et que tu m'avais trouvée à ton goût.

— Ça ne pouvait être autrement. Tout était parfait.

— Tout était immobile! Nous ne valions pas plus qu'une feuille de vigne ou une motte de terre!

— Ne parle pas de la vie, toi qui nous as menés à la mort.

— Moi qui t'ai donné Caïn et Abel...

— Oh oui, oui! Le meurtrier et sa victime!

— ... et Awan, et ton Seth dont tu ne te sépares jamais.

— Si ta faute ne nous avait pas chassés du jardin, Caïn et Abel seraient ici, vivants, comme Seth. Le bonheur serait encore là tout entier. Et ces pauvres gens, comme tu dis, n'auraient jamais connu le pays de Nôd et Hénoch.

— De quel bonheur parles-tu, Adam? L'Éden ne contenait aucun bonheur. La vie n'y était pas vivante.

C'est moi, Ève, qui ai engendré le véritable vivant. YHVH ne m'a-t-Il pas appelée «Ève, Mère des vivants»? Et toi, le désir de la vie, tu ne l'as pas connu avant que nous arrivions ici, hors de l'Éden. Avant, tu n'étais que du parfait dans le parfait. Mais un jour, grâce à moi, dans le jardin tu as dit à YHVH : «Je suis nu, quelle honte. La femme m'a mis à nu!» Et voilà. Pour la première fois tu découvrais, en même temps que la nudité, le goût de la vie...

Ève se tut, laissant ses mots s'emparer de nous, ceux d'Hénoch. Puis elle reprit, d'un ton partagé entre l'ironie et l'attendrissement :

— Adam, Adam, mon homme désiré, avoue-le, ma nudité ne t'a pas déplu. Tu n'es pas allé te plaindre à YHVH et tu n'as pas détourné les yeux devant les plaisirs. Au contraire. Tu étais ravi de tes membres pleins d'ardeur. Quand ton désir m'a pris et que nous avons conçu notre fils Caïn, ici même, au jour de la plantation de ce tamaris qui nous abrite aujourd'hui de son feuillage, n'as-tu pas remercié YHVH pour le bonheur qu'Il te procurait?

Au contraire d'Ève, Adam débordait de colère :

— Ah! Cela suffit! Cela suffit! Je ne veux plus t'entendre, femme!

La rage brûlait ses yeux. Ou était-ce des larmes?

Il tourna sa fureur contre Seth :

— Je te l'avais dit, fils : ne me fais pas sortir de mon jardin ou je ne verrai et n'entendrai que des horreurs. Eh bien voilà. C'est fait.

Il s'écarta d'Ève, agrippa le bras de Seth pour l'entraîner derrière lui :

— Viens, fils. Allons nous purifier de toute cette fiente. Allons prier et saluer YHVH.

Ils firent quelques pas. Puis Adam se retourna d'un bloc, le doigt pointé sur la poitrine d'Ève :

— Femme, tu mens à ceux d'Hénoch comme tu m'as menti ! Mais ils aiment ça, aucun doute. Le mensonge, ils l'ont dans le sang depuis que Caïn est sorti de tes cuisses.

Cette fois, il n'attendit aucune réponse. Il s'enfuit à grandes enjambées vers la porte de son jardin, comme s'il fuyait le courroux de YHVH. Seth le suivit, sans un mot ni un regard pour sa mère.

Ève se tourna vers moi. La tristesse lui mangeait le regard comme les puits mangent le soleil. Aujourd'hui, il ne s'écoule pas un jour sans que je regrette de n'avoir pas su soulager sa détresse en la serrant contre moi comme la sœur que j'aurais dû être.

Je n'ai pas osé. Quelle sottise !

En retrait, ceux d'Hénoch se tenaient cois, emplis de gêne, accablés par cette dispute des Ancêtres. Honteux, aussi, comme je l'étais, et cependant sans en connaître la raison.

Ève le devina, comme elle devinait tout. Elle déclara :

— Pour une fois, Adam dit juste. Les mots et les cris, cela suffit pour aujourd'hui.

Sans perdre un instant elle se dirigea vers la porte du mur donnant sur le fleuve Gihon, leva un bras après quelques pas pour lancer, sans se retourner :

— Gens d'Hénoch, si l'envie de m'écouter ou de m'interroger vous tient encore, demain, je serai sous ce tamaris. Tôt le matin.

10

On se retrouva entre nous, gens d'Hénoch, dans la cour vide. Seuls des oiseaux et du petit bétail y allaient et venaient, picorant et paissant. La dispute entre Ève et Adam nous laissait silencieux. Leur éloignement rageur et violent nous déconcertait.

Mais aussi, il y avait autre chose.

On s'observa les uns les autres. Et je sus que, maintenant, il y avait eux, et il y avait moi.

Je voulus aller vers eux, leur demander où ils avaient dressé leurs tentes, s'ils avaient besoin de nourriture ou de linge que certainement Ève leur donnerait. À mon mouvement, ils s'écartèrent. À présent, ils connaissaient la prédiction de la Grande-Mère Awan. Et depuis qu'ils m'avaient vue au côté d'Ève, ils comprenaient que notre étrange ressemblance était la confirmation de ce qui adviendrait. Du drame et de l'injustice qui les anéantiraient, et dont j'étais l'incarnation.

D'un coup, toute notre vie commune à Hénoch s'effaça. Les dangers que nous avions affrontés ensemble ne comptèrent plus, la complicité que nous avions tissée durant notre marche s'effilocha, l'affection qui nous avait unis s'estompa comme une empreinte sur le sable.

Ma mère Tsilah me sourit à peine avant de détourner la tête. C'était l'un de ces sourires que l'on a dans l'adieu, où le noir des pupilles dit ce que les lèvres ne peuvent prononcer. Et ce qu'elle me disait, je l'entendais comme un cri : «Je ne peux plus être avec toi, ô Nahamma, ma fille bien-aimée ! Tu es la survivante et moi, femme de Lemec'h, je suis celle qu'Élohim effacera pour purifier Sa création…»

Lekh-Lekha posa une main sur le bras de ma mère Tsilah et l'entraîna loin de moi. Hanina esquissa un geste dans ma direction. Elle ne l'acheva pas et s'empressa de me tourner le dos, comme Yohanan, Hannuku, Erel et An-Kahana.

Sans doute aurais-je dû leur prendre les mains et dire ma compassion. Mais le poids du remords me saisit. Leur dédain disait une vérité si outrageante !

Tant de choses m'étaient advenues depuis la veille, ma rencontre avec Ève m'avait apporté tant de joie que j'en avais oublié le châtiment qui pesait sur les miens.

Et n'avais-je pas, depuis le matin, pensé moult fois au visage et à la voix de Noah, rêvassant comme une sotte au bonheur futur, comme si mon avenir, lui, était assuré ?

La honte me mordit les reins. Je m'enfuis et allai me cacher dans cette petite hutte où Ève avait enfanté Seth. Je m'y jetai dans l'ombre.

J'aurais voulu m'ensevelir dans la poussière de ce monde terrible où Élohim nous abandonnait.

11

Aujourd'hui, je n'ai pas le souvenir du temps qui passa sur mes larmes et mes regrets. Sans doute ai-je longtemps appelé, supplié et même accablé YHVH-Élohim de reproches. Pourquoi faisait-Il ce qu'Il faisait ?

Sa réponse, comme toujours les réponses d'Élohim, vint d'une manière imprévisible.

— Nahamma ?

À ce seul mot je reconnus la voix de Noah derrière la tenture. Mon souffle se suspendit et ma peau frissonna. Je fermai les paupières pour résister à son appel qui coulait déjà dans mon sang comme une incompréhensible espérance.

— Nahamma, c'est moi, Noah. Viens, viens vers le soleil. Ne reste pas dans l'obscurité.

Je fus debout d'un bond, le cœur battant. Je m'essuyai maladroitement, inutilement, les yeux avant de tirer la tenture. D'un seul coup d'œil Noah comprit ma détresse. Il eut ce sourire qui me plaisait tant, avec cette fois, peut-être, plus d'affection :

— Ta journée a été lourde. La vie près de notre Mère Ève n'est pas paisible. Ton arrivée et celle de ceux d'Hénoch ont rouvert des vieilles plaies entre elle et Adam. Mais ne t'inquiète pas. Cela dure depuis que YHVH les a chassés du jardin de l'Éden. Mon père Seth n'est pas plus raisonnable qu'eux. Il y a longtemps qu'il a choisi de se ranger du côté d'Adam et contre Ève, sa propre mère.

Noah s'assombrit, eut une moue de désapprobation avant que son regard retrouve sa légèreté :

— Au moins, comprends-tu maintenant la surprise et la mauvaise humeur de mon père en te découvrant si semblable à Ève ? Mais tu n'es pour rien dans ces cris et cette colère. Ce sont les enfantillages d'une famille trop vieille et rancie de reproches. Il n'y a pas de quoi t'en mouiller les yeux.

L'envie me vint de lui demander : « Et toi, ô Noah, est-ce de me voir si pareille à Ève qui te fait te soucier de moi ou est-ce véritablement Nahamma, enfant d'Hénoch et fille de Lemec'h, qui mérite ton attention ? »

J'en fus incapable. Je dis :

— Ce n'est pas d'entendre Adam et Ève se disputer qui me fait pleurer, mais de voir ceux d'Hénoch me repousser. Pour eux, j'incarne maintenant l'injustice de YHVH-Élohim.

Le sourire de Noah s'effaça. La sévérité qui figea sa face, je ne la connaissais pas. Pourtant, nul besoin de mots pour exprimer le reproche que j'y lus. Ceux d'Hénoch, me disait-il en silence, méritent leur châtiment. Qui peut prétendre qu'ils sont victimes d'une injustice ?

Je ne baissai pas les paupières.

— Noah, dis-je, tu te trompes sur mes paroles. L'injustice n'est pas que YHVH soit las des générations de Caïn. L'injustice est qu'Il m'épargne, moi seule. Il n'y a rien en moi qui soit différent de mes compagnons. Ne suis-je pas faite du sang et des fautes de mon père Lemec'h, le pire des hommes d'Hénoch ? Que fais-je ici ? Pourquoi YHVH-Élohim veut-Il me sauver ?

Surpris, Noah me fixa sans répondre. Et si longuement, le visage si fermé, que je crus l'avoir offensé. Déjà ma gorge s'en séchait de regrets.

Et puis, aussi brutalement qu'il s'était effacé, son sourire malin revint danser sur ses lèvres.

— Nahamma, dit-il, peut-être te connais-tu moins bien que tu ne le crois ? Peut-être YHVH ne t'a-t-Il pas voulue seulement faite du sang de ton père ?

J'allais protester, lui répondre que YHVH ne se souciait plus depuis longtemps du sang de ceux d'Hénoch, mais il se détourna et désigna quelque chose derrière moi.

— On m'a dit que tu tissais. Cet ouvrage est-il de tes mains ?

Il montrait, au pied de ma couche, l'étrange tissage que j'avais réalisé au cours de notre longue marche, en ce jour unique de repos dans la «parcelle de l'Éden», comme l'avait appelée Lekh-Lekha.

— Ce n'est rien d'utile, dis-je en rougissant. Du gaspillage de laine.

Mais Noah voulut le voir de près. Il m'interrogea : Où l'avais-je tissé ? À quelle occasion ? Pourquoi avais-je désiré faire cette chose inutile ?

La description que je lui fis de la «parcelle de l'Éden» l'enchanta. Il voulut tout savoir : la couleur et le parfum des fleurs, le goût des fruits, le brillant des feuilles et le comportement étrange des fauves. Comme je répondais aisément à ses questions, il vanta ma mémoire. Je ris en lui montrant les taches de couleur, leurs formes et leur emplacement sur le tapis :

— Ce n'est pas ma mémoire qui est bonne. Ce dessin-là, je l'ai tissé en pensant à la chair des fruits jaunes et fermes, celui-ci en me rappelant le regard de la hyène quand Lekh-Lekha est entré dans l'eau... Et ainsi de suite. Maintenant, et bien qu'il nous soit arrivé quantité de surprises durant le voyage, il me suffit de regarder ce tissage. Alors je me souviens de tous les détails de cette halte si étrange.

Une fois encore, Noah me surprit par son silence. Tour à tour il m'observait et étudiait mon tissage. Son visage était frémissant, attentif, mais ce qu'il pensait, impossible de le deviner.

Finalement, sa main caressa mon ouvrage avec une douceur qui fit frissonner ma peau.

— Tu te trompes, murmura-t-il avec un respect qui m'intimida. Ce tissage n'est pas inutile. Tout au contraire, il est merveilleux. YHVH t'a offert le moyen de préserver le temps passé !

Quelque chose vibrait dans sa voix que je n'avais encore entendu ni chez lui ni chez d'autres. Plus que de la joie, plus que du plaisir...

Il prit mon bras.

— Viens, moi aussi, j'ai quelque chose à te montrer. Une chose qui te concerne.

12

Nous quittâmes la cour sans un mot. Noah marchait vite. Il avait lâché mon bras. J'aurais aimé qu'il me prenne la main comme il l'avait fait dans le jardin d'Adam. Il ne semblait pas y songer, et moi je n'osai pas nouer mes doigts aux siens.

Il m'entraîna, par un chemin qui s'éloignait du fleuve, dans un champ couvert d'arbustes sur lesquels pendait une multitude de grappes

— Ce sont des fruits. Des raisins, m'expliqua-t-il. On en fait du vin.

Puis nous nous approchâmes d'une forêt clairsemée, aux arbres trapus et serrés comme des quenouilles. Ils ne portaient ni ramures ni branches lourdes de feuilles, mais des aiguilles d'une finesse extrême et très odorantes. Noah m'en apprit le nom : des cyprès.

Il ne me dit pas un mot de plus jusqu'à ce que nous atteignions une butte dénudée. La roche blanche y formait une avancée lisse et plate à l'aplomb d'une falaise. En contrebas se dressait la chose la plus étrange que mes yeux aient jamais vue.

Tout de bois et d'assemblages minutieux de planches, on eût dit un coffre immense, très long, plus fin à la base et aux extrémités bizarrement arrondies. Quantité de hauts piliers se dressaient sur ses côtés pour l'empêcher de basculer. Des cordes de chanvre y pendaient par dizaines.

Le plus extraordinaire était le dessus de ce coffre. On y distinguait des petites pièces, des enclos, des appentis, et si bien disposés qu'on aurait pu les croire à l'intérieur d'une cour cernée de briques.

Tout autour de cette incroyable construction, les arbres étaient abattus, réduits à des débris de troncs et des amas de branchages, aussi bien que si un monstre les avait ravagés.

Mon étonnement fut grand, l'expression de mon visage si disgracieuse que le rire de Noah réduisit au silence les oiseaux et les insectes. Enfin, et sans plus de retenue, Noah me prit la main.

— Tu n'as rien vu encore ! Le plus surprenant est à l'intérieur.

Il m'entraîna sur le sentier abrupt qui longeait la falaise jusqu'à l'étendue où reposait le coffre.

Vu de près, il était si imposant que je ne saurais le décrire. On accédait à l'intérieur par une porte de deux coudées ouverte sur l'un des côtés. Des cordes fixées à des pieux de la taille d'un homme permettaient de la maintenir ouverte ou fermée. De larges voies allaient au cœur du coffre, vers l'avant et vers l'arrière, chacune donnant sur quantité de niches. Là, les cloisons n'étaient pas encore achevées. Planches, poutres et cordes s'empilaient... Un enchevêtrement de piliers, de toits et d'escaliers, des murs de bois, des chambres, des cages... Cela semblait conçu par un esprit pris de folie.

Des échelles grimpaient sur le toit suivant, qui abritait lui aussi des niches, des chambres, des successions de casiers par dizaines.

Il fallait encore d'autres échelles pour atteindre le toit, où l'on retrouvait le jour.

Là, en plein air, sur le plancher de bois, l'on pouvait aller et venir sur plus de cent coudées. S'approcher du bord donnait le vertige tant on surplombait le sol.

— Nous sommes à trente coudées de haut, me dit Noah fièrement.

Tout était si étrange, si déconcertant! Je fis de multiples allers-retours pour m'emplir les yeux, m'assurer que je touchais du vrai bois, des vraies poutres, que je respirais bien leur odeur forte et irritante.

— Est-ce toi qui as construit tout cela? demandai-je enfin.

J'étais persuadée du contraire, et Noah, à mon soulagement, secoua la tête.

— Non, je ne suis pas seul. YHVH le construit avec moi.

— YHVH-Élohim?

Sa réponse m'ébranla. Était-il sérieux?

— Oui, YHVH est venu et Il m'a dit : «Toi et Moi, nous allons construire une arche qui voguera sur les flots.» Il m'a donné les dimensions, tant de hauteur, tant de longueur et de largeur. «Et tu feras trois toits l'un sur l'autre...» Tous les détails, je les ai reçus de Lui. Et aussi le savoir et la patience pour réaliser cette arche. Regarde la mare noire, là-bas.

Noah me désigna, à cinq ou six cents pas, une mare oblongue et plus noire que la nuit. Elle était si brillante que le bleu du ciel s'y reflétait.

— C'est du bitume, m'expliqua-t-il. On en enduit le bois. Cela empêche l'eau de pénétrer dans les veines et de les pourrir. C'est le plus dur du travail qu'il me reste à faire. Ensuite, cette arche pourra voguer.

Ses mots avaient-ils un sens?

Je me sentis saisie d'une infinie tristesse. Noah, mon Noah que j'étais prête à prendre contre moi comme une femme doit prendre un homme contre elle! Mon Noah était-il vraiment fou?

— Voguer? Mais que dis-tu, Noah? Ici, il n'y a pas de fleuve, tu le vois bien! Le fleuve est loin, au-delà de la forêt. Et pourquoi ce coffre immense devrait-il voguer? À quoi cela servirait-il?

Le visage de Noah changea. Une brise passa sur ses yeux, sa bouche et son front tel un rayon de soleil qui traverse un feuillage et en modifie la couleur. Son sourire devint doux, puis finalement empli de chagrin.

Il me saisit les mains et les pressa contre ses lèvres. Pour la toute première fois j'en connus la tendresse. Une tendresse mélangée à une dévotion qui aujourd'hui, tant de temps après, me fait encore battre le sang dans la poitrine.

— Oui, cela me servira. Et à YHVH bien plus encore, me dit-il doucement.

Alors il m'expliqua.

Je sus ce que serait le châtiment de YHVH envers tous les vivants qu'Il avait créés aux jours premiers de l'Éden.

Et j'appris qui, des hommes et des bêtes, Il épargnerait.

Noah me laissa longtemps dans le silence, emplie d'effroi, d'incrédulité et de terreur. Puis il reprit :

— Il m'a dit : «Fais entrer dans ton coffre une paire de tous les vivants, mâle et femelle, une paire de chaque pour survivre avec toi et avec ceux qui vont avec toi, ta femme, les fils et les filles qui te viendront d'elle.» Je Lui ai dit : «Oh YHVH, de femme, je n'en ai pas.» Il a répondu : «Tu en as une, elle vient, tu la reconnaîtras.» C'était il y a des lunes. J'ai presque osé penser que YHVH se trompait. De femme, je n'en voyais pas venir que je reconnaisse. Puis mon père Seth m'a dit : «Fils, laisse tes travaux pour quelques jours. Allons voir si le Sihon est toujours infesté d'idolâtres ou s'il est redevenu poissonneux.» Oh, notre surprise quand nous t'avons découverte, Nahamma ! Toi, si semblable à Ève, au fond de l'arche que ceux d'Hénoch ne savaient pas diriger. Et quand tu t'es réveillée dans la hutte de branchages, j'ai su. Celle qui doit me donner des fils et des filles était arrivée. Ce voyage voulu par YHVH, nous le ferons ensemble. Le veux-tu ?

13

Faire ce voyage avec Noah, bien sûr que je le voulais. Je le voulais comme on veut le bonheur. Pourtant, rien ne m'effrayait davantage que ces mots terribles prononcés par Noah avec tant de douceur.

Oh, ce moment sur le toit de l'arche de Noah! Le souvenir est le seul Éden dont nous ne puissions pas être expulsés. Ma mémoire n'a besoin d'aucun tissage, d'aucune tache de couleur pour être ravivée. Il n'est pas de jours sans que ce moment me revienne, aussi net et présent que le piaillement des volailles picorant à l'instant même devant mon appentis.

Le vertige qui me prit n'était que l'effet des paroles prononcées par Noah, non celui de la terre si loin de nous. Je pressai ses doigts contre ma bouche. Les larmes me vinrent, heureuses par-delà la peine, m'aveuglant. Balbutiante, je remerciai YHVH. Un instant, ma joie fut si complète qu'elle estompa en moi toute la douleur.

La main de Noah se posa sur ma nuque, ses lèvres baisèrent mes yeux emplis de larmes. Jamais je n'avais autant désiré que le temps cesse, qu'il s'efface comme dans le jardin de l'Éden.

Enfin, le calme de Noah m'apaisa.

Il regarda le ciel, le jour allait bientôt finir.

— Rentrons, dit-il. Ève n'aimerait pas que je te fasse marcher la nuit.

Ève. À entendre le nom de notre Mère à tous, je tressaillis. Approuverait-elle mon alliance avec Noah ? L'aimait-elle ? Le rejet et la violence de Seth l'avaient-ils éloignée de son petit-fils ?

Nous allions emprunter la première échelle pour descendre. Je posai la main sur une planche pour me retenir lorsque, en baissant les yeux vers le sol, une illusion m'envahit. À la place de la forêt de cyprès, des chemins et des débris de bois qui recouvraient la terre nue alentour, je vis de l'eau.

De l'eau à perte de vue. Lourde et puissante, aux vagues serrées sous le vent, comme je les avais découvertes sur le fleuve Sihon. Mais celles-ci étaient plus immenses encore et leur nombre infini. Sous les flots, la terre et ses rives avaient disparu.

L'eau, vague après vague, monstrueuse de démesure, submergeait tout, noyant tout sans pitié.

— Noah !

J'agrippai sa manche, je m'accrochai à lui comme si je tombais dans le vide de cette illusion.

— Noah, j'ai vu l'eau ! balbutiai-je. J'ai vu l'eau partout autour de nous !

Il vit mon effroi et sut ce que j'avais compris.

— Ce n'est pas seulement ceux d'Hénoch, n'est-ce pas ? balbutiai-je. Ce n'est pas seulement les générations de Caïn et du pays de Nôd que le déluge de YHVH-Élohim engloutira ? C'est ce pays, aussi. C'est Ève, aussi, ton père Seth. Toute sa maisonnée...

Noah acquiesça d'un signe. Il murmura :

— « Tous les vivants, toutes les chairs issues des Premiers », a dit Élohim.

— Y compris Ève et Adam ? répétai-je.

Il approuva encore. Je me laissai glisser sur les planches en gémissant :

— Ô Noah ! Pourquoi ? Pourquoi être si dur ? Tous ces gens, et les Ancêtres, qu'ont-ils fait ? Ont-ils tué et menti comme mon père Lemec'h ?

Il ne répondit pas. Qui le pouvait, sinon YHVH-Élohim ?

Doucement, Noah me releva. Il m'aida à descendre les échelles et à sortir de l'arche.

Durant tout le chemin du retour, le silence pesa entre nous. Nous ne pouvions ni l'un ni l'autre prononcer un mot. Nous prendre la main, nous ne le pouvions pas non plus.

La pénombre du crépuscule était déjà là quand nous entrâmes dans la cour. Les femmes éteignaient les feux dans l'appentis de la cuisine. Leur vue me trancha la poitrine. La nausée m'envahit. Je voulus encore m'agripper au bras de Noah. Ma main n'attrapa que le vide. Je m'écroulai à quatre pattes, vomissant à m'en retourner les entrailles.

Une pensée me vrilla les reins : jusqu'au jour du châtiment de YHVH, je ne verrai plus que des vivants allant vers la noyade. Tous ces visages, vieux et jeunes, ces nouveau-nés, les malades et les vigoureux, les beaux et les répugnants, les hommes, les femmes... tous, tous, je les verrai désormais accomplir leurs derniers pas sur cette Terre.

Avant de sombrer dans les ténèbres, je crois bien avoir hurlé contre Noah, contre YHVH.

Contre moi, aussi, qui allais devoir assister, impuissante, à la fin du monde.

14

Quand je me réveillai, je reconnus la silhouette accroupie sur un tabouret près de ma couche, éclairée par une mèche.

— Ève!

— YHVH soit loué Qui te rend enfin à nous!

Elle leva le lumignon et l'approcha de mon visage. Les plis de son front s'effacèrent. Elle sourit, me caressa les tempes.

— Sotte que tu es! Comme tu as effrayé mon Noah. Lui si calme, si apaisant! Jamais je ne l'ai vu montrer une émotion pareille. Si moi j'étais tombée raide devant lui comme tu l'as fait, il se serait agenouillé à mon côté pour attendre mon dernier souffle, en priant YHVH de me faire bon accueil. Mais là, tu aurais dû le voir! Il bondissait et hurlait comme n'importe quel homme : «Oh, maintenant je sais pourquoi YHVH l'a choisie! Oh oui, je le sais! Ô YHVH, Seigneur de tous les mondes, pourquoi me la reprendre? Tu ne le peux pas, Tu ne le peux pas!»

Ève riait. Le rire mouillait ses yeux et les faisait briller. Mais derrière la joie je devinai la lassitude et la tristesse. Le doute aussi, peut-être.

— Il a eu raison de gronder, mon Noah, dit-elle. YHVH nous a souvent montré l'infinité de Ses caprices et de Ses revirements. Si bien qu'on en a perdu le goût de toujours plier la nuque devant Lui !

Les paroles d'Ève me rappelèrent tout : l'arche de la forêt, ce coffre immense qui devait accueillir les survivants, « chaque paire de chairs vivantes, mâles et femelles », comme avait dit YHVH à Noah. Et aussi l'alliance entre eux et nous. Notre promesse de vie, de survie. Un sanglot me secoua.

— Ève...

— Chuutt...

Elle posa les doigts sur ma bouche. Ses cheveux dansèrent dans l'ombre. La pression de ses doigts devint une caresse qui se prolongea sur ma joue. Elle essuya mes larmes. Elle chuchota :

— Non, ne me dis rien. Je sais. Je sais tout. Au jour où il a commencé le travail pour fabriquer son grand coffre flottant, Noah nous a réunis, Seth, Adam et moi. Il nous a annoncé ce que YHVH exigeait de lui. Rien qui nous surprenne. La violence de YHVH, qui la connaît mieux que nous ? Et donc rien qui nous fâche. Au contraire. Nous sommes ici depuis trop longtemps, il est temps d'en finir. Et maintenant que tu es là, tout en moi redevient léger. Oh, quel bonheur, quel soulagement que Noah et toi vous vous soyez reconnus !

Ève m'attira contre elle. La chaleur de ses bras autour de moi me rappela ces moments anciens où ma mère Tsilah aimait m'enlacer ainsi, tout contre elle. Avec un peu de honte, alors que les bras de ma mère Tsilah m'avaient toujours étouffée, je reçus ceux d'Ève comme un baume infini de tendresse et de douceur.

Contre mon oreille, elle murmura encore :

— Surtout, n'éprouve pas de tristesse pour nous, Nahamma. YHVH se joue d'Adam et de moi... Voilà longtemps que je l'ai appris. Bien trop longtemps. Demain, je te raconterai ce que tu dois savoir pour l'emporter avec toi là où YHVH et Noah te conduiront. Ceux d'Hénoch ne reviendront certainement pas sous le tamaris. Ils ont été trop horrifiés par ma dispute avec Adam. Qu'importe ! C'est dans ton cœur que ces choses doivent se déposer.

Et brutalement, ne me laissant pas le temps de la questionner, elle ajouta :

— Cela suffit ! Assez de mots. Maintenant, tu dois dormir.

Elle attrapa une gourde sur le sol et me la tendit :

— Bois. Ne fais pas attention au goût, il est très mauvais. C'est une tisane qui apaise et endort.

Je bus. C'était âcre et amer. Ève souffla le lumignon et s'allongea près de moi :

— Cette nuit, je ne te quitterai pas. Cette chambre me rappelle tant de choses ! Si tu savais les douleurs que j'ai endurées à la naissance de Seth. J'étais si vieille. Et j'avais peur. YHVH voulait absolument que je donne un nouveau fils à Adam pour qu'il se sente moins seul. Caïn et Abel n'étaient plus que des noms dans nos mémoires. Et moi, j'avais si peur que cela recommence... Oh, comme il m'a fait souffrir, celui-là !

Elle se tut, perdue dans ses pensées. Elle reprit avec un petit rire :

— Ah ! regarde la vieille grand-mère que je fais. Je dis silence, silence ! mais je ne peux pas m'empêcher de parler ! C'est que ma tête est si lourde de regrets. Oh, comme j'aimerais t'avoir enfantée, Nahamma! Mais non! Je dis des sottises.

Elle saisit ma main pour la poser sur son ventre, qui me parut brûlant à travers la tunique.

— Maintenant, dormons pour de bon. Pas de folies ni de bavardages sans fin, gloussa-t-elle. Soyons sages!

. Sa chaleur me redonnait la vie qui m'avait quittée. Elle rapprocha son front du mien, comme si elle voulait me transmettre ses pensées.

Le sommeil ne me vint pas tout de suite, plutôt une sorte d'engourdissement où toutes mes émotions s'amassaient, confuses et incandescentes.

Une part de moi n'était que bonheur. L'autre part n'était que peur, horreur et douleur.

Les questions qui me tourmentaient depuis ce jour d'effroi où mon père Lemec'h avait tué notre Grand-Aïeul Caïn possédaient désormais leurs réponses.

Je comprenais enfin ces mots de YHVH-Élohim que la vieille Awan m'avait apportés jusque dans la cour de mon père : « Élohim te sépare des générations de Caïn. Quitte Hénoch et marche vers l'ouest. Élohim y a tracé un chemin pour toi. »

Oh, bonne et douce Awan! Quelle insulte atroce Hénoch lui avait infligée, quelle haine elle avait endurée des générations venues d'elle! Oui, certainement, cela et la quantité d'horreurs qui souillaient le pays de Nôd méritaient un châtiment.

Mais ce pays-ci? Les femmes de Seth que j'avais vues s'agiter dans la cuisine étaient-elles toutes mauvaises?

N'y avait-il donc aucune femme, aucun homme, sur toute la terre tenue sous la paume de YHVH-Élohim, qui soit aussi juste et dénué de reproches que Noah et moi, la fille de Lemec'h ?

Soudain me revint le souvenir de Youval et de sa musique. De l'enchantement qu'il procurait à tous et à toutes quand il jouait de son flûtiau. Jamais le mal ne l'avait souillé, jamais Yaval n'était parvenu à le corrompre. Ne méritait-il pas plus que moi de monter dans l'arche de Noah ?

Où était la justice de YHVH-Élohim ?

Ève m'enlaça et caressa mon front.

— Dors, Nahamma ! Dors ! Laisse tes pensées s'envoler dans la nuit et dors, me chuchota-t-elle à l'oreille comme si elle avait entendu mon tourment. Repose-toi. Le jour de demain viendra bientôt. Il t'apprendra ce que tu dois apprendre.

N'est-ce pas la plus étrange chose que je m'endormis aussitôt ?

15

— Nahamma ! Nahamma, lève-toi ! Viens dehors !

Ève tenait ouverte la tenture de la hutte. L'obscurité de la nuit pesait encore sur la cour.

Je quittai la couche en craignant le retour de la nausée. Au contraire, je me sentis fraîche et dispose malgré le peu de sommeil.

Aussitôt franchi le seuil je me rendis compte de mon erreur. Le jour était levé, mais le ciel était d'un gris de cendre, épais et même noir au sud. Au nord il se déchirait et livrait un peu de la blancheur de l'aube. Partout au-dessus de nos têtes, les nuages roulaient, se chevauchant si bas qu'ils semblaient vouloir agripper la terre. Le vent soufflait en bourrasques lourdes, humides. Il poussait dans la bouche un goût que je reconnus avec surprise. Plus d'une fois, je l'avais respiré près de la forge de mon frère Tubal. Lorsqu'il trempait ses pointes de bronze dans l'eau, cela produisait une vapeur à l'odeur si épaisse qu'elle semblait crisser sous les dents.

Je croisai le regard d'Ève. Elle me dit :

— Il se pourrait que la pluie tombe aujourd'hui.

Mon cœur se mit à battre plus vite et plus fort. Je protestai :

— Impossible ! Noah m'a dit que le travail sur l'arche n'était pas encore terminé...

Je lui parlai du bitume, de la quantité de planches qui devaient en être enduites, à l'intérieur comme à l'extérieur.

— Cela prendra plus d'une lune. L'eau ne pourra pas porter l'arche si Noah n'achève pas son travail.

Ève sourit, moqueuse.

— Connais-tu si mal YHVH que tu puisses croire qu'une telle chose lui soit impossible ?

Repoussant ses mots d'un geste, je demandai :

— Où est Noah ? Est-il parti vers son arche ?

En vérité, en sortant de la chambre, j'avais été piquée de ne pas le voir à côté d'Ève.

Elle me désigna le mur du jardin d'Adam. De la fumée s'élevait dans la lumière sombre, tournoyait et chutait avant de se redresser ou d'être dispersée par un coup de vent. La fumée très reconnaissable d'un autel, comme tant de fois j'en avais vu dans la cour de mon père Lemec'h à Hénoch.

— Noah prie avec son père et son grand-père, dit Ève.

Elle ajouta avec une pointe d'ironie :

— Ce jour tout gris et menaçant est certainement propice aux offrandes.

J'allais demander si nous ne devions pas en faire autant quand une servante accourut. Elle hésita, manqua de s'adresser à moi avant de faire face à Ève :

— Ils sont tous là ! Sous le tamaris.

— Qui donc ?

— Les bannis d'Hénoch.

Ève s'était trompée. Mes compagnons étaient là, comme elle le leur avait proposé, malgré le ciel de cendre et de menaces. Elle me regarda en souriant :

— On se lasse de tout, sauf d'apprendre.

Elle me prit la main pour les rejoindre et sans doute jouir de l'effet que nous produisions, fausses sœurs si semblables. Ils se levèrent à notre arrivée. Une bourrasque fit flotter leurs tuniques et les voiles dont Hanina et ma mère Tsilah s'étaient enveloppées. Comme lors de notre dernière rencontre, elles baissèrent le regard quand je les saluai. C'est alors que je découvris qu'il manquait un visage.

— Erel ! Où est Erel ? m'écriai-je.

Ma mère Tsilah me répondit :

— Près d'Élohim s'Il le veut. Elle ne supportait plus d'attendre avec cet enfant dans son ventre. « À quoi bon donner une vie qui ne sera jamais vivante ? », demandait-elle sans arrêt. Je n'ai pas su lui répondre. Aucun de nous n'a su lui répondre.

Ma mère Tsilah releva enfin les yeux. Ils étaient rougis par les larmes. Son visage et son regard n'en paraissaient que plus durs. Elle fixa Ève :

— Alentour, il ne manque pas de femmes qui s'ouvrent la gorge, se déchirent le ventre ou décident de se noyer dans le fleuve pour pas voir la tête qui sortira de leurs cuisses.

— Il ne manque pas non plus d'hommes qui se battent parce qu'ils n'ont plus de femme à mettre dans leur couche, ajouta Hanina sur le même ton.

— Je croyais que Nôd était le seul pays mauvais, dit Yohanan avec une grimace de mépris. Mais ici, dans ce

319

pays où tout est vert, où il suffit de tendre la main pour manger et où la terre s'ouvre sans barguigner pour accueillir les semences, seule cette cour présente un peu de calme. Partout ailleurs, les humains crient et lèvent le poing tout aussi bien qu'on le faisait à Hénoch.

Ève le dévisagea et demanda :

— Est-ce pour ces reproches que vous êtes revenus ici ?

Ils détournèrent la tête, embarrassés.

An-Kahana s'avança :

— Non, Grande-Mère. Nous sommes venus pour...

— Ne m'appelle pas ainsi ! le coupa aussitôt Ève sèchement. Je te l'ai déjà dit. Mon nom, tu le connais.

An-Kahana battit des paupières. Sans doute avait-il, durant la nuit, préparé ses mots. Il se précipita pour les dire :

— Nous savons tout, ô Ève. Nous savons, pour le grand coffre que construit Noah, fils de Seth. Des gens d'ici nous ont conduits dans la forêt pour nous le montrer. Nous savons ce que sera le châtiment d'Élohim. Nous savons qu'Il n'épargnera personne, que la fin du monde est proche...

Il s'interrompit, le temps de me jeter un éclat noir de son regard.

— Personne... sauf Nahamma et Noah, reprit-il. C'est ce que racontent les gens d'ici. Et nous...

Cette fois, les mots lui restèrent dans la gorge. Il se passa la main sur la bouche. Son visage, si assuré jusqu'ici, devint aussi gris et bouleversé que le ciel. Lekh-Lekha et Yohanan l'encouragèrent d'un coup d'œil confiant. An-Kahana, obsédé par la pensée qu'il ne parvenait pas à exprimer, n'y prêta pas attention.

Ève lâcha ma main et, à la surprise de tous, elle le rejoignit et lui caressa tendrement la joue.

— Oui, je comprends, dit-elle avec douceur. Maintenant que le ciel est plein de la pluie du châtiment, vous voulez enfin savoir. N'est-ce pas? Vous voulez connaître le juste et l'injuste, connaître la faute d'Ève, celle qui coule dans votre sang, comme certains le disent, celle qui certainement coulait dans celui de Caïn, le père de vos malheurs et de vos générations. Oui, tu as raison, garçon. Tu as raison, vous devez savoir.

Ces mots si incroyablement tendres libérèrent la gorge d'An-Kahana, laissant enfin s'échapper la terreur et le refus. Un feulement d'animal blessé fit trembler ses lèvres. Ses genoux plièrent. Ève l'attira contre elle pour le soutenir et lui baisa le front avant de le repousser gentiment.

— C'est bien, d'être revenus, répéta-t-elle en s'adressant aux autres. Cela m'aurait peinée que vous n'en ayez pas le courage.

Elle repoussa An-Kahana dans les bras de Lekh-Lekha et leva les yeux vers le ciel :

— Peut-être pleuvra-t-il aujourd'hui, peut-être pas? Seul YHVH connaît l'humeur de YHVH. Pour l'instant, asseyons-nous sous ce tamaris. S'il le faut, nous irons au sec. Ce que j'ai à vous dire n'est pas si long et il n'y aura pas de dispute aujourd'hui. Adam ne viendra pas. Les cieux gris l'effrayent. Il les craint plus encore qu'un enfant, fit-elle en riant si légèrement que je vis l'esquisse d'un sourire tirer la bouche renfrognée d'Hannuku.

16

Ève me reprit la main et me fit asseoir à côté d'elle au pied du tamaris. Elle s'adossa au tronc et se mit aussitôt à parler, répétant les mots déjà prononcés la veille avec une hâte nouvelle, comme si elle aussi était impatiente de les entendre enfin et que le besoin de les dire la tenaillait depuis trop longtemps.

— Oui, c'est vrai, tout était beauté, merveille et perfection dans notre jardin de l'Éden. L'eau y était la plus pure, les fleurs incomparables, les fauves tendres, les fruits sucrés et la lumière transparente. Et mon Adam y était si absolument le maître de toute chose que YHVH n'y avait plus aucune tâche. Et moi... moi...

Elle ferma les paupières, soupira. Puis elle secoua doucement la tête, agitant ses longues boucles qui paraissaient presque noires dans la lumière si basse de ce jour.

— Voilà ce qu'il se passa.

«YHVH m'avait créée. Il m'a dit : "Fais face à Adam. Soyez mâle et femelle. Quand vous marchez dans le jardin, montre-lui ce que tu vois, qu'il n'ait pas que ses yeux pour voir ce qui l'entoure. Dis-lui tes pensées, qu'il ne croie pas être le seul à penser dans ce jardin."

«Ainsi ai-je fait. Nous allions et je disais : "Ô Adam, vois ceci, regarde cela." Je lui disais : "Adam, quand tu regardes voler ce papillon ou paître ce bouc, tu penses telle ou telle chose. Mais on aurait pu aussi en penser ceci..."

«Il me répondait : "Je vois, je vois ! J'ai des yeux pour voir. Que veux-tu que je voie dans ce jardin que je n'aie pas déjà vu ? Tout est là et rien ne manque. Tout est parfait, je le sais et tu le sais. Et ce que tu penses que je ne pense pas, à quoi cela pourrait-il m'être utile ? Puisque mes pensées sont comme tout ce qui vit et pousse en ce jardin : parfaites. N'oublie pas que je n'ai rien à connaître de plus, car les fruits de l'arbre du bon et du mauvais nous sont interdits !"

«Il ne m'a pas fallu longtemps pour comprendre que ce qui l'intéressait le plus en moi, c'était que l'on soit mâle et femelle, comme l'avait réclamé YHVH. Fort bien, cela m'allait aussi. Bien que le goût de toute chose en ce jardin se valait : le fruit, l'eau ou le plaisir d'être femme. Mais c'était ainsi. Nous savions encore nous en satisfaire.

Le rire d'Ève sonna, fort et clair.

Maintenant, même ma mère Tsilah l'écoutait. Sur son visage, tous les plis de la fatigue, de la colère et de la crainte semblaient avoir été lavés. Sur tous les visages, le vent de glace et la mauvaise humeur avaient cessé de souffler. Tous, ils l'écoutaient comme si les flammes apaisantes et réconfortantes d'un grand feu brûlaient près d'eux. Leurs yeux suivaient les mains dansantes d'Ève, guettaient sa bouche, sa nuque qui s'inclinait, se ployait de temps à autre comme si, devinant leurs pensées et les émotions qui couraient sous leur peau, elle cherchait à les modeler.

Par moments, elle s'interrompait, scrutant sa mémoire avant que sa langue ne mouille ses lèvres et que les mots n'y fusent à nouveau.

— Un jour, alors que nous nous promenions près de la source du fleuve Sihon où commençait le monde des idolâtres et des bêtes sauvages, Adam m'a caressé la nuque d'une manière que j'avais appris à connaître.

«Je lui ai demandé : "Ici ?"»

«Il m'a répondu en riant : "Ici, oui. Pourquoi pas ? Dans notre jardin, ici est comme partout, et partout ici me convient."»

« "Même dans ce jardin, ici n'est pas tout à fait comme ailleurs, lui ai-je dit en lui montrant un chemin net et bien reconnaissable. Ce chemin, c'est celui qui mène à l'arbre de la connaissance du bon et du mauvais. Moi, je n'aime pas m'en trouver si près."»

«Adam a ri en secouant la tête. "Ah, femme, que tu es curieuse ! YHVH a planté l'arbre de vie au centre de notre jardin. Tous les chemins y conduisent ou aucun. Il suffit de ne pas y penser, et l'arbre n'existe plus."»

«Je n'ai rien ajouté. Je me suis allongée dans les fleurs parfaites. Nous avons joui parfaitement. Ensuite, Adam s'est tourné sur le côté et s'est endormi.»

Là, Ève fit un clin d'œil vers Tsilah et Hanina en ajoutant tout bas :

— Les hommes ne s'endorment-ils pas souvent à ce moment-là ?

L'allusion espiègle d'Ève entraîna ma mère et Hanina, puis Hannuku, dans une allégresse intense. Lekh-Lekha et Yohanan grimacèrent, les joues d'An-Kahana rougirent. Chacun, en cet instant, semblait avoir oublié la désolation qui les guettait.

— Donc Adam dormait et moi, comme souvent dans ces cas-là, je songeais à une chose et à une autre. Une pensée m'est venue. Je me suis dit : Ève, regarde donc ce qui vit et grouille en ce jardin de l'Éden. Les bêtes et les animaux vont par femelles et mâles. Ils se font face et engendrent des générations semblables à eux. Si YHVH vous a voulus, Adam et toi, face à face, n'est-ce pas pour que tu engendres à ton tour des Adam et Ève ? Oh si, certainement.

« Aussitôt, de nouvelles questions se sont succédé : Comment cela sera-t-il possible ? Que deviendrai-je ? Que deviendra le vivant qui sortira de moi ? À quoi cela ressemblera-t-il ? Qu'apportera-t-il ? Que ferons-nous de lui, que fera-t-il de nous...

« Des questions, des questions, encore des questions !

« Je me suis tournée vers Adam pour les lui poser. Mais il dormait d'un sommeil si profond que je n'ai pas voulu le réveiller. À ce moment précis j'ai entendu un bruit, un bruit sourd derrière moi...

Ève suspendit ses mots. Sa poitrine gonfla toute sa tunique quand elle s'inclina vers ceux d'Hénoch. Fascinés, ils ne purent se retenir de se pencher eux aussi vers elle.

Puis, presque en chuchotant, elle reprit :

— J'ai entendu une voix qui m'appelait : «Femme! Femme du jardin!»

Ève sursauta et se jeta en arrière comme si cette voix l'appelait à l'instant même.

Hannuku poussa un cri de stupeur. Incrédules, mais tout de même un peu pâles, les autres semblaient prêts à s'éclipser.

— Oh, l'horreur! lança Ève d'une voix redevenue normale. Oh, l'horreur! Y avait-il un autre Vivant dans le jardin? YHVH nous l'avait-Il caché?

«Je me suis levée. Adam dormait toujours comme une souche.

«La voix dit encore : "Femme de l'Éden! Je suis ici. Approche!"

«Je l'ai vu. Il n'était pas loin. Adam et moi n'avions pas remarqué que nous étions juste à la limite du jardin. Lui se tenait de l'autre côté. Son corps était petit, sa poitrine et ses membres velus autant que ceux d'une bête. Dans son large visage, ses yeux brillaient de ruse. Je me tenais à dix ou quinze pas de lui, mais son odeur m'arrivait, répugnante, fétide.

«J'ai songé : jamais je n'approcherai un vivant si puant.

«Et lui aussitôt m'a dit : "Approche ou n'approche pas, cela n'a pas d'importance, la limite du jardin est entre nous. Mais si laid que tu me voies, je suis assez bien fait pour avoir entendu tes pensées."

«"Qui es-tu?" ai-je demandé.

«"L'un de ceux que ton maître appelle les bêtes du désert."

« "Bêtes du désert ? Mais tu parles comme nous, les vivants de YHVH !"

« Il a eu un petit ricanement aigu :

« "Bêtes du désert nous sommes, mais aussi des vivants, tout comme toi."

« "Vous êtes nombreux ?"

« "Oh, oui ! Des centaines et des centaines..."

« "Et vous êtes là depuis longtemps ?"

« Devant moi, la bête s'est mise à sautiller tant la question lui paraissait ridicule.

« "Oh oui ! a-t-elle ricané. Depuis bien plus longtemps que toi et ce jardin."

« "Comment se fait-il que je ne vous aie jamais vus auparavant ?"

« L'être étrange eut à nouveau son rire strident.

« "Question simple, réponse simple : Tu ne t'es jamais intéressée à ce qu'il se passait en dehors de ton jardin."

Ève se tut et s'inclina, comme si elle hésitait à poursuivre. Hannuku demanda :

— Et ensuite ?

Eve les observa un à un avant de déclarer, avec une gravité qui alourdissait sa voix :

— Ce que je vous raconte, Adam, mon Adam, ne l'a jamais entendu. Sur ce moment et cette rencontre dans notre jardin de l'Éden, jamais il ne m'a questionnée. Peut-être, tout au contraire de vous, ne veut-il pas savoir ?

D'un ton las, elle reprit :

— Ensuite, j'ai demandé à cette bête puante qui trépignait de l'autre côté de la limite de notre jardin de l'Éden : "Connais-tu YHVH ?"

«Aussitôt elle m'a rétorqué, ricanante et pleine d'arrogance :

«"Et toi? Toi, sais-tu seulement s'il existe, ton YHVH? On ne l'entend pas, on ne le voit jamais. Chez nous, les Puissants ne se cachent pas. Ils ont soif et faim, tout comme nous. Et ils ne passent pas leur temps à interdire. Ils se réjouissent de notre plaisir. Quand on leur apporte des offrandes, ils nous disent : 'Va, va, fais ce qu'il te plaît! À quoi bon se priver?'"

«Il a pointé son doigt démesuré en direction de l'arbre de la connaissance du bon et du mauvais :

«"Cet arbre-là, s'il se trouvait chez nous, j'aurais goûté de son fruit depuis longtemps déjà. Oh, oh! ne fais pas cette tête dégoûtée, femme! Ce que je dis, c'est pour ton bien, parce que tu es belle comme aucune de nos femelles de par ici, il faut en convenir. Bien dommage! Oui, ça me plairait beaucoup, de goûter de ton arbre, et ça me plairait encore plus de te goûter, toi. Et moi, je ne m'endormirai pas après, comme ton Adam. Tu peux en être certaine. Ton YHVH est dur! Vous enfermer dans ce jardin où tout est toujours pareil, quel ennui! Tant pis pour moi, tant pis pour toi. Mange ou ne mange pas, c'est toi qui décides."

«J'ai reculé de quelques pas :

«"Tu n'as donc de respect pour rien! YHVH a interdit qu'on touche à l'arbre."

«"Oh, je sais, je sais! Mais réfléchis, femme. Pourquoi te l'interdit-il, ton YHVH? Il te l'a expliqué?"

«"Non. Il n'en a nul besoin."

«"Ah non? Et tu n'as pas envie de savoir?"

«Je ne trouvai rien à répondre. La bête sautilla, amusée plus que jamais.

« "Dis-moi, à quoi bon planter cet arbre dans votre jardin si tu ne peux pas en goûter les fruits ? Il se moque de toi, ton YHVH." »

« Encore, je me suis tue. La bête a tendu la main vers moi :

« "Si tu n'as pas le courage d'essayer, cueille au moins un fruit pour moi. Tu verras bien ce qu'il m'arrivera." »

« Je me suis éloignée d'elle un peu plus :

« "Ce qui est ici n'est certainement pas pour toi !" »

« La bête a ricané de plus belle :

« "Pas pour toi, pas pour moi, pas pour cet Adam qui dort ! Alors, que fait-il ici, cet arbre, s'il n'est pour personne ? Je te le dis, femme, ton YHVH se moque ! Il veut voir à quel point tu es sotte et obéissante. Pas étonnant, que tu vives dans ce jardin où rien ne change jamais. Je te souhaite bien de l'ennui !" »

« J'allais lui répondre quand soudain d'autres bêtes semblables l'ont entourée. Elles ont mené un horrible tintamarre accompagné de grimaces avant de fuir toutes ensemble loin de ma vue. Le silence du jardin est revenu et moi... »

Ève reprit son souffle, mouillant ses lèvres de la pointe de sa langue. Puis elle soupira. Autour d'elle, tous les visages de ceux venus d'Hénoch étaient sombres.

An-Kahana lança sèchement :

— Et toi, tu as désobéi à Élohim ? Tu as fait ce que la bête te disait de faire ?

Ève l'observa avant de hausser les épaules.

— Si tu veux soulager ta peine en me blâmant, jeune An-Kahana, blâme-moi. Cela fait toujours grand bien de trouver plus fautif que soi. Moi, je suis revenue près d'Adam. J'ai songé à nouveau à ces enfants qui allaient me venir et dont j'ignorais tout, même le mot «enfant» qui les désignerait. Finalement, je me suis dit : «Je n'ai rien à voir avec les bêtes du désert qui sont là, dehors. Je n'ai rien à voir avec les papillons, les brebis, ni tout ce vivant qui grouille et vit dans ce jardin. Cependant, je mettrai moi aussi bas comme une chèvre ou un grillon femelle et YHVH m'en tient dans l'ignorance. Pourquoi? Que veut-Il me cacher?» Et voilà.

— Voilà quoi? s'agaça Hannuku. Tu es allée à l'arbre alors que c'était défendu, voilà ce qui est!

— Oui. Mais avant, YHVH s'est joué de moi. Dans le jardin, tout était là, parfait. Le temps, je vous l'ai dit hier, Adam vous l'a dit, le temps ne passait pas sur nous. Surtout pas sur lui, Adam. Sur moi, finalement, YHVH l'a laissé passer un peu, oui, puisque j'ai pu penser à ce qui n'existait pas encore. Alors m'est venu le désir de la connaissance, qui est le fruit du temps.

«Alors, oui, tu as raison. Je me suis levée, je suis allée à l'arbre. J'ai pris deux fruits. J'en ai mangé un et j'ai rapporté l'autre pour Adam. Il dormait. J'ai attendu qu'il se réveille. Quand il a ouvert l'œil, je lui ai tendu le fruit. Il y a immédiatement planté les dents.

— Mais pourquoi lui avoir donné ce fruit? s'indigna Yohanan.

— YHVH ne m'avait-Il pas créée pour que je sois devant Adam, toujours? Allais-je posséder un savoir qu'il ignorerait? Des pensées dont il ne saurait rien? Oh, Adam était déjà tellement ignorant qu'il ne s'est pas soucié de savoir ce qu'était ce fruit qu'il croquait! S'il n'avait pas eu faim, il aurait gardé ses dents dans sa bouche aussi bien qu'il a gardé ses oreilles closes pendant que la bête me parlait! Mais voilà, après la jouissance Adam avait toujours faim, comme il avait toujours sommeil!

Cela fut dit avec tant de ressentiment qu'un instant nous crûmes qu'Ève allait se lever et s'éloigner. Mais elle soupira et ajouta d'un ton plus triste :

— Tout le reste, vous le savez. La colère de YHVH. Notre bannissement du jardin de l'Éden. YHVH s'est même vengé de la bête. Quand elle s'est approchée à nouveau du jardin, curieuse de voir l'effet qu'avait eu le fruit sur moi, Il lui a supprimé les bras et les jambes et l'a condamnée à ramper, pour toujours, dans les trous de la terre.

Ève sourit amèrement.

— Voilà ma faute. Accablez-moi si cela vous convient.

— Tu ne crois pas qu'on le devrait? demanda ma mère Tsilah en fronçant les sourcils.

Ève la considéra longuement, les yeux dans les yeux.

— Moi, dit-elle enfin, je ne regrette pas ce jardin de l'Éden. À quoi bon être vivant à l'égal d'une souris ou d'un scarabée? Et le savoir sans rien pouvoir y changer?

— N'aurais-tu pas pu demander une autre vie à Élohim? interrogea Hannuku.

Le rire d'Ève vacilla entre amertume et dérision.

— Dans l'Éden, toutes les vies se valaient. Toutes. Et tu connais mal YHVH, fille.

Le regard d'Ève s'aiguisa. L'ironie étira ses lèvres. Elle fixa les visages devant elle qui buvaient ses paroles.

— Pourquoi croyez-vous que YHVH avait placé cet arbre de la connaissance du bon et du mauvais au cœur de notre jardin? Pourquoi placer un arbre aussi imparfait dans ce jardin si parfait ? À quoi cela pouvait-il Lui être utile ?

Yohanan approuva de la tête.

— Pour cela tu as raison. Ça ne se comprend pas.

— N'est-ce pas ? fit Ève avec un rictus féroce. Ça ne se comprend pas. Pour le comprendre, il faut y songer longtemps, endurer beaucoup. Et admettre que YHVH n'est pas toujours bon. Qu'Il est jaloux. Que le bien-être d'Adam en son jardin de l'Éden ne Lui plaisait guère. Peut-être craignait-Il qu'Adam, si parfait, ne se prenne pour Lui ? Ou devons-nous croire que YHVH nous a créés pour jouer avec nous ?

— Ève, non ! Tu ne peux pas ! s'écria An-Kahana. Tu blasphèmes ! YHVH-Élohim t'a interdit le fruit et tu Lui as désobéi.

— Alors, pourquoi m'avoir laissée désobéir en ce jardin parfait ? Pourquoi avoir laissé Adam endormi et ignorant à mon côté, Lui qui pouvait tout ?

La réplique avait claqué. An-Kahana resta pantelant, la bouche ouverte, les larmes coulant sur ses joues.

— Assieds-toi, garçon, lui ordonna doucement Ève.

Elle laissa passer un moment avant de reprendre, sur un ton solennel qu'on ne lui connaissait pas :

— Ô gens du pays de Nôd, vous d'Hénoch qui avez tant souffert par la faute de Caïn et qui avez accompagné Nahamma jusqu'ici, Ève vous doit toute la vérité. La faute du fils est aussi celle de la mère. Et aussi celle de YHVH lui-même. Cela se pourrait.

17

— La parole de YHVH, qui ne la connaît pas ? poursuivit Ève. Il nous dit : « La mort est avec vous désormais. » Mais il me dit aussi : « Ève la Vivante, c'est ton nom, celui de la Mère de tous les vivants. »

« La violence de YHVH, qui l'ignore ? Il me dit : "Je multiplierai la douleur de tes enfantements, de la douleur viendront tes fils et tes filles, et le désir t'attachera à ton homme comme à un maître." Et ici, hors du jardin, j'ai connu la douleur de l'enfantement. Caïn est venu. Abel est venu. Awan est venue. Et la douleur a empiré, elle a fait naître la mort dans mon ventre. Seth est venu ensuite, mais bien plus tard.

« Ainsi, Awan n'a pas eu de sœur. Ainsi je suis là, vivante devant vous. YHVH ne m'a pas tuée, il m'a fait enfanter la mort. La punition outrepasse tout ce que l'humain peut concevoir.

« Voilà ce qui est arrivé. Caïn, Abel, Awan sont devenus hommes et femme. Abel était beau et doux. Awan est allée vers lui. Caïn en a été furieux. YHVH le savait. Pourtant Il ne l'a pas apaisé. Il a dit à Abel : "Dépose une offrande sur mon autel." Le bienheureux Abel a

offert ce qu'il avait de mieux et a couru baiser les cuisses
d'Awan dès que YHVH a montré Sa satisfaction.

«Ensuite YHVH a dit : "Caïn, à ton tour de porter
l'offrande sur mon autel." Caïn était broyé par la jalousie. Il éprouvait autant d'attirance pour Awan que son
frère. Mais il n'existait pas d'autre femme. Comment
assouvir son désir? La tendresse qu'il devinait entre Abel
et Awan lui gâtait le sang. N'osant refuser l'offrande à
YHVH, il a déposé sur l'autel ce qu'il avait trouvé de
moins bien. YHVH l'a sermonné. Caïn a répondu :
"Que m'importe ton sermon? Le mal, Tu me le fais
assez sentir!"

«Le bonheur d'Abel est devenu insupportable à
Caïn. Il voulait voir le sang de son frère dans la poussière. Il voulait baiser les cuisses d'Awan à sa place. C'est
ce qu'il a fait.

«Et Awan? Elle a pleuré Abel, mais YHVH n'avait-Il
pas dit : "Le désir t'attachera à ton homme comme à un
maître"? Caïn est devenu son maître. Elle l'a suivi dans
le pays de Nôd et, chaque fois qu'il l'approchait et que
son odeur l'appelait, son cœur palpitait.

«C'est ainsi qu'elle vous a enfantés.

«Et moi, Ève la Vivante, j'ai enfanté un meurtrier.
Qui me le pardonnera? Qui pardonnera à YHVH?

18

Un morne silence tomba sur la cour. Nous étions pétrifiés, bouches closes et yeux dans le noir. Jusqu'à ce que Noah, soudain tout contre moi, m'arrache un cri de surprise.

Ceux d'Hénoch esquissèrent un mouvement de recul. Absorbés par le récit d'Ève, nous ne l'avions pas vu, patientant et écoutant derrière le tronc du tamaris. Il s'agenouilla près de sa grand-mère et lui baisa les mains. Son beau sourire me ravit le cœur. Ces mots de YHVH-Élohim que venait de prononcer Ève, «Le désir t'attachera à ton homme comme à un maître», me brûlèrent si fort la poitrine que j'entendis à peine ceux que prononça Noah :

— Moi, je te pardonne, dit-il. Que YHVH me le pardonne aussi. Il le fera, je le sais. Crois-tu qu'Il aurait donné ton apparence à la fille de Lemec'h, qu'Il l'aurait choisie pour moi et qu'elle engendrera le monde nouveau s'Il ne t'aimait pas plus que tout ce qu'Il a créé ?

Tous m'observèrent. Ève me regarda. Des larmes roulaient sur ses lèvres.

Noah se releva. Son ton fut, selon son habitude, calme, affectueux. Mais ses mots furent si terribles qu'ils me vrillent encore les oreilles :

— Gens d'Hénoch, dit-il, ne vous trompez pas! Le châtiment de YHVH qui s'abattra sur le pays de Nôd, ici et partout sous Sa paume, n'est pas la faute d'Ève ni celle d'Adam. C'est la nôtre.

« Le bon et le mauvais, nous le connaissons. Vous le connaissez. YHVH nous l'a enseigné. Le choix nous est donné, au contraire des bêtes et des idolâtres qui l'ignorent. Alors, pourquoi tant de violence, tant d'injustice ?

« Vos plaintes montent de partout, mais où est votre innocence ? Les insultes et la haine, vous les avez pratiquées. Le mensonge, vous vous en êtes rempli la bouche. Le mépris, l'humiliation, le viol des femmes, la violence sur les faibles empestent nos narines depuis mille ans.

« La guerre, vous l'avez faite. Éventrer les enfants, vous l'avez fait. La ruine et la désolation, vous les avez semées.

« Alors YHVH dit : "Je regrette d'avoir fait ces hommes. L'erreur est sur Moi, et la douleur je la prends sur Moi en effaçant ce qui est mal conçu." »

Noah aurait peut-être continué si des cris provenant des cuisines ne l'avaient interrompu. Toute la maisonnée se jeta dans la cour. D'abord, on ne comprit pas. Ève se releva pour me prendre dans ses bras. Ceux d'Hénoch furent debout. Puis on entendit hurler :

336

— La pluie, la pluie! Elle est là! Il pleut! Le châtiment arrive!

Noah se précipita. Ève me dit :

— Nahamma, ne bouge pas. Je veux rester près de toi aussi longtemps que possible.

Épilogue

L'eau

On se trompait. Ce n'était qu'une folie de plus née de la peur.

L'eau arrivait, mais les lunes se succédèrent longtemps encore avant que l'arche de Noah ne soit enduite de bitume et que le monde ne s'efface. Le temps passa si bien qu'il me vint mes premiers fils, Sem et Cham.

Puis, d'un coup, YHVH ouvrit en grand les réservoirs des cieux. Pendant quarante jours et quarante nuits les flots submergèrent les plaines, les rivières débordèrent, les montagnes furent englouties. Et quand la pluie cessa, le monde n'était plus que désolation.

Comment ai-je survécu à ce que j'ai vu ? Seul YHVH le sait.

Quand l'arche fut pleine, quand Noah en ferma les portes, par dizaines, par centaines, hommes, femmes, enfants et vieillards affluèrent. Ils hurlèrent pour entrer dans l'arche. Ils s'y accrochèrent par grappes, se griffant, se mordant, se piétinant pour en escalader les flancs. Un jour, ils furent si nombreux qu'ils manquèrent de nous faire chavirer.

Pour sauver l'arche du naufrage, Noah se démena comme un démon.

Cette multitude, nous fûmes contraints de la repousser.

D'abord avec des pierres que, suivant les conseils de YHVH, nous avions entassées sur le toit de l'arche avant notre départ.

Nous leur jetâmes ensuite des poutres, des planches...

Tout ce que nous pûmes trouver pour les refouler.

Nous fuyions le meurtre et nous pratiquions le meurtre.

Puis l'eau emporta tout.

Et nous fûmes seuls.

Je n'éprouvais plus de désir pour Noah.

Pendant des jours j'ai tissé et tissé pour ne rien oublier.

Pour me souvenir.

Et raconter.

Ce que je fais.

Maintenant, la peur me reprend. Je sais que Noah et YHVH me considèrent comme la nouvelle Ève. De moi ils attendent que naissent des hommes neufs faits de bonté et de perfection.

Mais est-ce seulement possible? Le sang de ceux que l'eau a emportés ne coule-t-il pas en nous?

Oh, si Ève était près de moi, elle que j'entends encore dire : «Que deviendrai-je? Que deviendra le vivant qui sortira de moi? À quoi cela ressemblera-t-il? Qu'apportera-t-il? Que ferons-nous de lui, que fera-t-il de nous...»

Des questions, des questions, des questions...

Des questions qui restent en mon cœur, comme autant de cicatrices que tous les torrents d'eau de YHVH ne sauraient effacer.

Remerciements

Merci à Sophie Jaulmes et à Nathalie Théry d'avoir accompagné ce livre page après page.

Généalogie des personnages

Adam et Ève engendrèrent Caïn, Abel et Awan, puis Seth.

De Caïn et Awan naquirent sept générations :

Hénoch engendra Irad.

Irad engendra Mehouyael.

Mehouyael engendra Metouchael.

Metouchael engendra Lemec'h et, avec une servante idolâtre, Lekh-Lekha.

Lemec'h eut deux épouses.

Avec Adah il engendra deux fils, Yaval et Youval, et deux filles, Noadia et Beyouria.

Avec Tsilah il engendra un fils, Tubal, et une fille, Nahamma.

Beyouria engendra Nahman.

Nahamma épousa Noah, fils de Seth. Ils engendrèrent Sem, Cham et Japhet.

Table

La photocomposition de cet ouvrage
a été réalisée par
GRAPHIC HAINAUT
30, rue Pierre-Mathieu
59410 Anzin

Dépôt légal : octobre 2016
N° d'édition : 55554/01

MARQUIS

Québec, Canada

Imprimé au Canada